BASTEI
LÜBBE
TASCHENBUCH

Nina Hunter

In Ketten

Erotischer Roman

BASTEI
LÜBBE
TASCHENBUCH

BASTEI LÜBBE TASCHENBUCH
Band 17 410

Dieser Titel ist auch als E-Book erschienen

MIX
Papier aus verantwortungsvollen Quellen
FSC® C083411

Originalausgabe

Ein Projekt der AVA international GmbH
Autoren- und Verlagsagentur
www.ava-international.de

Umschlaggestaltung: Thomas Krämer
Unter Verwendung von Motiven von © iStockphotogorIgorevich
und © shutterstock/Kozyrina Olga
Satz: Urban SatzKonzept, Düsseldorf
Gesetzt aus der Palatino
Druck und Verarbeitung: CPI books GmbH, Leck – Germany
Printed in Germany
ISBN 978-3-404-17410-2

5 4 3 2 1

Sie finden uns im Internet unter
www.luebbe.de
Bitte beachten Sie auch: www.lesejury.de

1

Manchmal sieht man jemandem in die Augen und weiß, man kann nicht mehr zurück. Man weiß nicht, was sich verändern wird, was man verlieren oder gewinnen wird, aber etwas im Leben wird nie wieder so sein, wie es war.

Mia war nicht darauf vorbereitet, als sie durch die Tür des *Velvet Chains* trat. Der Klub lag im Süden von Berlin und war eine Anlaufstelle für Liebhaber von freiem und manchmal auch härterem Sex. Mia betrat ihn nicht zum ersten Mal. Seit etwa sechs Monaten suchte sie ihn regelmäßig auf, um sich ihre geheimsten Wünsche erfüllen zu lassen, Wünsche, die sich meist um Seile auf ihrer Haut und rau geknurrte Befehle an ihrem Ohr drehten. Sie wusste genau, was sie von diesem Abend zu erwarten hatte, und trug deshalb nichts weiter außer einem teuren roten Set aus Spitze, mit passendem Strumpfhalter und Strapsen unter einem weiten Trenchcoat, den sie auch im Klub noch züchtig geschlossen trug. Sie wusste, dass die Männer ihre – für den Klub – exotisch hochgeschlossene Kleidung richtig deuten würden, und hoffte, dass irgendein Fisch auf den Köder anbiss. Erwartungsvoll durchquerte sie die Lobby, in der eine Garderobendame darauf wartete, ihr den Mantel abzunehmen. Aber Mia reichte ihr nur die Handtasche und bezahlte den Eintritt. Dafür erhielt sie den obligatorischen Stempel auf die Innenseite ihres Handgelenks. Das Emblem zeigte eine geknotete Schlinge. Die Frau wünschte ihr noch einen schönen Abend und Mia schob den Samtvorhang neben der Garderobe zur Seite. Dahinter befanden sich eine Glastür und ein Türsteher, der ihr, nachdem sie den Stempel gezeigt hatte, mit einem höflichen Nicken die Tür öffnete.

Sinnliche Musik floss wie warmes Wasser über Mia hinweg und sie nahm den so typischen, blumigen Geruch des *Velvet Chains* wahr, der von den unzähligen Blumenarrangements herrührte, die überall im Raum verteilt waren. Das *Chains* befand sich in einem ehemaligen Bunker, der vollkommen umgebaut worden war. Das Zentrum des Klubs bildete ein riesiger Tanzsaal, dessen Wände mit schimmerndem rotem Satin ausgekleidet waren. Rotes und weiches goldfarbenes Licht spiegelten sich darin und wurden reflektiert, tauchten den Boden, die Decke und die weiß- und goldfarbenen Blumen in Farben, die an ein Feuermeer erinnerten. In der Mitte des Raums befand sich eine Tanzfläche und rings umher waren mit rotem Samt bezogene Sessel und Sofas arrangiert. Das war der Ort, wo die, die sich bereits gefunden oder ihren Partner gleich mitgebracht hatten, sich zurückzogen, um zu spielen. Wer es gar nicht mehr erwarten konnte, konnte sich auf die zweite Ebene zurückziehen, die sich auf langen Balken über den Köpfen der Tanzenden erstreckte und mit riesigen Matratzen und Kissen ausgelegt war.

Der gigantische Zwischenboden fiel kaum auf, wenn man darunter stand – man konnte ihn leicht mit der Decke verwechseln. Sobald man aber die schmale, hinter einem Vorhang versteckte Treppe an der Wand hinaufgestiegen war, fand man sich inmitten einer diesigen Spielwiese wieder. Mia hatte einmal den Weg hinauf gewagt. Das Knäuel an Menschen und die keuchenden ineinander verschlungenen Leiber hatten sie aber gleich wieder abgeschreckt. Mia bevorzugte eine intimere Atmosphäre – sie hatte sich die zweite Ebene erst ein Mal angesehen, aber sie hielt nichts davon, sich mit mehreren Paaren gleichzeitig auf ein und derselben Matratze zu wälzen. Sie suchte nicht die Masse, sondern nur einen, der ihr gab, was sie brauchte. Nach einem kurzen Blick in die Menge der Tanzenden, wandte sie sich zur Bar, die dem DJ-Pult gegenüberlag. Ein riesiger Spiegel nahm die Wand oberhalb der Theke ein und ließ den Raum dadurch noch größer wirken, als er ohnehin schon war. Mia bestellte sich einen Martini und nahm auf einem der Barhocker Platz, wohl wissend, dass ihre langen Beine dadurch noch besser zur Geltung kamen.

»Hi.« Mia sah auf und blickte einem untersetzten Mann in Lederhose und freiem Oberkörper ins Gesicht, der sie mit einer Mischung aus Erwartung und Nervosität ansah. »Ich hab dich hier sitzen sehen. Dir muss doch unglaublich warm sein, unter diesem Ding. Willst du es nicht ausziehen?«

Mia unterdrückte ein Seufzen und schüttelte einfach den Kopf, zum Zeichen, dass sie nicht interessiert war. Meistens reichte das. Heute nicht. Das Zeichen kam offensichtlich nicht an. Der Mann beugte sich vor, zwinkerte und lächelte siegessicher. »Da ist bestimmt auch ein Glas Schampus für dich drin.«

»Ist es wirklich so schwer zu verstehen, was ein Kopfschütteln bedeutet? Es heißt ›zieh Leine‹.«

Das Siegerlächeln wurde breiter. »Ah, ein bisschen zickig, was? Kein Problem, ich mag es, wenn Mädels ihre Tage haben.«

Jetzt reichte es Mia. Sie packte mit der linken Hand den Hosenbund des Mannes, riss ihn zu sich heran und griff mit der rechten Hand über den Tresen in die Schüssel, in der die Eiswürfel für die Drinks bereitlagen. Sie schüttete eine Hand voll davon in die Hose des Mannes und ließ ihn dann wieder los.

Er fluchte und versuchte gleichzeitig, seine Hose zu öffnen, die nassen Eiswürfel loszuwerden und Mia zu packen. Die wich ihm mit Leichtigkeit aus.

»Du blöde Schlampe! Ich werde dir gleich den Arsch aufreißen!«

»Wirst du nicht«, mischte sich die Barkeeperin ein, die das Schauspiel bisher stumm verfolgt hatte. »So ein Benehmen ist hier im Klub unerwünscht. Entweder du gehst freiwillig oder ich hole die Security, und die schleift dich dann nach draußen.«

Für einen kurzen Augenblick schien der Mann in der Lederhose abzuwägen, ob seine Rache an Mia eine Prügelei mit der Security wert war. Schließlich murmelte er aber nur etwas vor sich hin und verschwand in Richtung Ausgang.

Mia atmete tief durch. »Danke«, sagte sie, und es war ehrlich gemeint. Die Frau hinter dem Tresen lächelte und schob ihr ein Glas Champagner hin. »Keine Ursache. Hier, um wieder auf die Beine zu kommen. Geht aufs Haus.«

Mia nickte ihr zu und nahm das hohe Glas in die Hand. Sie trank es zur Hälfte aus und schloss die Augen. Wenn der Abend schon so losging, war es vielleicht doch keine so gute Idee, hier zu sein. Auch wenn sie Lust hatte, sich ein wenig zu vergnügen, war es doch den Ärger nicht wert, den sie deswegen mit solchen Typen wie der Lederhose bekam. Und solche Kerle zogen andere ihres Schlags an – auf noch so eine Szene konnte sie gut verzichten. Vielleicht …

»Komm mit.«

Die Stimme war tief, ein wenig rau, und übertönte die Musik nur deshalb, weil der Sprecher direkt neben ihr stand. Mia schlug die Augen auf und musste aufsehen. Vor ihr stand ein Mann. Er trug, ganz untypisch für diesen Klub, eine Jeans und ein schwarzes T-Shirt. Alltagskleidung, aber Mia war sich sicher, dass nichts anderes diese muskulösen Oberarme und die langen Beine des Mannes besser hätte aussehen lassen. Seine blonden Haare waren zurückgekämmt, nur eine Strähne hatte sich vorwitzig auf seine Stirn gestohlen und lag genau zwischen seinen Augenbrauen, die nur wenige Nuancen dunkler waren als sein Haar.

Sein Gesicht war markant, um nicht zu sagen schön. Die vollen, sinnlichen Lippen hätten in einem anderen Gesicht möglicherweise weiblich gewirkt, aber der scharf geschnittene Kiefer und der kräftige Hals verhinderten das. Das Nebeneinander von männlichen und sanfteren Gesichtszügen verlieh ihm etwas Faszinierendes, von dem Mia sich nur schwer losreißen konnte. Als sie in seine Augen blickte, wusste sie, dass sie ihre Wahl getroffen hatte. Sie waren blau, so dunkelblau, dass sie an einigen Stellen fast violett wirkten. Sein Blick war offen, durchdringend und berührte etwas in ihr, von dem sie bisher nicht einmal gewusst hatte, dass es existierte.

Er beugte sich zu ihr und sie nahm seinen Duft wahr: herb, mit einer exotischen Note. Sandelholz womöglich?

Sein Mund näherte sich ihren Lippen. »Komm mit«, wiederholte er und löste sich, um ihr wieder in die Augen sehen zu können. Mia starrte ihn noch immer an, sie konnte nicht anders. Seine Hand legte sich um ihre und zog sie sanft vom Barhocker. Sie ließ es geschehen und folgte ihm, als er sie durch die Menge führte. Seine Hand lag warm und zärtlich um ihre, doch sie konnte die Kraft darin spüren. Wenn sie versucht hätte, ihre Hand wegzuziehen, hätte er sie unerbittlich festgehalten.

Mia nahm ihre Umgebung kaum noch wahr, noch immer lag Gänsehaut auf ihrem ganzen Körper und sie konnte ihre Augen nicht von ihm lassen. Seine Schultern waren breit und bildeten zusammen mit der schmalen Taille ein verführerisches Dreieck. Das enge schwarze T-Shirt betonte seinen breiten Oberkörper und endete oberhalb eines dunklen Ledergürtels, der die eng sitzende Levis knapp auf den schmalen Hüften hielt. Sein Po wölbte sich verführerisch unter dem Denim-Stoff und in Mia stiegen Fantasien auf, wie sie ihre Finger in das geschmeidige Fleisch grub und sich daran klammerte, während er unter ihrer Berührung zuckte. Sie spürte genau, wie er in sie stieß, wie sein scharfer Hintern sich kraftvoll auf und ab bewegte ...

»Hier.«

Sie war so in ihre Tagträume versunken gewesen, dass sie gar nicht gemerkt hatte, wohin er sie geführt hatte. Sie war in diesem Bereich bereits mehrere Male gewesen – einer der Seitengänge des Bunkers, in dem sich einige Räume befanden, in denen Besucher des Klubs sich amüsieren konnten. Hier gab es keine Swinger, keine Voyeure oder Exhibitionisten. Hier gab es immer nur zwei Menschen und Spiele. Jede Menge Spiele.

Er stand vor einer Tür aus Metall, die mit grauer Farbe bemalt war, auf die jemand mit schwarzem Edding eine Sechs gemalt hatte. Aus der Hosentasche zog er einen unscheinbar wirkenden Schlüssel, aber als er ihn ins Schloss steckte, wurde Mia das Gefühl nicht los, dass sich hinter der Tür weit mehr verbarg, als nur ein wenig Spaß. Und dieser seltsame Mann hielt den Schlüssel dazu in den Händen.

Ganz Gentleman ließ er ihr den Vortritt. Mia trat über die Schwelle, und in diesem Moment wurde das bisher dunkle Zimmer automatisch beleuchtet. Lampen, geformt wie Kerzen, flackerten an den Wänden auf und warfen ihr Licht auf verschiedene Seile und Ketten, die an den Wänden hingen oder auf dem Boden lagen. Anders als die meisten S/M- und Bondage-Räume war dieser Ort nicht aufgemacht wie ein

Burgverlies. Das Dekor hatte mehr von einem exotischen Tempel im Dschungel. Das Licht war weich und einige grüne Birnen zwischen den gelben warfen bizarre, an Pflanzen erinnernde Schemen auf die Wände. In der Mitte des Raums befand sich eine große, kreisrunde Vertiefung im Boden, die man durch drei niedrige Stufen erreichte. Der Boden war vollständig mit Kissen und weichen Decken ausgekleidet, eine verführerische Spielwiese, deren eigentlicher Nutzen erst klar wurde, wenn man nach oben sah: Direkt darüber befand sich ein Haken, der es geschickten Meistern der Fesselkunst erlaubte, Menschen frei schwebend aufzuhängen. Der Meister konnte sein Objekt dann über dem Kissennest schweben lassen, es berühren und später einfach wieder auf die weiche Unterlage herabsinken lassen.

Mia war bereits einige Male in diesem Raum gewesen, mal mit mehr, mal mit weniger begabten Partnern. Aber nie zuvor hatte sie solch einen Schauer der Erwartung verspürt.

Während sie die Aufhängung bewundert hatte, war er hinter sie getreten und umarmte sie sacht. Sein Mund streifte ihr Ohr und jedes einzelne Härchen auf ihrem Körper richtete sich auf. »Ich hasse Anreden wie Meister oder Gebieter«, sagte er leise und sie konnte ein Seufzen nicht unterdrücken. »Was aber nicht heißt, dass du mir keinen Respekt zollen musst, oder dass du vergessen darfst, wer du bist. Ich werde etwas sagen, und du wirst es tun, für diese eine Nacht. Wenn du das willst, dann bleib. Wenn nicht, dann ist das jetzt deine letzte Chance zu gehen.«

Während er sprach, streichelten seine Finger über ihren Bauch, sanft, verheißungsvoll. Mia schluckte. Sie wusste, was für ein Risiko sie damit einging, sich einem wildfremden Mann völlig auszuliefern, aber sie war auch in ihrem ganzen Leben noch nie so erregt gewesen. Dabei hatte er sie noch nicht einmal zwischen ihren Schenkeln berührt! Er konnte sie um den Verstand bringen und sie spürte, wie ihre eigene Vernunft sich zurückzog. Jetzt zählte nur noch eins.

Als er merkte, dass sie keine Anstalten machte, sich zu lösen, schoben sich seine Finger in die Öffnung des Trenchcoats. Sie legten sich auf ihren Slip, auf die delikate Stelle zwischen ihrem Bauchnabel und ihrem Venushügel – noch keine allzu intime Berührung, doch intim genug, dass Mia spürte, wie ihre Brustwarzen sich zu harten kleinen Nippeln versteiften. Der Stoff ihres BHs war dünn, und sie wusste, dass sie sich unter ihrem Trenchcoat abzeichneten. In der Hoffnung, dass er es sehen und sie berühren würde, drückte sie den Rücken durch, aber er ignorierte sie. Stattdessen rutschte seine Hand höher und er streichelte über die weiche Haut ihres Bauchs – er wirkte nicht sonderlich überrascht, dass sie kaum etwas unter dem Trenchcoat trug. Seine Finger kreisten weiter auf ihrem Bauch, aber Mias Brustwarzen waren mittlerweile so hart, dass sie bereits schmerzten, und zwischen ihren Schenkeln wurde es nass.

Er zog seine Hand zurück und knotete erst den Gürtel des Mantels auf und löste dann, quälend langsam, die Knöpfe, einen nach dem anderen. Schließlich war er offen. Mit einem Zucken ihrer Schultern rutschte der Mantel Mias Arme entlang und landete mit einem Rascheln auf dem mit Ornamenten geschmückten Steinfußboden.

Er drehte sie zu sich um und seine Augen setzten fort, was seine Finger begonnen hatten. Sie stand vor ihm, halb nackt, und seine Blicke glitten über ihren Körper, zarte gestaltlose Berührungen, die jeden Zentimeter ihrer Haut liebkosten. Sie schloss die Augen und versuchte, die unerträgliche Spannung in ihrem Körper zu lindern. Mia schob ihre Hände um ihren Nacken, ließ sie über ihren Hals streichen, und bald fanden ihre Handflächen die feine Spitze ihres BHs, durch den sich die harten Nippel wie übereifrige Blütenknospen hindurchzudrücken versuchten.

Mit einem Mal packte er ihre Handgelenke und zog ihre Hände fort. Sie schlug die Augen auf und sah in sein strenges Gesicht. Die Augenbrauen hatten sich minimal zusammengezogen und seine Lippen bildeten einen geraden Strich. »Habe ich dir das erlaubt?« Er wurde nicht laut, seine Stimme blieb ruhig, aber es lag eine Härte darin, die ihr jeden Gedanken an Widerrede sofort austrieb. »Nein«, sagte sie kleinlaut und schluckte.

»Genau. Also musst du bestraft werden, nicht wahr?«

Mia schluckte abermals und sein Blick hielt sie in seinem Bann. »Ja«, erwiderte sie, ohne die Augen von ihm abwenden zu können. »Du musst mich bestrafen.«

Er lächelte, ganz so, als ob sie eine gelehrige Schülerin wäre, und nahm eines der Seile von der Wand. Es glänzte blau im Licht der Kerzen-Lampen. Der Anblick des Seils entfachte tausend Bilder in Mias Kopf und jedes Einzelne spiegelte sich als feines Zittern auf ihrer Haut wider.

Er stand vor ihr und die Luft zwischen ihnen wurde durch ihrer beider Körper erhitzt – sie knisterte förmlich vor Spannung. Mia öffnete die Lippen und hob die Hand. Mit einem Blick in seine Augen vergewisserte sie sich, dass sie seine Zustimmung hatte, und streckte die Hand aus, um das Seil zu berühren. Das Seil, das so verheißungsvoll in seinen großen, kräftigen Händen lag, wie eine Erweiterung seines Körpers. Es war glatt und kühl. Sie fuhr die Konturen der ineinander verflochtenen Stränge aus blauer Kunstfaser nach, liebkoste sie und genoss die Berührung. Sie wusste, ahnte instinktiv, dass sie ihn nicht so ohne weiteres würde berühren können, aber das Seil, dieses Symbol seiner Macht über sie, das konnte sie streicheln, berühren und sogar küssen. Er lachte leise, als sie es tat. »Das war nicht die Strafe, von der ich sprach.« Er packte ihre Handgelenke und drehte ihr mit einer geschmeidigen Bewegung beide Arme auf den Rücken. Es tat nicht weh, aber die Entfernung zwischen ihnen war binnen eines Lidschlags geschrumpft und sein Duft erfüllte ihre gesamte Welt. Seine vollen Lippen waren leicht geöffnet und sein Atem strich über ihr Gesicht, ein Kuss ohne eine Berührung seiner Lippen. Ihr Verlangen drohte, sie wahnsinnig zu machen – sie stand halb nackt vor ihm, aber noch war nichts weiter geschehen, als ein wenig Streicheln, ein wenig Vorahnung und Verheißung, mehr nicht.

»Was ist die Strafe?«, fragte sie und legte in ihre Stimme einen scharfen, herausfordernden Ton, doch er überging ihre Provokation. Den Kopf leicht geneigt, floss sein Atem über ihre Wange, ihren Hals. Mia unterdrückte ein Seufzen, schloss die Augen und versuchte mühsam, sich zu beherrschen und sich nicht einfach zu holen, was sie wollte. Aber das machte den Reiz des Spiels aus – die Zähmung, die Unterwerfung und die Erfüllung in der Hingabe. Das war es, was sie wollte. Deswegen war sie hier.

Das Seil zog sich fest um ihre Handgelenke und überrascht schlug sie die Augen wieder auf. Sein Gesicht war so nah an ihrem, dass seine Nasenspitze für einen winzigen Moment ihre streifte. »Deine Strafe beginnt jetzt«, flüsterte er.

Er war unglaublich geschickt, das musste Mia sich eingestehen. Die Schlinge um ihre Handgelenke hatte er geknüpft, ohne dass sie es bemerkt hatte. Er kniete sich zu ihren Füßen hin und binnen weniger Sekunden hatte er das Seil tiefer gezogen und um ihre Knöchel verknotet, sodass ihre Handgelenke mitgezogen wurden und sich ein schmerzhafter, aber erträglicher Zug in ihren Armen ausbreitete. Sie konnte die

Füße nicht weiter als eine Handbreit spreizen und ihre Arme überhaupt nicht mehr bewegen. Durch ihre Haltung drückte sie den Rücken wieder durch, diesmal aber nicht, um seine Aufmerksamkeit auf ihre Brüste zu lenken, sondern um die Spannung in ihren Armen zu mildern.

Er trat einen Schritt zurück und ließ seine Augen über ihren Körper gleiten. »Wunderschön«, sagte er. Seine Hand legte sich warm auf ihren Venushügel; der Stoff ihres Seidenslips raschelte unter seiner Berührung und ihr wurde warm, so unglaublich warm.

Sie schob ihre Hüften vor, um mehr von dieser Wärme zu stehlen, und diesmal erhörte er sie. Seine Finger wanderten ein wenig tiefer, zu der Stelle, an der ihre Nässe bereits die Seide tränkte. Seine Fingerkuppe berührte die harte Erhebung ihrer Klitoris durch den nassen Stoff hindurch und diese leichte Berührung reichte aus, um tausend winzige elektrische Stöße durch ihren Körper zu jagen.

Mia seufzte. Sie wollte ihre Beine spreizen, sich ihm anbieten, aber ein schmerzhaftes Ziehen in den Armen und ihren Knöcheln erinnerte sie wieder an das Seil und ihre Hilflosigkeit.

Seine Finger schoben sich unter ihren Slip und glitten zwischen die weichen, vollen Lippen, die sich ihm willig öffneten. Er wartete nicht, sondern schob gleich drei seiner Finger in sie, hinein und hinaus, wieder hinein und hinaus. Ihre Spalte wurde von seinen Fingern ausgefüllt, dehnte sich, hungrig, begierig, um immer mehr von ihm aufzunehmen. Mia drohten die Knie weich zu werden, als ein scharfer Schmerz durch ihre Brust zuckte. Er hatte den Kopf gebeugt und in ihre Brustwarze gebissen. Es war mehr Schmerz als Schreck, und Mia leckte sich über die trockenen Lippen. Er küsste ihren Hals, knabberte daran und berührte ihre Haut mit seinem Mund.

Sein helles Haar kitzelte ihre Wange. Mia seufzte, spürte, wie seine Finger sich aus ihrer Spalte zogen und die Vorderseite ihres Slips umfassten. Mit einem festen Ruck zog er daran, der Stoff wurde straff zwischen ihre Schamlippen gespannt, rieb sich mit einer so plötzlichen Intensität an ihrer empfindlichsten Stelle, dass Mia aufschrie.

Er sah ihr in die Augen und bewegte die Seide zwischen ihren Schenkeln, rieb sie vor und zurück, bis Mia glaubte, den Verstand zu verlieren. Sie keuchte, fassungslos, hoch erregt und stöhnte, als er seinen Finger dazunahm und bei jeder Bewegung rückwärts ihre Klitoris streifte. In diesem winzigen Knoten aus Nervenenden schien sich all ihr Denken, all ihre Lust, alles, was sie ausmachte, zu konzentrieren. Sie wollte mehr. Unbedingt mehr.

Er ging auf die Knie, um ihr den Slip auszuziehen, aber an seiner Geste war nichts Unterwürfiges. Mia betrachtete seinen starken Rücken, als er vor ihr kniete, die Muskeln, die sich unter dem Stoff bewegten. Sie wollte ihn berühren, aber das Seil hielt sie zurück.

Er richtete sich auf, den Arm um ihre Taille gelegt. Diesmal drückte er sie eng an sich und sie spürte, wie sich seine Erektion gegen ihren Unterleib presste. Die Beule, die sich durch den Stoff seiner Jeans drückte, war groß und heiß, so unglaublich heiß. Wieder stöhnte Mia, und ohne nachzudenken fiel diesmal sie auf die Knie. Es war nicht ganz einfach, mit den gefesselten Armen und Beinen zu balancieren, aber es gelang ihr und sie kniete vor ihm. Absichtlich mied sie jeden Blick hinauf zu seinen Augen und blickte nur auf die harte Beule vor ihr, die sich ihr ebenso begierig entgegenwölbte, wie sie sie berühren wollte. Mia atmete tief ein, sog seinen Duft in sich auf und drückte ihre Lippen auf seine Erektion. Das Denim kratzte rau und gleichzeitig weich über ihren Mund

und sie konnte die Wärme darunter erahnen. Sie wollte ihn ganz spüren, küsste und liebkoste ihn durch den Stoff hindurch. Er ließ es für einige Zeit zu, dann griff er in ihr offenes, langes gewelltes Haar und zog sie daran zurück. Aus ihrer Lust gerissen, sah sie zu ihm auf, drängte wieder nach vorn, um weiterzumachen, aber er hielt sie unerbittlich fest und knöpfte mit der freien Hand seine Hose auf. Stück für Stück, Zentimeter für Zentimeter wurde mehr von seiner Erektion sichtbar. Er drückte ihren Kopf sanft, aber bestimmt näher, und nur zu gerne öffnete sie ihren Mund und nahm ihn auf. Er füllte sie mit einem einzigen Stoß vollständig aus, ihr Mund war kaum genug, um ihn ganz zu umfangen. Und doch wuchs ihre Gier ins Unermessliche. Sie saugte an ihm, lutschte und leckte über seine Eichel und die ganze, geschmeidige Härte seines Schafts. Wie in Trance ließ sie sich von ihm führen, ließ ihn den Rhythmus bestimmen, in dem sie ihn blies, und spürte ihre eigene Lust wachsen, so wie er unter ihren Berührungen noch anzuwachsen schien, auch wenn sie nicht geglaubt hatte, dass das noch möglich war.

»Ich will dich.« Sie hatte sich nicht mehr unter Kontrolle, wurde nur noch von ihrem Verlangen beherrscht und sah ihn bittend an.

»Das war gegen die Regeln.« Er klang fast bedauernd, als er sich umdrehte, einen der kunstvoll verzierten Sessel heranzog und darauf Platz nahm. Mia erwartete, dass sie den Blowjob fortsetzen sollte, aber er umfasste ihre Taille und zog sie quer über seinen Schoß. »Du willst offenbar nicht hören«, sagte er mit heiserer Stimme. In dieser Position ragte ihr Hintern in die Luft und seine Erektion presste sich gegen ihren Bauch. Mia wand sich, aber er packte ihren Hintern und legte die andere Hand um ihr Gesicht. Sein Daumen streichelte über ihre Wange.

»Zähl mit.«

Der erste Schlag kam zu schnell, zu überraschend. Mia keuchte und klammerte die Finger in das blaue Seil. Der Abdruck seiner Hand brannte auf ihrem Po und er packte so fest zu, dass sie wieder schrie. »Was habe ich gesagt?«

»Dass ... dass ich mitzählen soll«, gab sie gepresst von sich.

»Hast du es getan?«

»Nein.«

Er drückte zu und Mia wimmerte leise. »Ich ... ich zähle jetzt«, versprach sie rasch.

»Das reicht offensichtlich nicht.« Sie wusste nicht, was er tat, aber mit einem Mal hörte sie ein leises Summen, und dann schob sich etwas Hartes, Vibrierendes zwischen ihren Beine. Mia biss sich auf die Unterlippe, um einen weiteren Schrei zu unterdrücken. Er streichelte beruhigend über ihren aufgerichteten Po. »Zähl mit«, sagte er, diesmal sanfter.

Für einen Moment wusste Mia nicht einmal mehr, mit welcher Zahl sie beginnen sollte. Der Vibrator in ihrer Pussy, seine Erektion, die sie noch immer allzu deutlich an ihrem Bauch spürte, und die Aussicht auf weitere Schläge brachten sie um den Verstand. Ihr ganzer Körper zitterte und war mit einem feinen Schweißfilm bedeckt. Sie konnte nur noch daran denken, seinen Schwanz in sich zu spüren. Sie wollte ihn, mehr als alles andere auf der Welt, aber sie war gefesselt und hatte sich ihm freiwillig ausgeliefert.

Seine Hand landete mit lautem Klatschen auf ihrem Hintern, trieb den Vibrator tiefer in sie hinein und zeichnete die Haut ihres Pos mit roten Abdrücken. Durch ihre zusammengebundenen Beine rutschte der Vibrator nicht heraus, im Gegenteil, ihre Schenkel hielten ihn fest zwischen sich und er rieb über jede noch so empfindliche Stelle in ihrem Schoß. Sie wollte ihn anbetteln, ihn anflehen, dass er sie mit seinem harten Schwanz endlich nahm, aber seine Worte hatten Wirkung gezeigt. Mia presste die Lippen fest aufeinander und schwieg.

Wieder klatschte seine Hand auf ihren Po, wieder und wieder, bis sie endlich ein rau gekeuchtes »Eins« hervorbrachte.

»Zwei!«, schrie sie, als der nächste Schlag sie traf, härter als der erste. Auch der nächste und der darauffolgende steigerten die Intensität, das Klatschen seiner Handfläche auf ihrem Po hallte laut in dem Raum wider.

Immer schneller trafen die Schläge ihren Hintern, immer stärker wuchs der Schmerz an und Mia befürchtete schon, dass die Haut auf ihrem Po bald platzen würde, so sehr spannte sie sich bereits über dem Fleisch. Er ließ sie bis zwanzig zählen, dann hörten die Schläge abrupt auf und er half ihr auf die Füße. Sie sah ihn an, ängstlich und erwartungsvoll, ohne zu wissen, was jetzt kommen sollte. Das Versohlen hatte auch ihn nicht kalt gelassen, eine Strähne seines hellen Haares war ihm in die Stirn gefallen und auf seiner Oberlippe glänzte ebenfalls Schweiß.

Er beugte sich herunter und löste den Knoten um ihre Knöchel. Als das Seil von dort verschwand, verspürte Mia eine Mischung aus Bedauern und Erleichterung. Aber noch gab es ja die Schlinge um ihre Handgelenke.

»Komm«, sagte er und führte sie an dem blauen Seil durch den Raum, hin zu der Vertiefung im Boden. Schon beim ersten Schritt rutschte der Vibrator zwischen ihren Schenkeln hervor und fiel mit einem Klacken auf den Boden, wo er nass glänzend und surrend liegen blieb.

Ihr Spielpartner hielt inne, um ihn auszustellen, und sagte Mia, dass sie sich in die Mitte der Vertiefung stellen sollte. Sie tat es, die Beine leicht gespreizt, um auf dem weichen Boden die Balance halten zu können. Er trat hinter sie und löste auch die Fessel um ihre Handgelenke, doch er ließ sie nicht frei, wie sie im ersten Moment gedacht – und befürchtet – hatte, sondern zog ihre Arme nach vorn und überkreuzte ihre Handgelenke vor ihrem Bauch. Mit wenigen Handgriffen hatte er wieder eine Schlinge in das Seil geknüpft und ihre Arme mit kunstvollen Knoten verschnürt. Mia ahnte, was er vorhatte, aber um sich zu vergewissern, hob sie den Kopf zu dem großen Haken über der Vertiefung. Sie sah den Mann an und er lächelte sanft. »Schließlich warst du gehorsam«, sagte er mit dieser tiefen Stimme, die wie flüssige warme Schokolade über ihren Bauch zu fließen schien und zu ihrem Schoß wanderte. »Dafür hast du dir eine Belohnung verdient.«

Er betätigte einen Knopf am Rand der Vertiefung, und der Haken wurde mit einem leisen Zischen heruntergefahren. Er knotete das Ende des Seils zu einer starken Schlinge und legte diese über den Haken, ehe er ihn wieder nach oben fuhr. Langsam, quälend langsam, wurden Mias Arme in die Höhe gezogen, bis weit über ihren Kopf, bis sie fast auf ihren Fußballen balancierte. Dann erst hielt der Haken an.

Nun zog der Mann den Spitzenstoff über ihrer linken Brust tiefer. Mia war durch die gestreckten Arme ein wenig größer und ihre Brüste lagen höher. Er konnte sie bequem in den Mund nehmen, wenn er sich nur ein wenig bückte, und das tat er. Sein Mund war zärtlich, seine Lippen neckten sie und seine Zunge tupfte immer wieder spielerisch gegen ihre harten Nippel. Mia keuchte und wand sich vor Lust, als er sich auch der anderen Brust widmete.

Seine Hand lag flach auf ihrer Spalte, zwischen Mias weit gespreizten Schenkeln, und rieb die nasse, heiße Haut, ohne Anstalten zu machen, in sie einzudringen. Sie stöhnte an seinem Ohr, keuchte, wimmerte, aber er behielt sein Tempo bei, ganz so, als wäre er unberührt von all dem, aber Mia sah nur zu deutlich an seiner mittlerweile dunkelrot angelaufenen Erektion, dass auch seine Lust stetig zunahm.

»Sag mir, was du willst«, flüsterte er an ihrem Ohr, sein Gesicht in ihrem Haar vergraben.

»Schlaf mit mir ... fick mich.«

Die Worte waren ihr entschlüpft, bevor sie auch nur darüber nachdenken konnte, und ein winziger Teil von ihr, der, der nicht nur aus willenloser Ekstase bestand, schämte sich dafür. Aber er verstummte rasch. Sie hob den Kopf, drehte ihn leicht zur Seite, um dem Mann in die Augen sehen zu können, und wiederholte: »Fick mich. Bitte.«

Er legte einen Zeigefinger unter ihr Kinn und hob ihr Gesicht noch weiter an. Seine Lippen streiften ihre, leicht und zärtlich wie eine laue Brise, aber die Wirkung war verheerend. Mia bebte, sah ihn aus großen Augen an und spürte, wie ihr die Nässe mittlerweile die Innenseite ihrer Schenkel hinunterlief. Sie wusste selbst nicht, was mit ihr passierte – noch nie hatte sie sich so gefühlt und noch nie hatte ein einziger Kuss eine solche Wirkung auf sie gehabt. Er sah das und zog sie an sich. Diesmal waren seine Lippen nicht zärtlich, sein Mund nicht zurückhaltend – er küsste sie tief, leidenschaftlich und so heiß, wie sie es noch nie zuvor erlebt hatte. Mia bot ihm Paroli, nahm und gab, ihre Zunge umkreiste seine, ihre Zähne knabberten an seinen Lippen und sie saugte an seiner Zungenspitze.

Er presste sie fest an sich, küsste, leckte, biss. Er tat ihr gut, tat ihr weh, tat alles, um sie willenlos zu machen. Mit einem Mal ließ er sie los und trat einen Schritt zurück. Er zog sich das Shirt über den Kopf und ließ sowohl Hose als auch Schuhe folgen. Jetzt stand er vollkommen nackt vor ihr und Mia konnte sich nicht satt sehen an ihm. Das Licht der Kerzen-Lampen flackerte unruhig auf seiner leicht gebräunten Haut, die sich auf den Muskeln seiner Arme, seiner Brust und seinem Bauch spiegelten und sie in flüssiges Gold zu verwandeln schienen. Er war nicht behaart, bis auf die wenigen hellen Härchen unterhalb seines Bauchnabels, die sich langsam verdichteten und in seinem Schamhaar mündeten, das sorgsam gestutzt zwischen seinen Beinen lag. Und daraus ragte jetzt, direkt vor ihr, sein Penis auf, steif und ungeduldig. Mia erinnerte sich an seinen Geschmack in ihrem Mund und leckte sich unwillkürlich die Lippen.

Er trat auf sie zu, seine Hände auf ihrem Po, der noch immer in Erinnerung an die Schläge seiner Hand brannte, und küsste sie unerwartet zärtlich auf die Lippen. Mia hielt die Augen offen, erwiderte seinen eisblauen Blick, konnte aber nicht das erwartungsvolle Zittern verbergen, das ihren Körper schüttelte.

Er lächelte wieder und trat hinter sie. Seine großen Hände legten sich auf ihre Hüften und zogen sie näher heran, sodass Mia sich vorbeugen musste. Sie hielt sich am Seil fest, um Halt zu haben, und spreizte automatisch die Beine. »Das solltest du sehen«, sagte er verträumt, und etwas Hartes – sein Schwanz oder seine Eichel, sie konnte es nicht mit Sicherheit sagen – streichelte über ihre Schamlippen. »So zart. Sie glänzt. Bist du schon so nass? Willst du mich so sehr?«

Als Antwort brachte Mia nur ein Wimmern heraus. Es kostete sie in diesem Moment ihre ganze Selbstbeherrschung, nicht einfach mit einem Ruck nach hinten zu stoßen, um sich endlich seinen Schwanz einzuverleiben.

Zärtlich streichelte er über ihren malträtierten Hintern. Seine Fingerkuppen zeichneten die roten Stellen auf ihrem Po nach, dort, wo es besonders brannte, und sie sog zischend die

Luft ein. Gerade als er eine der schmerzhafteren Stellen berührte und leicht drückte, schob er seine Erektion mit einem Stoß bis zum Anschlag in sie hinein. Mia warf den Kopf in den Nacken und schrie auf.

Sie wusste nicht, ob es Ungeduld oder Berechnung war, aber er ließ jede Kontrolle fahren und begann sie mit harten, tiefen Stößen auszufüllen. Mia ließ den Kopf wieder sinken, doch die Spannung in ihrem Körper hörte nicht auf, sie baute sich mit jedem Stoß weiter auf. Seine Hände lagen hart um ihre Hüften, hielten sie, führten sie und sorgten dafür, dass sie nicht wegkonnte, selbst, wenn sie es gewollt hätte. Sein Fleisch klatschte laut gegen ihres, jeder Stoß sandte eine Welle aus Schmerz aus, die von ihrem Po ausging, aber der Schmerz verband sich zwischen ihren Schenkeln mit der Lust, dort, wo sein dicker Schwanz immer wieder und wieder in sie stieß. Mia wusste nicht mehr, ob sie schrie oder nicht. Sie löste sich völlig in ihrer Lust auf – es gab das Seil nicht mehr, es gab den Klub nicht mehr, es gab nur noch ihn und sie, wie er sie fickte, wie er sie immer weiter in die Höhe zog, bis Mia es nicht mehr ertrug. Die Spannung in ihrem Körper riss, wie die straff gespannte Sehne eines Bogens, und sie glaubte zu schreien, als der Orgasmus über sie hinwegfegte, ohne Gnade, ohne Erbarmen, und sie mit sich riss, bis alles um sie herum schwarz wurde.

2

Das Hauptgebäude der ICD, der International Crime Defence, war ein mit Schiefer verkleideter Block in der Nähe des Potsdamer Platzes in Berlin. Auch wenn es nicht so aussah, so war das Gebäude doch sehr gut gesichert – der Zaun rund um die Grünfläche, die das Gebäude umgab, und die diversen Kameras waren nur die offensichtlichsten Sicherheitsmaßnahmen. Im Foyer gab es diverse Scanner, verkleidet und versteckt, die die Besucher auf Waffen, explosive Substanzen oder andere verdächtige Gegenstände untersuchten. In den Türrahmen des Durchgangs zu den Aufzügen und Treppen war ein Metalldetektor integriert, der allerdings nicht piepste, wie am Flughafen, wenn jemand es doch irgendwie geschafft hatte, eine Waffe an den Scannern vorbeizuschleusen. Stattdessen löste er einen stummen Alarm aus, der direkt an diverse Wachen weitergeleitet wurde, die sich im Foyer und in jedem Stockwerk aufhielten.

Die Technik, die die ICD einsetzte, war hochmodern und in vielen Ländern offiziell noch nicht zugelassen, aber das war die Besonderheit dieses Zusammenschlusses aus internationalen Agenten und Kriminalistik-Experten. Die ICD setzte dort an, wo den offiziellen Staatsorganen die Hände gebunden waren, sei es durch Probleme bei der grenzüberschreitenden Zusammenarbeit oder durch unterschiedliche Gesetze in den verschiedenen Ländern und Kontinenten.

Ihr Ziel war die frühzeitige Erkennung und Eliminierung

von international agierenden Verbrechern. Das Internet und die Globalisierung hatten auch die Welt des Verbrechens globaler werden lassen, und Dealer, Diebe und Killer scherten sich einen Dreck darum, ob ihr Geschäft woanders womöglich anders gehandhabt wurde. Im Gegenteil, die Teamfähigkeit derjenigen, die jenseits des Gesetzes standen, schien um einiges besser ausgeprägt zu sein als die Teamfähigkeit der Leute, die für das Gesetz eintraten.

Aus diesem Grund gab es in jedem Land eine Anlaufstelle der ICD und diese waren miteinander bestmöglich vernetzt.

Die ICD war noch recht jung und es gab mehr als einen Senator, Minister oder sonstigen Regierungsvertreter, der diese Abteilung der Kriminalitätsbekämpfung lieber heute als morgen geschlossen hätte. Bisher hatte sich die Organisation aber behaupten können, was nicht zuletzt an den beeindruckenden Ergebnissen des Büros lag, die für sich sprachen.

Mia drückte die große Glastür am Eingang auf und zeigte den beiden Männern hinter dem runden Empfangstresen ihre Karte. Darauf prangte ein Bild von ihr, der Name Mia Rot und darunter die Bezeichnung ›ICD-Agent‹. Noch vor ihrem Abschluss in Kriminalpsychologie war die ICD auf sie zugekommen und hatte ihr ein Angebot gemacht. Mia hatte bis zu diesem Zeitpunkt noch nie etwas von dieser Organisation gehört, aber das Einstiegsgehalt und die Jobbeschreibung hatten sie schnell überzeugt.

Sie nickte den beiden Männern zu, die ihren Gruß erwiderten, und durchquerte das mit Marmor ausgelegte Foyer, um zu den Aufzügen zu gehen. Gerade als sie den Knopf für die vierte Etage gedrückt hatte, hörte sie jemand: »Warte noch!«, rufen. Sie blickte über die Schulter und sah einen großen Mann am Empfang stehen, der seine Karte vorzeigte, aber in ihre Richtung sah. Er besaß breite Schultern, die sich unter dem dunkelgrauen Anzug deutlich abzeichneten, und das dunkle Haar wellte sich leicht, fast so wie das ihre. In seinen blauen Augen lag Schalk, und sein Anzug im selben Blau betonte ihre Farbe. Er kam auf sie zu und erreichte sie genau in dem Moment, in dem die Tür des Aufzugs aufglitt. »Morgen, Matt«, begrüßte sie ihn freundlich. Auch wenn sie getrennt waren, so war es doch immer wieder schön, ihren Ex-Freund und Kollegen Matt Archer zu sehen.

»Hey, Mia.« Er ließ ihr den Vortritt und stieg nach ihr in die Kabine. Die Türen schlossen sich mit einem kaum hörbaren Seufzen und mit einem Ruck begann die Fahrt nach oben. »Wo warst du denn gestern Abend? Ich habe dich angerufen, aber du warst nicht da.« Matt musste müde sein, denn sein amerikanischer Akzent kam stärker durch als sonst. In seinen Worten lag auch keine Spitze, und er lächelte anzüglich.

Mia verdrehte spielerisch die Augen. »Offensichtlich nicht. Ich war verabredet.«

»Mit wem denn? Ich war es nicht.« Jetzt grinste er breit und stieß Mia sanft am Arm an.

»Blitzmerker«, erwiderte Mia lachend, aber ihre Gedanken wanderten zurück ins *Velvet Chains*, zu dem Moment, in dem sie stöhnend gekommen und ihr alles egal gewesen war, außer der Lust, die sie beherrschte. Zum ersten Mal hatte sie bedauert, dass sie von dem Mann, mit dem sie die Nacht verbracht hatte, nicht einmal den Namen kannte. Sie hätte ihn gerne wiedergesehen und die Ekstase wiederholt, aber als sie aus ihrer kurzzeitigen Bewusstlosigkeit wieder erwacht war, hatte sie völlig nackt auf den Kissen in der Vertiefung gelegen. Sie war allein gewesen und der Mann war verschwunden.

Der Fahrstuhl hielt ebenso ruckartig, wie er angefahren war, aber bevor die Türen auseinanderglitten, beugte Matt sich vor. »Ich kenne dieses abwesende Lächeln«, sagte er, noch immer mit einem amüsierten Unterton, aber auch mit Ernst in der Stimme. »War es gut?«

Mia lächelte. »Fantastisch«, sagte sie leise und trat durch die Türen hinaus auf die Etage ihrer Abteilung. Matt folgte ihr durch das Gewirr aus Schreibtischen und Computern, an denen Männer und Frauen saßen und beschäftigt aussahen. Mia war auf dem Weg zum Kaffeeautomaten und Matt wollte sich gerade in eine andere Richtung wenden, als Emilia Zordias, die Leiterin der ICD und Mias beste Freundin, auftauchte und ihnen den Weg versperrte. Ihre krausen tiefschwarzen Haare hatte sie zu einem engen Knoten hochgesteckt, was ihre hohen Wangenknochen und die leicht schräg stehenden dunklen Augen betonte. Sie trug einen konservativ geschnittenen Blazer mit passendem Rock, der über dem Knie endete, dazu passende High Heels in einer Farbe, die Mia irgendwo zwischen Dunkelbraun und Schlamm einordnete. Nur der mit tiefrotem Lippenstift nachgezogene Kussmund gab einen Hinweis auf die sinnliche Frau, die sich unter all den Nadelstreifen verbarg. »Kaffee gibt es auch bei mir im Büro. Mitkommen.« Sie wartete ihre Reaktion nicht ab, sondern drehte sich einfach um. Mia und Matt warfen sich hinter ihrem Rücken einen fragenden Blick zu. Matt zuckte mit den Schultern und Mia beeilte sich, zu Emilia aufzuschließen. Ihre Freundin wurde nicht eine Spur langsamer, aber ihr Gesicht wurde weicher. »Morgen, Mia. Wo warst du denn gestern? Ich habe versucht, dich zu erreichen.«

»Habt ihr euch abgesprochen?!«, seufzte Mia, während sie sich neben Emilia durch das Büro in Richtung des abgetrennten Bereichs schob, in dem ihre Freundin arbeitete. Sie sprach extra leise, damit Matt, der ihnen folgte, sie nicht hörte. »Er hat mich gerade genau das Gleiche gefragt.«

Emilia lachte leise und tarnte es rasch als Hüsteln. »Na, das wundert mich. Ich habe ja fast schon gedacht, dass du mit ihm …«

»Oh nein, er war es nicht.« Mia klappte den Mund hastig wieder zu, als ihr auffiel, was sie da gerade zugegeben hatte. Emilias Grinsen hatte nun etwas Koboldhaftes. »Wusste ich es doch – du hast dich gestern Nacht flachlegen lassen!«

Mia räusperte sich und zog ihr Jackett zurecht. »Das ist ja kein Verbrechen.«

»Nein, ganz sicher nicht. Aber du könntest mir trotzdem mal erzählen, wer, was und wo.«

Mia schielte zu der rettenden Bürotür, aber Emilia war langsamer geworden und die Tür schien in unerreichbarer Ferne zu liegen. »Nicht hier«, wich sie aus.

»Wenigstens Stichworte!«

Mia seufzte und verdrehte die Augen. »Okay, aber wehe du tratschst es weiter«, sagte sie noch leiser und hoffte fast, dass ihre Worte unter dem geschäftigen Summen der anderen ICD-Mitarbeiter einfach untergehen würden, aber Emilia hatte Ohren wie ein Luchs. »Weil ich auch immer so viel tratsche«, murmelte sie ein wenig pikiert, und Mia musste schmunzeln. Tatsächlich klatschte Emilia nie in der ICD, da sie als Leiterin eine Position innehatte, in der sie so integer wie möglich auftreten musste. Privat sah es jedoch ganz anders aus.

»Zumindest hier nicht«, räumte Mia ein und sah sich noch einmal um, ob sie niemand hörte, aber Matt war noch immer ein Stück hinter ihnen, weil er sich mit einer Kollegin unterhielt, die ihn wohl aufgehalten hatte, und auch sonst schenkte niemand den beiden Frauen besondere Aufmerksamkeit. »Na gut: Es war in einem Klub, es war ein völlig Fremder, den ich nicht einmal nach seinem Namen, geschweige denn nach seiner Telefonnummer gefragt habe, und es war der verdammt nochmal beste Sex, den ich jemals hatte.«

Emilia sah sie verblüfft an. »Warum hast du ihn denn nicht nach seiner Nummer gefragt, wenn der Sex so gut war?«

»Weil ich das nie mache, das weißt du doch«, gab Mia zerknirscht zu. »Ehe ich auch nur auf die Idee kommen konnte, meine Prinzipien zu ändern, hatte er mich auch schon ins Koma gevögelt. Ich bin kurzzeitig ohnmächtig geworden.«

Emilia sagte nichts, aber ihr Gesicht sprach Bände. Die haselnussbraunen Augen waren weit aufgerissen und der rote Mund bildete ein perfektes O. »So gut?«

Mia schluckte leicht und die Bilder der vergangenen Nacht blitzten vor ihrem inneren Auge auf. Sie rieb sich abwesend über den Nacken. »Noch viel besser«, bestätigte sie und spürte, wie allein die Erinnerung wieder köstliche Hitzeschauer zwischen ihren Schenkeln aufwallen ließ.

Sie hatten das Büro erreicht und Mia sah ihrer Freundin genau an, dass sie sie am liebsten weiter gelöchert hätte, aber sie schwieg. Gemeinsam warteten sie, bis Matt zu ihnen aufgeschlossen hatte, und traten dann ein.

Emilias Büro hatte nichts mit dem geschäftigen Großraum-Summen vor der Tür gemeinsam. Ihr Platz war großzügig geschnitten mit einem nahezu lächerlich klein wirkenden Schreibtisch an der Fensterfront, von der aus man direkt auf den Potsdamer Platz blicken konnte. An den Wänden standen zwei Schränke. Den Großteil des Raums aber nahmen unzählige Grünpflanzen ein, die kunstvoll arrangiert und liebevoll gepflegt waren. Emilia hatte Mia mal erzählt, dass Pflanzen sie beruhigten – was für andere Zierfische waren, waren für die Leiterin der deutschen ICD Farne und Azaleen.

Mia mochte Emilias Büro, denn die Ruhe darin übertrug sich meist sofort auf sie. Matt schien davon unberührt.

Emilia nahm hinter ihrem Schreibtisch Platz und ohne auf eine Aufforderung zu warten, setzten Matt und Mia sich davor. »Also, worum geht es?« Jeglicher Schalk war aus Matts Stimme verschwunden und er sah ernst aus. Jetzt war er ganz Agent der ICD und völlig in seinem Element. Mia mochte diese Wandlung – zum einen half es ihr selbst immer dabei, in den professionellen Modus zu schalten, zum anderen strahlte er dann eine Autorität und Sicherheit aus, die ihr schon während ihrer Beziehung sehr gefallen hatte.

Auch Emilia war nun wieder ganz Leiterin der ICD. Sie betätigte eine Taste an ihrem Computer und auf dem Fenster hinter ihr flammte ein Bild auf. Es war das Foto eines Schiffes bei Nacht. Offensichtlich wurden gerade große Kisten vom Schiff gebracht, während Kräne dabei waren, die riesigen Container abzuladen.

»Wie es aussieht, versucht ein Drogenkartell aus Ostasien in Europa Fuß zu fassen«, kam sie ohne weitere Umschweife zum Thema. »Sie sind gut organisiert, und wie unsere Informanten in China bestätigen, scheinen sie eine größere Expansion vorzubereiten. In einem der Hauptlager in Xiangmie wurden Unmengen an Angel Dust und Flying Kite hergestellt, die aber bisher nirgendwo in China, Japan oder Korea im Verkauf aufgetaucht sind.«

Emilia deutete auf das Foto hinter sich und fuhr fort: »Das hier wurde uns von einem unserer Informanten zugespielt. Es handelt sich um eine Aufnahme von einer Lieferung, die im letzten Monat nach Hamburg verschifft wurde. Der Informant ist daraufhin verschwunden, wir haben seither nichts mehr von ihm gehört.«

Sie betätigte eine weitere Taste und diverse Portraitfotos

von Männern verdrängten das Bild des Schiffes. Sie sahen asiatisch aus, viele hatten kurz geschorene Frisuren und die meisten blickten düster in die Kamera. Das waren keine braven Firmenmitarbeiter, die ihre Überstunden in irgendwelchen Hochhausbüros absaßen.

»Die ICD in Tokio vermutet, dass es sich dabei um eine Absplitterung der Yakuza, der japanischen Mafia, handeln könnte. Sie nennen sich selbst ›Söhne des Tigers‹ und gehören nicht mehr zum eigentlichen Kreis, sondern haben ihre eigenen Regeln aufgestellt und ihren Machtbereich auf ganz Asien ausgeweitet. Wie es aussieht, ist ihnen das aber noch nicht genug. Der Kopf der Tigersöhne ist Jiro Fushida.«

Eines der Fotos vergrößerte sich und zeigte einen asiatischen Mann um die fünfzig mit buschigen schwarzen Augenbrauen und einem breiten Mund mit fleischigen Lippen, der ihm das Aussehen einer Kröte verlieh.

»Seine rechte Hand ist Ryan West. Laut den Informationen der ICD in Tokio ist er Fushidas Stellvertreter und soll die Expansion leiten.«

Das Bild von Fushida verschwand und ein anderes vergrößerte sich. Diesmal handelte es sich nicht um einen Asiaten. Der Mann hatte blonde Haare und dunkle, blaue Augen, mit denen er den Betrachter des Fotos regelrecht zu durchbohren schien. Mia glaubte, dass ihr Herz einen Schlag lang aussetzte. Sie hatte diesen Blick schon einmal gesehen. Damals hatte sie stöhnend und gefesselt an einem Haken gehangen.

Ryan West war der Mann, mit dem sie die letzte Nacht verbracht hatte.

3

Derartige Treffen fanden nie in schmierigen Gassen oder Hinterhöfen statt, wie es in Filmen oder Büchern gezeigt wurde. Wer nicht mehr Teil der Gesellschaft war, zog es vor, sich mit möglichst viel Geld und Statussymbolen zu umgeben. Das war die beste Tarnung. Zwei Männer, die sich mit verschwörerischen Blicken zwischen Mülltonnen in einer abgelegenen Straße trafen, erregten Misstrauen. Zwei Männer, die während der Mittagszeit in einem der teuersten Restaurants Berlins saßen, waren kaum einen zweiten Blick wert. Das hatte Ryan schon früh gelernt.

Als er das *Topas* betrat, wimmelte es nur so von Männern in Anzügen und Frauen in Kostümen, die ihre teuren Vorspeisen in sich hineinschoben, als wären es Pommes von der Bude an der Ecke, und sich dabei Mühe gaben, so auszusehen, als wären sie in wichtige, weltverändernde Gespräche verwickelt. Fast hätte er gelacht. Keiner von ihnen wusste, was wirklich in der Welt vor sich ging, geschweige denn, wie man sie verändern konnte. Er selbst hatte genug davon gesehen und es hing ihm zum Hals raus. Das alles war eine große verdammte Lüge.

Er trug ebenfalls einen Anzug, der sich anfühlte wie ein Panzer und ihn einzwängte – eine Verkleidung. Aber genau darum ging es ja. Er wartete nicht darauf, dass der Kellner ihn zu seinem Platz führte, sondern durchquerte selbst mit zielstrebigen Schritten den Raum, während der Kellner ihm mit einer Mischung aus Verwirrung und beflissener Dienstbarkeit folgte. »Entschuldigung, aber der Tisch ist reserviert«, sagte er, während er versuchte, mit Ryan Schritt zu halten. Der blieb vor dem Tisch mit dem deutlichen Schild stehen. »Ja«, sagte er. »Für mich.«

Für einen Moment schien es, als wollte der Kellner protestieren, dann aber nahm er einfach stumm das Schild vom Tisch und bedeutete Ryan mit einem leichten Kopfnicken und einer Geste, sich zu setzen. Ryan hängte seinen Mantel an den Haken an der Wand, nahm Platz und ließ sich die aufgeklappte Karte reichen. Ohne einen richtigen Blick darauf zu werfen, deutete er auf eines der Gerichte. »Suchen Sie einen passenden Wein dazu aus«, sagte er und reichte die Karte wieder zurück. Der Kellner verschwand ohne ein Wort, und Ryan schloss die Augen. Er war unruhig, fast nervös, und dieser Zustand irritierte ihn. Es war lange her, seit er sich zum letzten Mal so gefühlt hatte, und er hatte fast vergessen, wie verletzbar es einen machte. Aber woher kam das auf einmal?

Ein Bild erschien in der Dunkelheit hinter seinen Augenlidern – volle, leicht geöffnete Lippen, dunkle Augen, die ihn ansahen, anflehten. Weiche Kurven, die sich an ihn schmiegten, ihr Haar, das sich an seine Wange drückte. Weich, so weich …

Ich will dich.

»Ich nehme das Gleiche wie er.«

Ryan schlug die Augen auf. Ihm gegenüber am Tisch saß ein Mann, der so blass war, dass es schon krank wirkte. Seine vorstehenden Schneidezähne verliehen ihm das Aussehen einer Ratte in einem sehr teuren maßgeschneiderten Anzug, aber in den braunen Augen lag eine unnachgiebige Härte, die jeden instinktiv davon abhielt, über die Ratte zu lachen. Ryan atmete tief ein. »Du bist spät dran.«

»Ich bin pünktlich, du bist zu früh«, erwiderte der Rattenmann und wartete darauf, dass der Kellner wieder verschwand. Ryan antwortete nicht, denn wie erwartet kam der Kellner kurz darauf mit zwei kleinen Tellern wieder, auf denen eine Scheibe blutig gebratenes Rinderfilet lag, eingewickelt in etwas, das wie frittierte Kartoffelfäden aussah. Gekrönt wurde das Ganze von einer weißen Soße, die so schaumig geschlagen war, dass sie an Spucke erinnerte. Das Amuse-Gueule. Ryan schob den Teller zur Seite und rührte das Essen darauf nicht an. Mirko, so der Name des Rattenmannes, war nicht so zurückhaltend, griff nach Messer und Gabel und begann, den Gruß aus der Küche mit wenigen Bissen zu verspeisen. Ryan beobachtete ihn dabei und nickte, als Mirko auch noch nach dem zweiten Teller griff und ihn dabei fragend ansah.

»Ich nehme an, du hast so einen gesunden Appetit, weil alles geklappt hat?«

»Nicht ganz. Der Transport selbst hat zwar funktioniert, aber die ICD ist auf uns aufmerksam geworden«, erwiderte Mirko und wischte sich den Mund mit der Stoffserviette ab, die er bisher auf dem Schoß gehabt hatte. »Für den nächsten Transport müssen wir den Übergabeplatz und den Lieferweg wechseln.«

Ryan runzelte die Stirn. »Ein Transport per Flugzeug ist bei dieser Menge zu riskant.« Seit September 2011 war der Flugweg für alle Schmuggler gefährlich geworden. Die Amerikaner waren am schlimmsten – was immer mit einem Flugzeug zu tun hatte, wurde bis ins kleinste Detail geprüft, überwacht und auseinandergenommen. Seine Landsleute waren schon immer große Liebhaber von Waffengewalt und Kontrolle gewesen, auch wenn sie nach außen die liberale Maske aufsetzten, aber seit dem Anschlag auf die Twin Towers war es schlimmer als jemals zuvor. Ryan hätte fast geseufzt, hielt sich aber zurück. Seine andere Heimat, Japan, war da nicht viel besser, aber wenigstens hatte man dort nicht das Gefühl, jedes Mal in einen Nacktscanner steigen zu müssen, wenn man einen Flughafen betrat.

»Das wissen die Jungs in China auch. Deswegen versuchen wir gerade eine Route, teils per Zug, teils per Schiff, über einen anderen Hafen zu erstellen«, schnarrte Mirko und sah auf, als der Kellner wiederkam, den Wein und dann das Essen servierte. Offensichtlich hatte Ryan auf irgendetwas mit Innereien gedeutet, denn das Fleischstück auf seinem Teller hatte eine verdächtig violette Farbe. Er schob den Teller ebenfalls weg, und Mirko machte sich über beide her. Ryan leerte in der Zwischenzeit sein erstes Glas Wein und schenkte sich dann nach. Für ihn war es eine Möglichkeit, seine Unruhe zu dämpfen und zu versuchen, sich wieder auf seinen Auftrag zu konzentrieren. Wenn er nur endlich diese verdammten Bilder in seinem Kopf loswerden könnte!

Er presste die Kiefer so fest aufeinander, dass es knirschte, und Mirko sah auf. »Hey, nur weil wir umdisponieren müssen, heißt es doch nicht gleich, dass der Transport nicht stattfinden kann!«

Ryan versuchte, seinen Kiefer zu entspannen. Armer Idiot.

»Das weiß ich. Trotz allem wirft es uns in unseren Plänen zurück. Und es kostet Zeit. Bei dieser Aktion ist es wichtig, dass wir schnell und effizient agieren. Die ICD können wir da nicht gebrauchen.«

»Hey, Ryan«, sagte Mirko und stützte sich mit verschränkten Ellenbogen auf den Tisch auf, nachdem er sich endlich von den beiden Tellern mit der Leber losreißen konnte. Seine Stimme hatte diesen vertraulichen Kumpelton angenommen, den er immer anschlug, wenn er glaubte, Ryan etwas erklären zu müssen. Der musste sich zurückhalten, um Mirko nicht einfach das Rattengesicht neu zu verlegen. Vielleicht würde das ja gegen die Unruhe helfen?

»Wie lange bin ich schon dein Kontakt in Europa?«, fragte die Ratte.

»Drei Monate«, erwiderte Ryan desinteressiert.

Mirko warf den Kopf zurück und lachte, was zeigte, wie sehr seine Schneidezähne wirklich vorstanden, und Ryan sah weg, weil der Anblick ihn aggressiv machte. »Guter Witz, Alter.«

Ryan warf Mirko einen düsteren Blick zu.

»Schon gut, ich weiß ja, du magst das nicht. Aber hör zu, ich bin dein Kontakt, weil es keinen besseren gibt, oder?«

»Du bist mein Kontakt, weil du Erfahrung mit dem Markt in Deutschland hast und ein gutes Netzwerk in Europa«, korrigierte Ryan ihn und nahm noch einen Schluck Rotwein. Er war überraschend leicht und stieg ihm in dem warmen, voll besetzten Restaurant schnell zu Kopf. Er haderte mit sich, ob er noch ein weiteres Glas nehmen sollte, entschied sich dann aber dagegen. »Und ich hoffe für dich, dass du damit nicht übertrieben hast.«

Mirko goss sich selbst ein Glas Wein ein und schnupperte daran, ehe er die Hälfte davon in einem Zug trank. »Gleich bin ich beleidigt«, brummte er. »Bisher hat doch immer alles reibungslos funktioniert?«

Ryan schloss die Augen für einen Moment, aber es half nichts. Er spürte, wie die Wut ihn äußerlich ganz ruhig werden ließ, während sie in seinem Innern drohte überzukochen. »Bisher gab es nur einen Transport«, sagte er sehr leise, so leise, dass Mirko sich vorbeugen musste, um ihn zu verstehen. »Und ausgerechnet bei diesem Transport hast du es geschafft, dass die ICD uns aufgespürt hat. Nicht die Hafenpolizei, nicht der Bundesgrenzschutz, nein, ausgerechnet die verdammte ICD. Da, wo ich herkomme, hättest du für so einen Fehler bereits den kleinen Finger verloren, und du hast Glück, dass wir nicht da sind, wo ich herkomme. Aber wenn so ein Fehler noch einmal passiert, werde ich das ganz schnell vergessen und dir zeigen, was ich drüben alles gelernt habe. Hast du das verstanden?«

Mirko starrte ihn an, die Arme noch immer auf den Tisch gestützt, und Ryan glaubte, dass seine Hautfarbe sogar noch eine Nuance heller geworden war – seine Blässe wirkte nun eindeutig fahl. Er wartete einige Augenblicke, um wirklich sicher zu gehen, dass Mirko seine Worte vollständig verstanden hatte.

Nur langsam kehrte wieder etwas Farbe in Mirkos Gesicht zurück. Er räusperte sich, sah sich hastig um und setzte sich wieder aufrecht hin. »Es wird keine weiteren Fehler geben«, sagte er und seine Stimme glich einem Krächzen.

Ryan nickte und stand auf. Er nahm seinen Mantel, fischte einen Hundert-Euro-Schein aus der Hosentasche und legte ihn auf den Tisch. Er nickte Mirko zu und wandte sich zum Ausgang. Ohne einen Blick zurück verließ er das Lokal und zog seinen Mantel an. Der Wind fuhr kalt durch die Straßen der großen Stadt, aber Ryan fröstelte nicht nur wegen der Kälte. Auch wenn er dieses Treffen hinter sich gebracht hatte und es eigentlich ganz gut verlaufen war, spürte er, wie seine nervöse Unruhe zunahm und sich mit einer Vorahnung mischte. Er hatte zu lange in Japan gelebt, um eine Vorahnung zu ignorieren, aber egal, wie sehr er sich darauf konzentrierte, er konnte sie einfach nicht näher bestimmen. Stattdessen wanderten seine Gedanken immer wieder zu der Nacht im *Velvet Chains*, immer wieder zurück zu ihr. Wenn das so weiterging, würde er noch einen Fehler machen. Und er durfte keine Fehler machen.

Ryan zog seinen Mantel zurecht und seufzte leise. Es war Zeit, Vorbereitungen zu treffen, um sicherzustellen, dass Mirko seinen Auftrag vermasselte. Die arme Ratte wusste nicht, dass sie mit der zweiten Fuhre an eingeschmuggelten Drogen nur den Lockvogel spielen sollte. Auch wenn der Mann mit dem Nagetiergesicht von sich selbst glaubte, ein unfehlbarer Profi zu sein, wusste Ryan doch ganz genau, wen er sich da angeheuert hatte – einen Stümper, der zwar gute Kontakte, aber absolut kein Talent für die Durchführung einer solchen Aktion hatte. Nach Ryans Drohung war er nervös und würde mit Sicherheit noch mehr Fehler machen als beim letzten Mal. Ryan kannte diesen Typ Mann.

Noch lief alles nach Plan. Noch.

Ryan schlug den Kragen hoch, schob die Hände in die Manteltaschen und verschwand wieder aus dem Licht der Öffentlichkeit.

4

»Was soll das heißen, du hast mit ihm geschlafen?« Matt sah Mia fassungslos an, und die fragte sich gerade zum zehnten Mal, wie ihr das hatte rausrutschen können. ›Als wüsstest du das nicht genau‹, sagte sie zu sich selbst. ›Er kennt dich einfach zu gut. Niemand kennt dich so gut wie er, nicht einmal Emilia.‹

Das war die einfache, aber unverfälschte Wahrheit. Matt hatte sofort bemerkt, wie sie zusammengezuckt war, als Ryans Foto auf dem Fenster-Bildschirm erschienen war. Emilia war so sehr in ihre Erklärungen vertieft gewesen, dass sie nichts davon mitbekommen hatte, aber Matt hatte es gesehen. Als die Besprechung vorbei war, hatte er nicht lockergelassen, bis sie mit ihm in eines der Cafés im Erdgeschoss des Gebäudes gegangen war, und ihm alles erzählt hatte.

»Eben das, was es heißt«, sagte sie und stippte mit der Fingerkuppe in den Milchschaum ihres Kaffees. Ein Latte Macchiato. Sie hatte einfach irgendetwas bestellt und ihr Getränk noch nicht angerührt.

»Mia«, brummte Matt, und sie zwang sich, nicht genervt zu seufzen. Das hatte er früher schon gehasst, und jetzt wollte sie vermeiden, dass das Gespräch eskalierte.

»Matt«, erwiderte sie im gleichen Tonfall. »Es war ein dummer Zufall. Woher hätte ich denn wissen sollen, dass mein One-Night-Stand ausgerechnet ein gesuchter Mafiosi aus Japan ist?«

»Amerika«, korrigierte Matt sie und nahm einen Schluck aus seiner eigenen Tasse. Kaffee, schwarz, ohne Zucker. Seine Bartstoppeln rieben dabei geräuschvoll gegen das Porzellan.

»Was auch immer.« Jetzt konnte sich Mia das Seufzen nicht mehr verkneifen. »Es war ein Zufall, mehr nicht.«

Matt lehnte sich auf seinem Sitz zurück und verschränkte die Arme vor der Brust. Der Stoff um seine Muskeln spannte sich, aber Mia hatte keinen Blick mehr dafür. Dafür war ihre gemeinsame Zeit zu lange her. »Es hätte auch ganz anders ausgehen können«, sagte er. »Was, wenn er herausgefunden hätte, was du bist?«

»Was bin ich denn?«

»Eine Agentin der ICD. Das hätte gefährlich werden können!«

Er beugte sich wieder vor und sah ihr eindringlich in die Augen. »Hast du dich von ihm fesseln lassen?«

Mia spürte, wie das alte Unbehagen in ihr aufstieg. Sie wollte mit Matt nicht über ihre Vorliebe für Fesselspiele sprechen, immerhin war das der Grund gewesen, warum sie sich getrennt hatten. Es kam ihr vor, als würde jede falsche Antwort dazu führen, dass sie sich wieder in diesem alten Muster wiederfanden, in dem sie ihm sagte, dass sie sich mehr wünschte, und er wütend wurde, aus Frust, weil er ihr genau das nicht geben konnte.

»Mia, ich will nur wissen, ob du in Gefahr warst«, sagte er leise, als hätte er ihre Gedanken gelesen.

Überrascht sah sie auf, aber in Matts Gesicht stand wirklich nichts weiter als Sorge. »Das war ich nicht«, erwiderte sie ebenso leise wie er. »Ich nehme meinen Ausweis niemals mit in den Klub. Niemand dort kennt meinen Namen und er hätte ihn nicht herausfinden können. Er war dort nur aus einem Grund, demselben Grund, aus dem ich ins *Velvet Chains* gehe.

Wir hatten Spaß und sind wieder unserer Wege gegangen. In diesem Klub ...« Mit einem Mal kam ihr eine Idee und sie verstummte.

Matt runzelte die Stirn. »Den Blick kenne ich doch – was heckst du aus?«, fragte er.

Mia grinste bis über beide Ohren. Es war so simpel, aber es könnte funktionieren. »Er wird doch sicherlich noch eine Weile in Berlin bleiben, oder?«

Matts dunkle Augenbrauen rutschten ihm tiefer in die Stirn. »Mir gefällt nicht, wohin das führt.«

»Aber überleg doch nur einmal!«, rief sie begeistert. »Wir könnten eine teure, monatelang andauernde Untersuchung abkürzen, einfach so.«

»Das ist zu gefährlich!«, erwiderte Matt scharf. »Wenn du wieder in diesen Klub gehst und er wirklich da sein sollte, wird er herausfinden, wer du bist. Du hast ein Mal Glück gehabt, ein zweites Mal passiert das vielleicht nicht mehr.«

»Du verstehst das nicht – das Risiko ist wirklich klein und ich kann ihn festnehmen, bevor es wirklich gefährlich wird. Du könntest mitkommen, als Kavallerie.« Mia war sich sicher, dass für sie keinerlei Gefahr bestand. Nachdem sie bereits eine Nacht mit Ryan verbracht hatte, würde er mit Sicherheit nicht misstrauisch werden, wenn sie ihn im Klub noch einmal ansprach. Vorausgesetzt, er war überhaupt dort. Wenn Matt dabei war, war das Risiko gleich Null. Aber ausgerechnet der stellte sich quer.

»Nein, wir ziehen das auf die altmodische Art durch. Wir ermitteln und werden die Söhne des Tigers auf frischer Tat ertappen. Meinetwegen kann das auch Jahre dauern, aber ich werde nicht zulassen, dass du irgendein Risiko eingehst. Versprich mir, dass du dich von ihm fernhältst, wenn du ihn siehst. Ruf mich oder meinetwegen die Verstärkung an, aber begib dich nicht in Gefahr. Versprich es mir.«

Er meinte es ernst. Diese steile, wie mit einem Messer geschnittene Falte zwischen seinen Brauen kannte sie gut genug. Nichts und niemand würde diesen Dickkopf umstimmen.

Mia schob ihren pappsüßen Milchkaffee zur Seite. »Es wird nicht …«

»Versprich es mir, Mia.«

Sie rieb sich mit der Hand über die Stirn, hoffte, dass sie irgendeine Schwäche in seinem Gesicht entdeckte, etwas, womit sie das Ganze in einen Scherz verwandeln konnte, damit sie nichts versprechen musste.

Sie fand nichts.

»Okay«, sagte sie leise. »Ich verspreche es.«

5

Sie fühlte sich nicht gut bei dem Gedanken, Matt zu hintergehen, aber er hatte ihr keine andere Wahl gelassen. Matt kam aus einer Polizistenfamilie und besaß einen ausgeprägten Beschützerinstinkt. Etwas, was sie anfangs anziehend fand und sie später vertrieben hatte. Denn durch diesen Instinkt hatte er sie im Bett immer mit Samthandschuhen angefasst, um sicherzugehen, dass sie sich nicht unwohl fühlte und es ihr Spaß machte. Wie hätten er ahnen können, dass das genau das Gegenteil von dem war, was Mia sich insgeheim wünschte?

Bei Matt hatte sie sich immer geborgen gefühlt, aber auch wie ein rohes Ei. Es hatte sie Monate gekostet, bis sie den Mut aufgebracht hatte, mehr von ihm zu fordern. Matt war von der Idee überhaupt nicht begeistert gewesen, hatte sich ihr zuliebe aber überwunden. Das Ergebnis war katastrophal. Die Trennung kam bald darauf.

Mia wusste, dass Matt ein besonderer Mann war, aber sie war nicht die passende Frau für ihn. Die war noch irgendwo da draußen und eines Tages würde er sie auch finden. Davon war Mia überzeugt.

Für diesen Abend wählte sie lange, schwarze, halterlose Strümpfe mit Spitzenbesatz und einen ärmellosen Body, ebenfalls mit Spitze verziert. Das schwarze Kleidungsstück war tief genug ausgeschnitten und eng genug, um ein verführerisches Dekolleté zu kreieren. Mia haderte oft mit ihren Brüsten, weil sie sie als zu klein empfand, aber wenn sie ehrlich war, passten sie zu ihrer großen, schlanken Figur. Und Ryan hatten sie offensichtlich auch gefallen …

Mia blinzelte und konzentrierte sich auf ihr Spiegelbild. Sie war nicht auf der Suche nach einem schnellen Abenteuer, sondern als ICD-Agentin unterwegs. Diese Gedanken an die Nacht mit Ryan mussten aufhören – wenn sie ihn fassen wollte, brauchte sie einen klaren Kopf!

Mit einem entschlossenen Schnauben steckte sie ihre leicht gewellten dunkelblonden Haare hoch und trug einen blutroten Lippenstift von Dior auf. Die Farbe glitt seidig und weich über ihre Lippen – ein sinnliches Gefühl, das Mia auf die kommende Nacht einstimmte. Auf weiteres Make-up verzichtete sie. Nach einem letzten prüfenden Blick in den Spiegel zog sie ihre schlichten schwarzen High Heels an und streifte ihren Trenchcoat über. Die Jagd war eröffnet.

Vor den Türen des *Chains* wehte Mia der kalte Wind fast um, umso wohltuender war die Wärme, die im Innern des Klubs herrschte. Mia ließ, wie schon bei ihrem letzten Besuch, den Trenchcoat an und setzte sich an die Bar, in der Hoffnung, dass Ryan sie dort sehen würde, wenn er das *Velvet Chains* betrat. Vorausgesetzt, er kam überhaupt. Oder hatte überhaupt noch Lust auf eine Wiederholung der Nacht zwischen ihnen. Oder …

›Reiß dich zusammen‹, zischte Mia in Gedanken. Sie war eine ICD-Agentin und konnte sich einen solchen Kontrollverlust nicht leisten. Nicht wegen eines verdammten Orgasmus. Selbst wenn es der beste Höhepunkt ihres Lebens gewesen war.

Stumm stöhnte Mia auf. So hatte das keinen Zweck. Sie

wandte sich an die Barkeeperin und erkannte die Frau, die ihr beim letzten Mal schon geholfen hatte. Sie lächelte freundlich und nickte ihr zu, was das Tattoo auf ihrem Hals seltsam verzog. Offensichtlich erkannte die Dame mit den grellrot gefärbten Haaren sie ebenso. »Hey, was darf es sein? Wieder eine Hand voll Eiswürfel?«, grinste sie.

Mia lächelte. »Nein, heute nicht. Ich brauche etwas Stärkeres.«

Die Barkeeperin überlegte kurz, nahm dann eine Flasche aus dem Regal und schenkte etwa einen Fingerbreit daraus in ein Glas. Die Flüssigkeit war klar und etwas ölig. »Süßkartoffelwodka. Das beruhigt die Nerven.«

Mia nahm das Glas entgegen, nippte daran und hustete ein wenig. »Du hast nicht zu viel versprochen«, krächzte sie, nahm aber noch einen Schluck. Der brannte gleich viel weniger, und sie konnte das Aroma des Wodkas schmecken.

»Ich bin Barkeeper, ich weiß immer, was meine Kunden brauchen«, sagte die rothaarige Frau. »Und du siehst aus, als bräuchtest du etwas, um die Nerven zu beruhigen. Warum bist du so nervös?«

Für einen Moment überlegte Mia, wie viel sie preisgeben konnte, ohne sich zu verraten, aber die Barkeeperin war schneller. »Du wartest auf den Hengst vom letzten Mal, oder?«

Mia wurde rot. »Ist das so offensichtlich?«

Die Barkeeperin lachte. »Wenn der Knabe nur halb so gut im Bett ist, wie er aussieht, wäre ich wahrscheinlich auch wieder hier.«

Mias Röte vertiefte sich, aber sie tat so, als merke sie nichts davon. »Ist er denn schon mal wieder hier aufgetaucht?«, fragte sie so beiläufig wie möglich, auch wenn sie genau wusste, dass die Barkeeperin ihre eigenen Schlüsse zog.

»Bisher nicht.« Die rothaarige Frau schmunzelte und deutete mit einem leichten Nicken auf die andere Seite des Raumes. »Aber ich glaube, du hast Glück.«

Viel zu hastig drehte Mia den Kopf und ein heißer Schmerz zuckte durch ihren Nacken. Aber aus den Augenwinkeln entdeckte sie tatsächlich den blonden Haarschopf und die dunkelblaue Jeans. So gewöhnlich, aber in diesem Klub das deutliche Zeichen eines Mannes, der anders war als die anderen. Ganz anders.

»Mist«, murmelte Mia und rieb sich über den Nacken, um den Schmerz darin etwas zu mildern. »Nicht so übereifrig«, grinste die Barkeeperin.

»Das sagt sich so leicht.« Mia ließ sich von dem Barhocker gleiten. Sie musste Ryan finden, ehe er wieder verschwand.

Etwas streifte ihren Arm und sie sah hinunter. Es war eine Visitenkarte, die die Barkeeperin ihr hinhielt. »Falls euch beiden mal langweilig ist und du den Hengst teilen willst … mein Name ist Leyla.«

Mia lächelte und nahm die Karte zu ihrer eigenen Überraschung sofort an. Sie hatte lange nicht mehr mit einer Frau geschlafen, aber nur weil sie die Karte annahm, hieß es nicht, dass sie auch anrufen würde, oder?

Sie nickte Leyla zu, zog einen Zehn-Euro-Schein aus der Tasche ihres Trenchcoats und warf ihn auf den Tresen. Eilig wandte sie sich ab, um Ryan in der Menge zu finden, aber sie hatte Pech. Er war verschwunden.

Ohne weiter auf Leyla zu achten, durchquerte Mia den Saal, schob sich an küssenden und sich streichelnden Paaren oder ganzen Gruppen vorbei, immer auf der Suche nach dem großen Mann, der ihr die Sinne verwirrt hatte.

Nachdem sie den Saal zweimal erfolglos durchsucht hatte, war sie kurz davor, die Hoffnung aufzugeben, aber dann entdeckte sie Ryan. Er hatte ihr den Rücken zugewandt und verschwand gerade in einem der Gänge, die zu den Separees führten. Für einen Augenblick setzte ihr Herz aus. Hatte Ryan schon eine andere Frau als Spielgefährtin für diese Nacht auserkoren? Ein Gefühl schnürte ihr die Kehle zu, das sie eigentlich schon lange hinter sich gelassen hatte – Eifersucht. Die Vorstellung, dass Ryan eine andere Frau fesselte, eine andere Frau versohlte, sie leckte, sie …

Mühsam drängte Mia die Bilder beiseite, die sich in ihr Hirn zu brennen drohten. Es konnte durchaus sein, dass Ryan sich nur umsah. Von den Separees aus konnte man bequem den Bereich des Klubs erreichen, in dem Zuschauen erwünscht und willkommen war. Ob Ryan wirklich dorthin ging, würde sie aber erst herausfinden, wenn sie ihm folgte.

Mia durchquerte abermals den Saal, aber als sie den Gang erreichte, war Ryan bereits wieder im Zwielicht verschwunden. Mia schob sich durch den Gang, vorbei an den Stahltüren, hinter denen Menschen die Freuden der Unterwerfung genossen, und hielt weiter Ausschau nach Ryan. Manchmal glaubte sie, hinter den Türen ein Stöhnen oder das Knallen einer Peitsche zu hören, aber das konnte auch nur Einbildung oder Wunschdenken sein.

Ihre Augen hatten sich mittlerweile an das schummrige Licht gewöhnt, aber der Gang nahm viele Abzweigungen und es gab mehr als eine Nische, in die kein Licht reichte und in deren Dunkelheit alles passieren konnte.

Mias Sinne waren auf das Äußerste angespannt. Diese Jagd fühlte sich auf einmal wirklich wie eine an. Sie hatte es sich zu leicht vorgestellt, wahrscheinlich, weil bei ihrem letzten Besuch im *Chains* er derjenige gewesen war, der sie gefunden hatte. Sie hatte einen Köder ausgelegt, ohne es wirklich zu merken, und er war darauf angesprungen. Diesmal hatte sie den Köder bewusst ausgelegt, aber er hatte ihn entweder nicht gesehen oder ignorierte ihn. Mia hoffte inbrünstig, dass sie ihm einfach nur nicht aufgefallen war, weil er noch nicht zur Bar gegangen war.

Sie war die Jägerin, sie sollte ihn finden und niederstrecken, aber ihr Instinkt sagte ihr etwas anderes. Sie fühlte sich beobachtet, glaubte, seine Blicke auf sich und in ihrem Rücken zu spüren, während sie durch den nur schwach beleuchteten Gang stolperte. Aber das war Unsinn. In dem engen Gang hätte er sich nicht unbemerkt an ihr vorbeischleichen können. Er musste noch vor ihr sein, aber wo?

Etwas quietschte leise, wie eine der Türen, und jedes Härchen auf Mias Körper richtete sich auf. Ihr wurde kalt, und sie wusste, dass sie einen Fehler gemacht hatte, eine halbe Sekunde bevor kräftige Arme sie umfassten, sie an sich zogen und ihr jede Bewegungsfreiheit nahmen.

»Warum folgst du mir?«, raunte Ryan an ihrem Ohr, und auf ihren Armen lag eine Gänsehaut. Mia schauderte. »Das tue ich gar nicht«, log sie und erntete dafür ein tiefes, kehliges Lachen. »War es so gut? Willst du mehr?«

Sie presste die Lippen aufeinander. »Ich war hier auf der Suche nach ein wenig Spaß«, presste sie hervor. »Nur das. Lass mich los.« Zu ihrer eigenen Überraschung lockerte er seinen Griff und sie kam frei.

»Entschuldige, dann will ich dich nicht weiter behelligen.«

Mia musste einen lauten Fluch unterdrücken. Sie drehte sich zu Ryan um. »Ich habe nicht gesagt, dass wir beide keinen Spaß hatten.«

Im Halbdunkel konnte sie sein Gesicht nicht ganz sehen, vieles davon lag im Schatten, aber seine Augen funkelten und fixierten ihren Blick. »Ja, den hatten wir«, sagte er. Mehr nicht.

Mia rang mit sich. Was ihr Körper wollte, wusste sie nur zu genau. Allein Ryans Anblick reichte aus, um das bekannte Prickeln zwischen ihren Schenkeln wachzurufen. Und eigentlich war auch klar, was ihr Kopf wollte: Ryan verführen, fesseln und dann die ICD rufen, damit sie ihn mitnahmen. Aber irgendetwas dazwischen wollte etwas ganz anderes. Ein bockiger, störrischer Teil von ihr, der sich weigerte, ihm die Genugtuung zu geben, dass sie sich ihm an den Hals warf. Dieser Teil wollte ihn herausfordern, ihn reizen, und dieser Impuls war in diesem Moment so stark, dass sie ihn nicht unterdrücken konnte. »Obwohl man daran natürlich noch einiges verbessern könnte«, behauptete sie und sah befriedigt, wie Ryans unbewegte Miene für den Bruchteil einer Sekunde entgleiste. Dann runzelte er die Stirn und trat einen Schritt auf sie zu. »So?«, fragte er mit einer Stimme, die jetzt so tief war, dass sie eher einem Knurren ähnelte. »Was hätte man denn in deinen Augen noch besser machen können?«

Mia wich spielerisch zurück und lehnte sich mit dem Rücken an die Wand. »Das muss ich mir doch nicht ausdenken«, sagte sie fröhlich und genoss das Wissen, Ryan aus der Reserve gelockt zu haben. »Immerhin bin ich doch die Unterwürfige hier, nicht wahr, Meister?«

Er war so schnell bei ihr, dass sie überrascht blinzeln musste, und sein Körper drückte sie fest gegen die Wand. An ihrem Bauch konnte sie spüren, dass Ryan bereits hart war, und sie lächelte triumphierend, senkte aber rasch den Kopf, damit er es nicht sah. »Ich sagte dir bereits, du sollst mich nicht so nennen«, murmelte er und umfasste ihre Arme. »Ich bin nicht dein Meister, aber wenn du unbedingt willst, zeige ich dir, was Gehorsam bedeutet.«

»Wenn ich es will?«, erwiderte sie und hob den Kopf gerade genug an, dass nur wenige Zentimeter ihre Lippen von seinen trennten. »Wie ich bereits sagte: Ich bin nur hier, um ein wenig Spaß zu haben.«

»Dann werde ich dir genau das verschaffen«, knurrte Ryan und zog sie von der Wand weg. Er packte ihre Hand und zog sie mit sich zu einer Tür. Dahinter hatte er sich wahrscheinlich auch versteckt, als sie ihm durch den Gang gefolgt war. Mia hatte keine Wahl, sie folgte ihm in die Dunkelheit hinter der Tür, die mit einem leisen Quietschen hinter ihnen ins Schloss fiel. Die Dunkelheit war so allumfassend, dass nicht einmal Mias sensibilisierte Augen sie durchdringen konnten. Ryan hatte ihre Hand losgelassen und sie hörte seine Schritte, die sie umkreisten und umrundeten. Das Bild eines Jägers, der sie als Beute auserkoren hatte, war plötzlich wieder in ihrem Kopf und sie erschauerte. Ryan war Mitglied der japanischen Mafia, ein international agierender Krimineller. War sie zu weit gegangen? Hatte sie ihn zu sehr gereizt? Was, wenn er sie endgültig zum Schweigen bringen wollte? Für einen Sohn des Tigers war es mit Sicherheit nicht schwer, eine Leiche verschwinden zu lassen.

Mia verfluchte sich, weil sie die Klappe nicht hatte halten können. Was musste sie ihn auch provozieren? Und außer ihrem Handy hatte sie nichts dabei, was ihr irgendwie helfen konnte. Wenn sie wenigstens ihre Waffe bei sich hätte, aber die lag sicher im Holster an der Garderobe in Mias Wohnung.

Ryan schwieg, umrundete sie weiter, und die Dunkelheit um sie herum schien sogar das Geräusch seiner Schritte zu verschlucken. Mia konzentrierte sich auf ihr Gehör, versuchte herauszufinden, was er vorhatte und wie sie sich im Notfall verteidigen konnte. Sie hatte in der ICD Taekwondo und verschiedene Arten der Selbstverteidigung erlernt, aber Ryan war kräftiger als sie. Das konnte zum Problem werden.

Etwas klickte und Licht flutete den Raum, so grell und so plötzlich, dass Mia die Augen zusammenkneifen musste. Sie versuchte, sich von der Lichtquelle abzuwenden, aber es war überall.

»Es gelten die gleichen Regeln, wie beim letzten Mal«, hörte sie Ryans Stimme, und als sie vorsichtig die Augen öffnete, sah sie seine Silhouette, die sich schwarz gegen das strahlende Licht abzeichnete. Die Beine hatte er etwa schulterbreit auseinander gestellt und die Arme hinter dem Rücken verschränkt. Mehr konnte sie nicht erkennen, ehe ihre Augen sich nicht an den abrupten Wechsel von Nacht zu Tag gewöhnt hatten. »Bist du damit einverstanden?«

Mia benetzte sich die Lippen mit der Zungenspitze. »Wie soll ich dich ansprechen?«, fragte sie.

»Ryan«, war seine knappe Erwiderung und Mia nickte.

»Also, willst du gehen?«

Mia tat, als müsste sie überlegen, aber in Wahrheit war die Entscheidung schon gefallen, als sie den Klub betreten hatte. Es gehörte für sie zum Spiel, ihn noch etwas im Ungewissen zu lassen. »Ich bleibe.«

Mittlerweile erkannte sie wieder genug, um sein Gesicht sehen zu können. Ryan lächelte schmal und kam auf sie zu. »Dann gehörst du jetzt mir.«

Ein kalter Schauer rann über ihren Rücken, und sie wandte den Kopf ab, um es Ryan nicht zu zeigen. So konnte sie auch gleich einen Blick in den Raum werfen, in den er sie mitgenommen hatte. In diesem Teil des *Chains* war Mia noch nie gewesen, sie hatte nicht einmal gewusst, dass er existierte. Im Gang hatte jede Tür für sie gleich ausgesehen, und sie ärgerte sich, dass ihr nicht aufgefallen war, dass er sie hier hergelockt hatte. Das war sein Plan gewesen, von Anfang an. Von wegen, sie war der Jäger!

Dieser Raum war vollständig mit Spiegeln ausgekleidet. Die Wände bildeten eine achteckige Form, und an jeder von ihnen befand sich ein Spiegel, der bis zur Decke reichte und dort direkt in eine ebenso spiegelnde Oberfläche überging. Auch der Boden war mit Spiegeln ausgekleidet, über die man einen doppelten Boden aus Plexiglas gelegt hatte. Wahrscheinlich, um Unfälle zu vermeiden, falls es jemand beim Spiel übertrieb und einer der Spiegel beschädigt wurde. Für das helle Licht im Raum sorgten acht Lampen, die man in die Winkel des Raumes montiert hatte. Das Ergebnis war eine strahlend helle Kammer, in der nichts den Blicken verborgen blieb. Mia drehte sich um sich selbst und konnte sich in den unzähligen Spiegeln aus allen Winkeln sehen – als sie zu Boden sah, konnte sie sogar einen Blick unter ihren Trenchcoat werfen. Es war bizarr, fremd und gleichzeitig unglaublich aufregend.

Er drückte sich an ihren Rücken und hielt sie fest an sich gepresst. Mia unterdrückte einen Fluch, weil er sie so leicht hatte überraschen können.

Warmer Atem streifte ihr Ohr, sein Duft drang ihr in die Nase, und der starke Arm um ihre Taille bedeutete ihr überdeutlich, dass sie nicht weglaufen konnte, egal, wie sehr sie sich wand.

»Heute werde ich ein wenig ausgiebiger mit dir spielen«, hörte sie ihn mit rauer Stimme sagen, und die Bedeutung der Worte ließ ihr einen Schauer über den Rücken laufen. »Du gehörst mir und genau deshalb hast du Macht über mich. Es gibt ein Wort, mit dem du diese Macht nutzen kannst – Einsiedler.«

Ein Safeword. Jede Faser in Mias Körper verengte sich, sie selbst stand kerzengerade vor ihm und starrte ihr eigenes Spiegelbild an, das den Blick ebenso ungläubig erwiderte. Er gab ihr damit das Versprechen, dass er sie an ihre Grenzen und darüber hinaus führen wollte. Und Mia glaubte ihm. Das war kein Spiel für eine Nacht, das war etwas anderes, und sie ahnte, dass er sie mit diesem einen Wort bereits mehr unterworfen hatte, als mit der gesamten ersten Begegnung.

»Hast du das verstanden?«, fragte er sie und seine Hand legte sich um ihre Kehle. Nur leicht, zärtlich, aber darin lag das Versprechen, dass sich das jederzeit ändern konnte, wenn es ihrer und seiner Lust diente.

Hastig nickte Mia. »Sag es, ich will es hören.«

»Einsiedler«, erwiderte Mia und hob den Kopf etwas an, entblößte ihre Kehle, um ihm ihre Unterwerfung noch deutlicher zu zeigen. Das schien ihm zu genügen, denn Hand, Atem und Stimme verschwanden. Er bewegte sich hinter ihr, aber durch die Spiegel, die den Eindruck erweckten, hunderte von Tunneln führten hinaus aus der Kammer, konnte sie ihn beobachten. Ryan ging zu einer der Ecken und drückte gegen den Spiegel. Er öffnete sich wie eine Tür und Ryan verschwand dahinter, nur um kurz darauf mit einem kleinen Beutel und einem Stab wiederzukommen.

Mia hielt ihm noch immer den Rücken zugewandt und sie erschauerte, als sie den Stab sah. Sie ahnte, was er damit vorhatte, und Vorfreude, Erregung und Nervosität mischten sich in ihrem Bauch und formten in ihrem Innersten einen sprudelnden Cocktail, der mit Sicherheit bald explodieren würde.

»Zieh deinen Mantel aus.«

Der schwere Stoff glitt zu Boden, kaum dass er den Satz ausgesprochen hatte, und Mia wagte es, sich selbst mit seinen

Augen zu betrachten. Was sie sah, war eine Frau, die aus freien Stücken eine Entscheidung getroffen hatte, deren Konsequenzen sie noch nicht ganz begriff. Aber allein das Wissen um diese Entscheidung hatte ihr eine derart erotische Ausstrahlung verliehen, dass sie die Frau im Spiegel kaum erkannte. Ihr Blick war sinnlich, verführerisch, das lange Haar ein wenig zerzaust, die Wangen rot und die Lippen vor Vorfreude leicht geöffnet und feucht glänzend.

Mia schluckte und atmete tief ein, um sich zu sammeln. Ryan kam und umrundete sie, schien ihren Anblick in sich aufzunehmen. »Wie öffnet man diesen Body?«, fragte er.

»H-hier«, erwiderte Mia und räusperte sich hastig. Dabei deutete sie zwischen ihre Schenkel. Das Kleidungsstück wurde mit drei Druckknöpfen gehalten und saß so eng, dass Ryan sicher bereits gesehen hatte, dass sie darunter keinerlei Unterwäsche trug.

Er lächelte, fixierte ihre Augen und kam näher. Mia wagte kaum zu atmen oder wegzusehen. ›Denk daran, warum du hier bist‹, schoss es ihr durch den Kopf. ›Die ICD. Ryans Festnahme. Denk daran. Vergiss es nicht.‹

Ryan kam immer näher und sein Duft ging ihm voraus, wie ein Bote, der die Ankunft seines Herrn, nein, ihres Herrn, verkündete. Ryans Augen hielten sie fest, schienen ihre ganze Welt einzunehmen.

›Denk daran. Die ICD …‹

Jetzt folgte seine Körperwärme und mit ihr das Versprechen, dass diese Wärme bald stärker werden würde, heißer; ein Glimmen, das bald zu einem Waldbrand anschwellen würde.

›Denk daran.‹

Ryan genoss sichtlich die Wirkung, die er auf Mia hatte. Er lächelte schmal, hob die Hand und für eine winzige Sekunde fürchtete Mia, dass er sie damit schlagen würde, um das Spiel zu beginnen, aber er umfasste unerwartet zärtlich ihr Kinn, hob es an und fuhr die Kontur ihrer Lippen mit der Daumenspitze nach. Mias Körper, der sich bereits angespannt hatte, um sich für den Schmerz zu wappnen, war darauf nicht vorbereitet, und die zarte Berührung schmerzte fast. Mia entfuhr ein Stöhnen.

›Denk …‹

»Spreiz die Beine.«

Er schrie nicht, er brüllte nicht, er sprach ganz ruhig mit ihr, als würde er ein scheues Tier zähmen wollen. Mia atmete tief ein und stellte die Beine schulterbreit auseinander. Ryan musterte sie, schien noch nicht zufrieden zu sein, sagte aber nichts. Stattdessen wandte er sich ab und kehrte mit der Stange und zwei Manschetten aus Leder wieder. Mia konnte sehen, dass das Innere der Manschetten mit weichem Stoff ausgekleidet war. Der war meist dazu gedacht, dass er Schweiß aufnehmen und größere Reibung verhindern sollte, wenn das Opfer damit oftmals stundenlang gefesselt war.

Ein schöneres Sinnbild für die Faszination des Bondage hätte Mia sich nicht denken können – sie zeigten, dass die Lust an der Unterwerfung des submissiven und die Fürsorge des dominanten Parts Hand in Hand gingen. Sie waren untrennbar miteinander verknüpft, zwei Seiten einer perfekt ausbalancierten Medaille.

Sie brauchte etwas, was Ryan ihr in diesem Moment geben konnte, und dafür schenkte sie ihm etwas, was er ohne sie nicht finden würde. Es war perfekt.

Er kniete vor ihr nieder, um die Manschetten an ihren Knöcheln zu befestigen. Mia überlegte kurz, ob sie die hochhackigen Pumps ausziehen sollte, aber Ryan hatte es ihr nicht befohlen, also ließ sie es.

Die Manschetten waren innen wirklich so weich, wie sie vermutet hatte, aber der feste Druck des Leders erinnerte sie stetig an ihre Position in diesem Spiel. Ein weiteres Paar wurde an ihren Handgelenken befestigt. Mia sah Ryan dabei nie direkt an, sondern konzentrierte sich auf seine Zwillinge in den Spiegeln. Er bewegte sich zügig, aber ohne Hektik. Jeder Handgriff hatte seinen ganz bestimmten Zweck. Auf seinem Gesicht lag ein Ausdruck tiefer Konzentration. Er prüfte noch einmal den Sitz der Fesseln und sah sie dann an. »Gefallen sie dir?«

Mia hob die Arme, um die Manschetten näher betrachten zu können. Sie bestanden aus schwarzem gegerbtem Leder mit silberfarbenen Schnallen. An der Außenseite befand sich jeweils noch eine große Öse. Wofür die gedacht war, sollte Mia gleich erfahren.

»Sie sind wunderschön«, antwortete sie ehrlich und Ryan nickte leicht. »Beug dich vor«, sagte er. Im ersten Moment dachte Mia, dass Ryan das Spiel abbrechen wollte, in dem er sie einfach von hinten nahm, aber wie schon beim ersten Mal hatte sie ihn unterschätzt. Sie beugte sich vor, bis ihr Oberkörper etwa neunzig Grad geneigt war, aber Ryans Hand in ihrem Nacken bedeutete ihr, dass das nicht tief genug war. Noch lange nicht.

Er nahm seine Hand erst fort, als Mias Nasenspitze fast ihre Knie berührte. Ihre Arme musste sie ausstrecken und er befestigte die Manschetten mit Karabinerhaken an der Mitte der Spreizstange. Zwei weitere Karabiner wurden befestigt, diesmal an den Enden der Stange und mit einem lauten Schnappen wurden auch Mias Knöchel an der Stange fixiert. Sie stand nun weit vornübergebeugt, die Beine weit gespreizt und ihren Hintern in die Höhe gereckt. Ihre Arme waren zwischen ihren Beinen gefesselt und Ryan hatte die

Freiheit, alles mit ihr zu tun, alles an ihr zu berühren, wie es ihm gerade gefiel, ohne dass sie ihn aufhalten konnte.

Mias Rücken zog etwas, ein dumpfer, aber nicht ignorierbarer leichter Schmerz, der sich nur langsam löste, während Mias Muskeln und Sehnen sich an den Zug gewöhnten und durch die Dehnung geschmeidiger wurden. Es fiel ihr schwer, das Gleichgewicht zu halten, und nur Ryans Hand auf ihrem Steiß hielt sie davon ab vornüberzukippen. Sie war, im wahrsten Sinne des Wortes, in seiner Hand.

Ryan stand hinter ihr, ein wenig zur Seite gedreht, sodass Mia sich selbst im Spiegel sehen konnte. Der Stoff ihres Bodys spannte zwischen ihren Beinen und auf ihren Pobacken. Ihr Haar fiel durch ihre Haltung herab. Ihre Arme begannen jetzt schon vor Anstrengung zu zittern, aber sie genoss jede Sekunde davon.

Ryan ließ ihr genug Zeit, um sich selbst betrachten zu können, aber dann sah sie eine Bewegung im Spiegel direkt vor sich. Er hob den Arm und einen Lidschlag später klatschte seine raue Handfläche auf ihren Po. Der Schlag hallte laut in dem Zimmer wieder und Mia schrie auf. Ryans linke Hand hielt sie noch immer fest, aber er lächelte. »Sieh dir das an«, sagte er leise und strich mit der Rechten über das durch den Schlag leicht gerötete Fleisch ihrer Pobacken. Ein weiterer Schlag folgte und noch einer. Mia hätte darauf vorbereitet sein müssen, aber jedes Klatschen ließ sie zusammenzucken, ehe eine Winzigkeit später der Schmerz einsetzte: erst stechend und heiß, bevor er zu einem dumpfen Brennen abklang. Wann immer die Hand auf ihre Haut traf, rötete sie sich, bis der sichtbare Teil ihrer Pobacken sich von einem hellen Cremeton zu einem tiefen Kirschrot verfärbte. Mia keuchte und biss sich auf die Unterlippe, aber es half nichts: Jeder Schlag entlockte ihr einen weiteren Schrei.

Ryan hielt inne und sah in den Spiegel hinter ihnen, wohl wissend, dass Mia seinem Blick folgte. »Sieh dir das an«, wiederholte er. »Was für ein kleines geiles Stück ich mir gefangen habe.«

Mias Gesicht nahm binnen einer Sekunde den gleichen Ton an wie ihr Po. Das war bei Weitem nicht das Schlimmste, was sie jemals gehört hatte, aber es aus Ryans Mund zu hören war … erregend. Sie wusste nicht einmal, warum, immerhin sahen sie sich erst das zweite Mal, aber etwas an ihm – seine Stimme, die Art, wie er sie Stück für Stück unterwarf – ging ihr durch Mark und Bein.

Ryan entging der Wechsel ihrer Gesichtsfarbe nicht. Seine linke Hand auf ihrer gereizten Haut brannte, aber Mia war auf seine rechte Hand fixiert, die sich zu der delikaten Stelle zwischen ihren Beinen bewegte. Der Stoff des Bodys war schwarz, dennoch konnte Mia selbst aus ihrer Position sehen, dass er zwischen ihren Beinen eine Nuance dunkler war. Kein Wunder. Seit Ryan die Manschetten angebracht hatte, war Mia unaufhaltsam immer nasser geworden. Das Gefühl, gefesselt zu werden, brachte sie immer in Stimmung, aber das Wissen, sich ihm völlig auszuliefern, hatte für eine wahre Flut gesorgt, und Mia spürte das fordernde Pochen zwischen ihren Schenkeln mit jeder Sekunde heftiger werden. »Siehst du, was für ein geiles Stück du bist?«, fragte Ryan und drückte seinen Zeigefinger tief in den nassen Stoff. Mia keuchte und wand sich.

»Sag es.«

»Was?«

Ein weiterer Schlag auf den Hintern, härter als zuvor. Sie wimmerte und biss sich so fest auf die Lippen, dass sie ein wenig Blut schmeckte.

»Wenn ich dir einen Befehl gebe, wirst du gehorchen«,

sagte Ryan. Seine Stimme war eine Spur härter geworden, nicht viel, aber gerade genug, dass Mia schauderte. »Hast du das verstanden?«

Sie nickte hastig.

»Nein, sag es, ich will es hören.« Ryan sah ihrem Spiegelbild ins Gesicht.

»Ich werde gehorchen«, murmelte Mia und wagte nicht, seinem Blick auszuweichen. Bei diesen Worten hätte sie schwören können, dass der Stoff zwischen ihren Beinen noch nasser wurde.

Als Belohnung streichelte Ryan zärtlich über ihren Hintern. »Das machst du sehr gut«, sagte Ryan leise und fuhr mit der Fingerspitze die schmale Furche zwischen ihren Beinen entlang. Der nasse Stoff klebte an ihrer Haut und sie hätte ebenso gut nackt sein können.

Die Fingerspitze strich auf und ab, immer weiter, und Mia, die geglaubt hatte, nicht noch nasser werden zu können, spürte eine wahre Welle an Nässe aufbranden. Ihre Beine zitterten und sie schloss die Augen, um sich ein wenig zu sammeln.

»Nein, sieh hin«, ermahnte Ryan sie und sofort schlug Mia die Augen wieder auf. Ryans Finger glänzte mittlerweile nass. Er hakte ihn unter die Öffnung des Bodys und zog daran, bis die Druckknöpfe aufsprangen. Mias nasse Spalte präsentierte sich ihnen beiden: nass, rot und mit leicht angeschwollenen Lippen, deren Form förmlich darum bettelte, dass man mit ihnen spielte.

»Soll ich dich ficken?«, fragte Ryan, nahm den Blick aber nicht von Mias Spiegelbild. Ihr Gesicht wurde noch röter und sie sah zur Seite. Ryans Hand schlug auf ihre Pobacken, zwang ihre Aufmerksamkeit zurück zu der Stelle, an der sich ihr ganzes Empfinden konzentrierte. »Soll ich dich ficken?«, wiederholte er.

Mia ächzte. »Ja«, brachte sie hervor und schwankte. Hätte Ryan sie nicht festgehalten, wahrscheinlich hätte sie das Gleichgewicht verloren.

»Was ja?«

Musste sie es wirklich sagen? Die Scham war groß – sie stand gefesselt mitten in diesem Raum, ihre Pussy war entblößt und neben dem schwarzen Stoff des Bodys schien die rötliche Haut ihrer Scham regelrecht zu leuchten. Mia kam sich unglaublich verdorben vor, aber das steigerte ihr Verlangen. »Bitte, fick mich«, brachte sie hervor, und jedes einzelne Wort war wahr.

Ryan schob seinen Mittelfinger in sie und ließ den Ringfinger hauchzart über Mias Klitoris streicheln. Ebenso gut hätte er sie mit einem Stromkabel berühren können – die Berührung fuhr wie ein elektrischer, süßer Schlag durch ihren gesamten Körper. Mia bäumte sich auf und rang hastig nach Luft. Ihre Reaktion schien Ryan zu gefallen. »So empfindlich?«, lächelte er und wiederholte die Geste. Ein Zittern lief über Mias Haut und sie presste die Lippen aufeinander, um diesmal nicht laut aufzuschreien. »Bitte«, murmelte sie erschöpft. »Fick mich.«

Wie lang mochte sie schon so stehen? Fünf Minuten, eine Stunde? Ihr Körper war erschöpft, ausgelaugt durch die anhaltende Anstrengung und die immer weiter wachsende Erregung, aber alles, woran sie denken konnte, war sein Schwanz, der sich deutlich unter der Jeans abzeichnete. Sie sehnte sich nach seiner Härte, wollte seine Fülle in sich spüren und sie umklammerte seinen Finger in ihr so fest, dass Ryan überrascht auf sie herabsah. »Du willst es wirklich«, sagte er überrascht und zog seinen Finger heraus. »Dann sollst du es auch bekommen.«

Er stellte sich direkt hinter sie. Mia wusste, wenn sie jetzt hinsah, würde sie kommen. Sofort und auf der Stelle. Allein der Anblick seines harten Schwanzes würde nach dem gemeinsamen Spiel ausreichen, damit sie kam. Ein Teil von ihr war begierig darauf, er wollte es sehen, wollte sie kommen lassen, aber ein anderer konnte den Gedanken nicht ertragen, jetzt alles enden zu lassen. Er wollte mehr, wollte an die Grenzen gehen, mehr von dieser alles überwältigenden Lust spüren.

Während sich in Mia noch diese beiden Seelen stritten, spürte sie, wie er tief und hart in sie eindrang. Es hätte sie nicht überraschen sollen, tat es aber doch. Sie stöhnte – ein Laut zwischen Überraschung, Lust und Erleichterung – und riss die Augen auf. Durch die Spiegel konnte sie sehen, wie er sich in ihr bewegte. Ryans Blick lag auf ihr, seine Hände stützten ihre Hüfte, kneteten ihren Hintern und fuhren streichelnd über ihren Rücken.

Mia bewegte sich seinen Stößen entgegen, so gut es ging. Sie umklammerte ihn, spürte dadurch intensiver, wie er jeden Zentimeter, jede Falte in ihrem Innern berührte. Seine Bewegungen wurden langsamer, er zog sich fast völlig aus ihr zurück und fast hätte Mia aufgeschluchzt, weil sie befürchtete, er würde aufhören, um sie zu quälen. Aber schon im nächsten Moment spürte sie, wie die ganze Länge seines harten Schwanzes ihren Weg zurück in sie hinein fand, und sie schrie erleichtert auf. Der Schmerz in ihren Armen und Beinen, die körperliche Erschöpfung, all das war vergessen. Alles, was zählte, war, dass er sie nahm.

Ryans Bewegungen wurden schneller, sein Griff um ihre Hüfte fester. Die Karabinerhaken klirrten leise, jedes Mal, wenn er sich in sie schob. Für Mia war es reine Musik. Sie hielt jetzt still, bot ihm nur leicht Widerstand gegen seine Stöße und konzentrierte sich auf seinen harten Schwanz. »Fick mich«, wiederholte sie immer wieder leise, murmelte es wie ein Mantra vor sich hin. Ihre eigene Lust stieg immer weiter an, ein Bogen, der so weit gespannt war, dass bald die Erlösung folgen musste – oder sie würde einfach daran zerbrechen.

Dann war es endlich so weit – ein weiterer, letzter Stoß von Ryan und sie überschritt die Grenze. Dieser letzte Stoß reichte aus, um ihr endlich die süße Erlösung zu bringen, um die sie insgeheim gebettelt hatte.

Mia hörte sich selbst stöhnen, hörte ihn irgendwo in der Ferne keuchen, und der Rest der Welt verschwand, löste sich auf in der Ekstase, die Mias Körper schüttelte und ihr den Höhepunkt schenkte, nach dem sie sich die ganze Zeit gesehnt hatte.

Aftercare, Afterglow – es gab viele Namen für das gemeinsame zärtliche Spiel nach dem Sex, und das nicht nur in der Szene. Mia wusste das, aber keines dieser Worte wurde dem gerecht, was sie jetzt empfand. Sie standen gemeinsam in einer winzigen Duschkabine, die er mit magischer Hand hinter einem der Spiegel hervorgezaubert hatte, und Mia, die kaum noch in der Lage gewesen war, sich zu bewegen, geschweige denn zu gehen, hatte sich willenlos hineintragen lassen. Die Augen geschlossen und an seinen warmen Körper gelehnt konzentrierten sich all ihre anderen Sinne auf ihre Umgebung und das, was sie empfand: Ryans Hände auf ihrer feuchten, von der Seife ein wenig schlüpfrigen Haut. Die tiefe Befriedigung, die ihren Körper immer noch glühen ließ. Das Geräusch des Wassers auf den nassen Fliesen. Sein Atem. Seine Nähe.

Ryan hatte sie in einen Strudel aus Lust, Wahnsinn und

absoluter Hingabe gerissen und jetzt holte er sie mit seinen Händen zurück an das rettende Ufer, zurück in die wirkliche Welt. Mia fühlte sich geborgen, paradoxerweise umso mehr, weil dieser Mann sie erniedrigt und gedemütigt hatte. Damit hatte er ihr einen Orgasmus geschenkt, der die Grenzen ihres Körpers fast gesprengt hätte, aber das, was Ryan in diesem Moment mit ihr tat, war nur für Mias Seele bestimmt. Er zog sie fester an sich und vertrauensvoll schmiegte sie sich an seine Brust, Mia schloss die Augen und ließ sich in dieses Gefühl der völligen Auflösung fallen. In diesem Augenblick hätte die Welt untergehen können, und Mia hätte es nicht einmal bemerkt.

»Du bist erschöpft«, raunte er an ihrem Ohr, aber sie fühlte sich zu matt, um auch nur zu nicken. Stattdessen seufzte sie leise. »Ruh dich aus.«

Mia antwortete ihm nicht und schlug auch nicht die Augen auf. Sie wollte einfach weiter in diesem Moment verharren, wo alles perfekt war. Die Welt. Er. Sie.

Das Wasserrauschen verstummte und wieder spürte sie seine Arme, die sie umfassten und aus der Kabine hoben. Eigentlich hatte sie damit gerechnet, dass er sie wieder abstellen würde, damit sie sich abtrocknete und anzog, aber nichts davon geschah. Die Reise in seinen Armen schien eine Ewigkeit anzudauern und er schien keine Eile damit zu haben, sie abzusetzen. Als er schließlich doch anhielt, gab Mia einen protestierenden Laut von sich. »Wo bringst du mich hin?«, fragte sie leise.

Ryans Lippen streiften ihre Stirn. »Ruh dich aus«, wiederholte er. »Du bist in Sicherheit.«

Viel später sollte Mia über diesen Satz noch nachgrübeln, aber in diesem Moment konnte und wollte sie nicht über seine Bedeutung nachdenken. Sie verstand nur, was diese Worte ihr vermittelten – Geborgenheit. Schutz. Ruhe. Bevor sie herausfinden konnte, woher diese Gefühle kamen, war sie auch schon eingeschlafen.

6

»Du hast was?!«

»Verdammt, Matt, krieg dich wieder ein und hör auf, hier so herumzuschreien«, zischte Mia und sah sich hastig um, aber zum Glück war das kleine italienische Restaurant in der Nähe des ICD-Büros so früh am Tag fast leer.

»Hast du ernsthaft gedacht, ich bleibe ruhig, wenn ich so was höre?«, fragte er im Gegenzug, auch wenn er seine Lautstärke merklich zügelte.

Mia verdrehte die Augen. »Ich weiß gerade nicht einmal mehr, warum ich dir das überhaupt erzählt habe«, erwiderte sie gereizt, aber sie beide wussten warum. Seit Mias »Coming Out« hatten sie sich geschworen, keine Geheimnisse mehr voreinander zu haben. Selbst nach dem Ende ihrer Beziehung hatten sie sich immer daran gehalten, und auch wenn Mia manchmal flunkerte, sagte sie ihm früher oder später doch immer die Wahrheit. Das war meist ein Segen, weil man immer jemanden hatte, mit dem man seine Sorgen oder Ängste teilen konnte, aber in Momenten wie diesem war es ein Fluch.

»Was ist aus ›Ich gehe da nicht wieder alleine hin‹ geworden?«, fragte Matt, aber es klang eher wütend als verletzt.

»Ich wollte es ausprobieren. Du bist viel länger bei der ICD als ich, und ich will nicht für immer die Ex von Matt oder die beste Freundin von Emilia sein. Wenn ich Ryan gefasst hätte …«

»Du hast ihn aber nicht gefasst«, fiel Matt ihr ins Wort. »Du hast dich wieder mit ihm eingelassen, aber dann nicht angerufen, damit ich dir helfe, ihn festzunehmen.«

Mia schnaubte. »Verdammt, Matt, genau das meine ich! Ich will nicht immer darauf angewiesen sein, dass du in der Nähe bist und für mich die Kartoffeln aus dem Feuer holst. Außerdem warst du doch derjenige, der sich geweigert hat, bei meinem Plan mitzumachen. Ich wollte dich als Verstärkung dabeihaben, aber du hast rigoros abgelehnt und mich einfach versprechen lassen, nie wieder in den Klub zu gehen. Ich bin kein Kind mehr. Ich bin genauso Mitglied der ICD wie du.«

Für einen Augenblick huschten derart viele Gemütszustände über Matts Gesicht, dass Mia nicht genau einzuordnen wusste, was in ihm vorging. Dann schüttelte er den Kopf. »Vielleicht hast du recht.«

»Ich habe mit Sicherheit recht«, erwiderte sie fest.

Matt lächelte und zuckte mit den Schultern. »Okay, aber dann sag mir, was schiefgelaufen ist. Warum hast du ihn nicht festgenommen?«

Diesmal zögerte Mia. Sie hatte Matt erzählt, dass sie wieder mit Ryan geschlafen hatte, ohne zu sehr ins Detail zu gehen, aber die Tatsache, dass sie direkt danach sofort in Tiefschlaf gefallen war, hatte sie ihm verschwiegen. Das würde ihn nur darin bestätigen, sie für ein schutzbedürftiges kleines Mädchen zu halten.

»Ich war abgelenkt und er ist einfach verschwunden«, flunkerte sie, auch wenn sie wusste, dass sie Matt früher oder später ohnehin erzählen würde, was wirklich geschehen war. Aber nicht jetzt.

Matt rieb sich über das Kinn. »Denkst du denn, es würde ein drittes Mal funktionieren?«

Mia musste unwillkürlich lächeln. »Sag nicht, du willst Kavallerie spielen?«

Jetzt war Matt derjenige, der die Augen verdrehte. »Ich sage nur, dein Plan ist im Großen und Ganzen offensichtlich erfolgreich gewesen, und ich möchte dir diesmal helfen, bevor …« Er stockte im letzten Moment, aber Mia kannte ihn zu gut. »Bevor ich wieder etwas Dummes anstelle?«, fragte sie.

Ertappt räusperte Matt sich. Das genügte ihr als Antwort. »Matt, ehrlich, ich brauche keinen Babysitter.« Sie senkte den Blick und sah auf ihren Teller mit Antipasti. »Außerdem glaube ich nicht, dass es diesmal klappen würde. Dass ich ihn überhaupt wieder im Klub getroffen habe, war reines Glück. Die Barkeeperin hat mir erzählt, dass er länger nicht mehr im *Chains* war und …«

»Du hast jemandem gesagt, dass du ihn suchst?«, fragte Matt scharf und Mia merkte, was für einen frappierenden Fehler sie gemacht hatte.

Eigentlich waren es zwei gewesen: Der erste war, mit Leyla eine Zeugin ins Spiel gebracht zu haben, über die jeder eine Verbindung zu Mia schaffen und so zurückverfolgen konnte, dass sie eine ICD-Agentin auf der Suche nach einem Verdächtigen war. Der zweite Fehler war, es Matt gegenüber zuzugeben.

»Mia, verdammt, das ist ein Anfängerfehler! Man weiht niemals Privatpersonen in Ermittlungen ein«, knurrte er.

»Ich musste eine Spur finden!«, verteidigte sie sich, aber selbst in ihren eigenen Ohren klang es wie eine Ausrede.

»Du wolltest reingehen und darauf hoffen, dass er da ist. Wenn nicht, wäre es besser gewesen, die ganze Sache abzublasen und wieder nach Hause zu gehen.«

Er hatte recht, aber Mia reichte es trotzdem. Sie ärgerte sich selbst darüber, dass sie Ryan hatte entwischen lassen, und die dauernde Bemutterung durch Matt machte es nicht besser.

Wütend stand sie auf und knallte einen Zwanzig-Euro-Schein auf den Tisch. »Dann kannst du dich ja das nächste Mal von ihm vögeln lassen«, zischte sie Matt zu, nahm ihre Jacke von der Stuhllehne und verließ das Restaurant.

Matt lief niemandem hinterher, das wusste Mia. Das war auch nicht der Grund, warum sie gegangen war, und selbst wenn, so hätte es keinen Unterschied gemacht. Sie saß in ihrem kleinen Fiat und fuhr nach Hause. Heute war ihr freier Tag und sie hatte sich nur deswegen von Matt zu einem gemeinsamen Mittagessen in seiner Pause überreden lassen, weil sie einfach mit irgendjemandem über die letzte Nacht reden musste. Andernfalls wäre sie einfach geplatzt.

Dass das Gespräch derart eskalieren würde … gut, wenn sie ehrlich zu sich selbst war, hätte sie es wissen müssen. Ein Blinder mit Augenklappe hätte das kommen sehen. Aber seit der letzten Nacht schien alles auf den Kopf gestellt zu sein.

Sie hatte sich verloren, war unter Ryans Händen in tausend Stücke zerbrochen, aber er hatte sie wieder zusammengesetzt, sie anders, aber gleichzeitig stärker gemacht. Wenn man sich plötzlich derart veränderte – war es da verwunderlich, dass sie keinen Gedanken daran verschwendet hatte, ihn festzunehmen? Wollte sie das überhaupt noch?

Mit einem Mal saß Mia kerzengerade in ihrem Autositz. Sie fuhr direkt auf eine Ampel zu, die gerade rot wurde, aber sie bemerkte es kaum und fuhr ungehindert über die Kreuzung. Mehrere Autofahrer mussten ihr ausweichen, lautes Hupen ertönte, aber Mia sah nur diese Frage vor Augen: Wollte sie Ryan festnehmen?

Wie konnte sie sich überhaupt über so etwas Gedanken machen? Ryan war ein Mann, mit dem sie zweimal einen One-Night-Stand erlebt hatte, mehr noch, Ryan war ein gesuchter Krimineller, den sie festnehmen musste. Er würde sie, ohne zu zögern, an seine eigenen Leute ausliefern, wenn er jemals herausfinden sollte, wer sie war und warum sie letzte Nacht im *Chains* gewesen war. Was brachte sie also dazu, nur wegen dieses Mannes ihre Loyalität zur ICD in Frage zu stellen?

Wieder hupte jemand laut und endlich erwachte Mia aus ihrer Starre. Sie gab Gas und fuhr so schnell es ging nach Hause.

Gerade als sie vor dem Neubau anhielt, signalisierte ihr das Brummen ihres Handys, dass sie eine SMS bekommen hatte. Mia nahm es heraus und erwartete eine Nachricht von Matt, der sich mit ihr aussprechen wollte, aber zu ihrer Überraschung war es eine unbekannte Nummer.

Heute Abend, 20 Uhr. Ich habe eine Überraschung für dich. Zimmer 205, Weston Hotel. – R

Die Nachricht war knapp, ließ aber keinen Zweifel daran, von wem sie kam. Mias Puls beschleunigte sich und ihr Herz schien vor Aufregung aus ihrem Brustkasten ausbrechen zu wollen. Ryan wollte sich mit ihr treffen! Aber woher hatte er ihre Nummer?

Misstrauisch sah sie sich um, bis ihr einfiel, dass sie das Handy am Abend zuvor in der Tasche ihres Trenchcoats gehabt hatte. Hatte er ihre Taschen durchsucht? Fieberhaft versuchte sie sich daran zu erinnern, ob sie irgendetwas anderes dort vergessen haben könnte, das auf ihre Identität als

ICD-Agentin hinweisen könnte, aber es war nur ihr Handy gewesen, und darin gab es keinerlei Verbindungen zur International Crime Defence.

Aber eine andere Erklärung gab es nicht – er musste das Handy aus ihrem Trenchcoat geholt und sich die Nummer herausgeschrieben haben.

Für einen Augenblick saß sie einfach nur da, den Autoschlüssel in der einen, das Handy in der anderen Hand, und starrte ins Leere. Dann bewegte ihr Daumen sich wie von allein und tippte in das Antwortfeld: *Ich werde da sein.* Der Daumen zuckte zu der grünen »Senden« Taste, verharrte aber darüber. Sie durfte sich nicht wieder auf Ryan einlassen. Das erste Mal war ein seltsamer Zufall gewesen, das zweite Mal – rein aus ihrer Sicht als ICD-Agentin – ein kompletter Reinfall. Nur ein völlig Wahnsinniger würde sich ein drittes Mal in die Höhle des Löwen wagen. Eines Löwen, der es vermochte, sie nur mit wenigen Handgriffen in ein Nirwana der Lust zu schicken. Allein die Erinnerung an die letzte Nacht ließ heiße Wellen durch Mias Körper rasen. Sie schloss die Augen.

Nur ein völlig Wahnsinniger.

Sie drückte auf »Senden«.

7

Ryans Hand fuhr über den Rand der Flasche. Ihre Form war geschwungen und fühlte sich wie geschaffen für seine Hand an. Wie ihre Haut. Wie die Rundung ihrer Hüften, wie die Erhebung ihres Pos, wie die kleinen Brüste, mit diesen perfekten, rosafarbenen Brustwarzen.

Seine Fingerspitze fuhr über die Kurve des Flaschenhalses und in seinen Gedanken war es ihr Hals, den er auf diese Weise berührte. Als er merkte, was er tat, zog er hastig seine Hand zurück und ballte sie zur Faust. Das war nicht der Grund, weswegen er in Deutschland war. Er musste sich konzentrieren.

Ryan nahm die Flasche abermals zur Hand, zog den Korken heraus und ließ etwas von dem dreißig Jahre alten Single Malt in sein Glas fließen. Vor dem Fenster seines Hotelzimmers hupte jemand laut und einige andere Autos stimmten in das Konzert mit ein. Das Weston lag direkt am Potsdamer Platz – Touristenbusse und einheimische Autos drängten sich durch die Straßen und der Lärm drang bis zu seinem Stockwerk hinauf. Die doppelt verglasten Fenster sollten ihn eigentlich aus dem Zimmer heraushalten, aber Ryan zog es vor, so viel frische Luft in sein Zimmer zu lassen wie möglich. Er hatte eine Abneigung gegen vollständig geschlossene Räume. Außer wenn er jemanden beherrschte. Wie letzte Nacht. Wie mit ihr.

Ryan schnaubte. Wieso wanderten seine Gedanken immer

wieder zu dieser Frau? Er nahm das Glas und wandte sich dem Bett zu, das das Schlafzimmer dominierte. Zur Suite gehörten noch ein Wohnraum und ein komplett ausgestattetes Arbeitszimmer, aber ein öffentlich einsehbarer Computer war für Ryans Geschäfte absolut ungeeignet.

Sein Laptop, ein teures, hauchdünnes Gerät aus geätztem Metall, lag auf dem Bett und daneben ausgebreitet mehrere Akten. Ein weißes zusammengeknülltes T-Shirt komplettierte das Bild. Ryan hatte es heute Morgen übergestreift, als die Zimmermädchen das Frühstück gebracht hatten, aber es war ihm bald zu warm geworden. Meist reichte ihm seine alte, ausgebeulte Jeans als Kleidung und er trug selten mehr als das, wenn er allein war und sich entspannen wollte.

Er stellte das Glas mit dem Whisky auf den Nachttisch, setzte sich auf das Bett und nahm die erste Akte zur Hand. Sie war recht dünn, darin befanden sich kaum mehr als vier maschinenbeschriebene Blätter und zwei Fotos. Sie zeigten Mia Rot und waren offensichtlich in einem unbeobachteten Moment aufgenommen worden. Mia überquerte gerade eine Straße und sah auf die Gegenfahrbahn. Das erste Foto zeigte sie im Profil, aber Ryans Meinung nach wurde es der Wirklichkeit kaum gerecht. Mias Beine, in High Heels und nur mit Strümpfen bekleidet lang und verführerisch, waren auf dem Foto von einem langweiligen Hosenanzug verhüllt. Ihr langes Haar hatte sie zu einem Knoten hochgebunden und sie trug kaum Make-up. Erst auf dem zweiten Foto, das ihr Gesicht zeigte, konnte man die sinnliche, verführerische Frau erahnen, die Ryan schon hatte kennenlernen dürfen. Ihre Nase war kurz und ein wenig nach oben gereckt, was ihr einen Hauch von kindlicher Unschuld verlieh, der aber sofort verschwand, wenn man einen Blick auf ihren Mund warf. Er war sinnlich geschwungen, mit einer vollen Ober- und Unterlippe, deren schmale Enden von Natur aus ein wenig nach oben gebogen waren, als betrachtete sie die Welt immer mit einem ironischen Lächeln.

Es hatte ihm gefallen, dieses Lächeln in ein ekstatisches Stöhnen zu verzerren. Die Erinnerung daran ließ ihn selbst lächeln, aber er schüttelte das ab und ging die wenigen Seiten noch einmal durch, auch wenn er das schon so oft getan hatte, dass die Ränder des Papiers bereits ganz abgegriffen waren.

Mia Rot, sechsundzwanzig Jahre alt, seit drei Jahren Mitglied der ICD, deutsche Einheit. Eltern Luise und Michael Rot, geschieden. War mit Matt Archer liiert, ebenfalls ICD-Agent, die Beziehung ging vor einem Jahr in die Brüche.

Er überflog die letzten Seiten. Mias Werdegang, die Schulen, die sie besucht hatte, ihren Abschluss, die Abschlussnote, ihre Adressen und Spezialgebiete, all das hatten die Söhne des Tigers mit der ihnen eigenen Effizienz mühsam zusammengetragen, um Ryan auf seine Aufgabe vorzubereiten. Dank ihnen wusste er auch, wo er sie hatte finden können. Dass ihre Vorlieben perfekt mit seinen harmonierten, war einer der Gründe gewesen, weswegen Jiro ihn mit dieser Aufgabe betraut hatte. Es hätte nicht besser passen können. Und Ryan musste zugeben, dass er es genossen hatte, mit Mia zu spielen. Sie hatte ihm gerade genug Widerstand geleistet, um ihn zu reizen, aber sobald er diesen Widerstand überwunden hatte, war sie die perfekte Gespielin für ihn. Eine solche Hingabe hatte er bisher noch nie erlebt und sie hatte ihn dazu gebracht, mehr aus sich herauszugehen als jemals zuvor. Mia hatte – ohne es zu wissen – mehr von ihm gesehen, als er sonst zu zeigen bereit war, aber das machte keinen Unterschied. Noch ahnte sie nicht, auf was sie sich eingelassen hatte, und wenn sie es erfuhr, wäre es bereits zu spät. Viel zu spät.

Ryan legte die Akte zur Seite und sah aus dem Fenster.

Das war seine Aufgabe, nur aus diesem Grund war er nach Deutschland gekommen. Er konnte und durfte Jiro nicht enttäuschen. Jiro hatte ihm eine Chance gegeben, als Ryan ein Kind ohne Heimat oder Identität gewesen war. Damals war Ryan kaum mehr als ein Halbstarker gewesen, der wütend auf die ganze Welt war. Die Yakuza hatte ihm die Chance gegeben, sich zu behaupten. Die Söhne des Tigers hatten Ryan geformt, ihn zu dem gemacht, der er war, und obwohl ihre Methoden mehr als zweifelhaft waren, so gehörte ihnen doch Ryans Loyalität.

Sein Blick fiel auf Mias Foto und für einen winzigen, schmerzhaften Moment wünschte er sich, es wäre nicht so.

8

Mia biss sich auf die Unterlippe und sah auf die Tür vor sich. Ihr war kalt, was der Tatsache geschuldet war, dass sie kaum mehr als einen winzigen Fetzen Stoff am Körper trug und darüber nur ihren geliebten Trenchcoat. Es war nicht das erste Mal, dass sie sich halb nackt in die Öffentlichkeit wagte. Meist genoss sie es, als Einzige zu wissen, was sich unter dem züchtigen Mantel verbarg. Aber das geschah fast immer nur auf ihrem Weg ins *Chains*. Heute stand sie in einem der nobelsten Hotels in Berlin und konnte nur mit Mühe ein nervöses Stottern unterdrücken, als der Portier sie ansprach. Mit ihrer Dienstkleidung und dem ICD-Ausweis wäre ihr das nicht passiert, aber mit einem Strapshalter aus weißer Spitze und einem passenden Slip sah die Sache ganz anders aus. Der vieldeutige Blick des Portiers entging ihr nicht, aber zumindest war er höflich genug, nichts zu sagen und die Sache damit noch peinlicher zu machen.

Wortlos schaltete er mit seiner Chipkarte den Fahrstuhl für das oberste Stockwerk frei und bedeutete ihr einzutreten. Mia murmelte einen Dank und atmete erleichtert aus, als sich die Türen des Aufzugs endlich schlossen. In den verspiegelten Innenseiten konnte sie sich selbst genau sehen, und sie erinnerte sich viel zu deutlich an ihre letzte Nacht mit Ryan. Ihre Wangen waren rot vor Aufregung, der Rest ihres Körpers im Kontrast dazu sehr blass. Die weißen Seidenstrümpfe unterstrichen sowohl die Röte als auch ihre Blässe. Mia hatte ein dezentes Make-up gewählt. Nach der vorangegangenen Nacht war ihr Lippenstift in ihrem ganzen Gesicht verschmiert gewesen, was ihr etwas Verruchtes verliehen hatte. Mia hatte es gefallen, aber sie wollte nicht riskieren, so im Weston gesehen zu werden. Falls der nudefarbene Lippenstift oder der Eyeliner verrutschten, würde es keiner bemerken.

Der einzige Farbfleck waren die schlicht gehaltenen Ohrringe aus Gold, in deren Mitte sich sacht funkelnde Rubine befanden.

Während sie sich so musterte, fiel ihr auf, wie unschuldig sie wirkte. Das Haar fiel ihr offen auf die Schultern und rahmte ihr dezent geschminktes Gesicht perfekt ein. Ein paar Haarsträhnen umspielten es und machten ihre Züge weicher. Der Lippenstift ließ ihre Lippen ein wenig voller als sonst wirken und anregend feucht schimmern. Ihre langen Beine in den weißen Strümpfen steckten in ebenso hellen Schuhen mit einem hohen Absatz. Kein Vergleich zu der Frau, die in der Nacht zuvor in den heißesten Klub der Stadt gefahren war.

Auch wenn es keine Absicht gewesen war, gefiel Mia das Gesamtkonzept. Sie schloss auch noch den obersten Knopf ihres Trenchcoats, um ihn züchtiger wirken zu lassen. Sie atmete tief ein und zog die Hand zurück. ›Warum rufe ich nicht einfach die ICD und lasse Ryan vor Ort festnehmen?‹, schoss es ihr durch den Kopf. ›Warum lasse ich mich wieder darauf ein? Warum benehme ich mich wie ein Cracksüchtiger? Und warum, zum Teufel, rede ich ständig mit mir selbst, anstatt mit Matt oder Emilia?‹

Die Antwort auf all diese Fragen lag auf der Hand: Sie handelte wie eine Süchtige, weil sie genau das war. Sie war süchtig nach der Lust und den Orgasmen, die Ryan ihr schenkte. Sie hatte diese Art von Ekstase noch nie zuvor erlebt und wollte ein letztes Mal davon kosten, ehe alles vorbei war.

Der Aufzug hielt mit einem sanften Ruck und die Türen glitten auf. Mia trat in den Flur, der direkt zu einem einzigen Zimmer führte. Auf der Tür prangte die Zahl 205. Sie atmete tief durch und klopfte an.

Ryan öffnete ihr die Tür, und diesmal trug er nicht mehr als ein paar eng anliegende Boxershorts, die absolut nichts der Fantasie überließen. Mia spürte, wie ihre Knie weich wurden – sein Haar war ein wenig zerzaust, als hätte er gerade geschlafen, aber seine Augen waren wach und musterten sie aufmerksam, ehe er wortlos einen Schritt zurücktrat und sie ins Zimmer ließ.

Mia musste sich zwingen, sich von seinem Anblick loszureißen – bisher hatte sie ihn noch nie so gesehen, immer nur halb bekleidet, kurz bevor er mit ihr Sex hatte und sie ohnehin keinen klaren Gedanken mehr fassen konnte. Seine Muskeln, die sich geschmeidig bewegten, als er die Tür hinter ihnen schloss, die Sehnen am Hals, als er ihr den Kopf zuwandte, seine großen Hände, mit denen er sie später mit Sicherheit wieder fesseln würde ... Mia schluckte hart und zwang sich zu einem selbstsicheren Lächeln, auch wenn ihre Knie weich wie Pudding waren. »Ich bin froh, dass du gekommen bist«, sagte er. Seine Stimme – rau, weich, alles zur gleichen Zeit – hüllte sie ein, gab ihr das Gefühl von Geborgenheit und Lust. Sie verschränkte die Arme vor der Brust. »Ich war neugierig«, erwiderte sie und sah zur Seite. Sie standen in einem großen Zimmer mit Blick auf den Potsdamer Platz. Ein großer Schreibtisch dominierte die hintere Wand, während eine große, weich aussehende Sofagruppe die Seite am Fenster einnahm. Zwei Türen gingen auf gegenüberliegenden Seiten vom Zimmer ab – die dritte führte wieder hinaus. Aber nichts und niemand hätte Mia dazu bringen können, diese Tür jetzt zu benutzen. Sie wandte ihm wieder ihre volle Aufmerksamkeit zu, und diesmal war ihr aufreizendes Lächeln echt. »Immerhin hast du mir eine Überraschung versprochen.«

Ryan schmunzelte ebenfalls und trat auf sie zu.

Oh Gott, sein Duft – konnte ein Duft ausreichen, um einen vor Lust verrückt werden zu lassen? Mia hätte in diesem Moment ihr gesamtes Gehalt – ach was, alles, was sie besaß – dafür aufs Spiel gesetzt.

›Wirklich, wie eine Süchtige‹, schoss es ihr durch den Kopf, aber diese Gedanken hatten hier keinen Platz. Nicht hier, nicht jetzt.

Er hob seine Hände und legte sie sacht auf ihre Wangen. Mia schloss die Augen und ließ sich für einen kurzen Augenblick in dem Gefühl seiner Haut auf ihrer treiben. »Mia.«

Ihr Name hatte den gleichen Effekt wie ein Kübel kaltes Wasser. Sie riss die Augen auf. »Woher kennst du meinen Namen?«, fragte sie misstrauisch.

Er lachte leise. »Er stand in deinem Handy.«

Mia runzelte die Stirn, insgeheim aber war sie froh, dass sie sich keinen allzu großen Schnitzer erlaubt hatte. Sie besaß zwei Handys – eines, das sie lediglich für ICD-Belange nutzte, und ein anderes, das für die wenigen privaten Kontakte reserviert war. Wenn Ryan ihren Vornamen wusste, konnte er den nur aus ihrem privaten Handy erfahren haben, da sie nur ihre privaten SMS mit ihrem Namen unterschrieb.

Wobei es vielleicht doch besser gewesen wäre, wenn er ihr ICD-Handy in die Hand bekommen hätte, ging es Mia durch den Sinn, das war wenigstens durch einen Fingerabdruckscan gesichert, den er unmöglich knacken konnte.

»Du hattest kein Recht, in meinem Handy herumzuschnüffeln«, erwiderte sie kühler als beabsichtigt. Ihr Angriff schien ihn zu überraschen, er zog seine Hände zurück und verschränkte ebenfalls die Arme vor der Brust. »Ja«, gab er zu. »Aber trotzdem bist du jetzt hier, oder nicht?«

Touché.

Mia spürte, dass die Situation zu kippen drohte, was auch mit ihre Schuld war, aber deswegen war sie nicht hier. Wenn sie sich mit jemandem streiten wollte, hätte sie genauso gut Matt anrufen können. Ohne Ryan zu antworten, wandte sie sich ab. Mit dem Rücken zu ihm sah sie aus dem Fenster auf die sich ausbreitende Dämmerung. Das Zeltdach des Sonycenters begann bereits mit seinem Lichtspiel aus wechselnden Farben. Mia fühlte sich ähnlich – ihre Gefühle, ihre Intentionen wechselten ebenso oft hin und her, wie die Beleuchtung auf dem Dach. So kannte sie sich gar nicht. Diese neue Seite an ihr war gefährlich, aber sie wollte sie noch einmal willkommen heißen. Ein einziges Mal noch.

Langsam öffnete sie ihren Trenchcoat und ließ ihn zu Boden gleiten. Der Stoff rutschte von ihren Schultern und landete mit einem Geräusch, das an ein Flüstern erinnerte, auf dem weichen Teppich.

Sie wartete einige Sekunden, ehe sie über die Schulter zu ihm hinsah. Er stand direkt hinter ihr und sie zuckte zusammen. Mia hatte ihn nicht näher kommen hören.

»Keine Angst«, sagte er und sie hasste es, dass ihr der Schreck so deutlich anzusehen gewesen war.

»Ich habe keine Angst«, erwiderte sie und war froh, dass ihre Stimme nicht zitterte. »Nicht vor dir. Nicht vor irgendjemandem.« Sie wandte sich ihm ganz zu, und so standen sie beide voreinander, keine Handbreit voneinander entfernt, die Blicke gekreuzt, wie zwei Duellanten mit ihren Degen. Mia musste den Kopf anheben, um ihm in die Augen sehen zu können, aber sie würde sich nicht wie ein dummes Kleinkind behandeln lassen.

Etwas berührte sie weich an ihrem Bauch und sie ahnte, dass es sein Fingerknöchel war, der über ihre bloße Haut fuhr. Ryan beugte sich zu ihr herunter und seine Lippen streiften ihre Wange. »Komm mit ins Schlafzimmer.«

Ohne ein weiteres Wort drehte er sich um und verschwand hinter einer der Türen. Er wartete nicht auf sie oder sah sich um, wohl wissend, dass Mia ihm folgen würde. Aber das war Teil des Spiels, nicht wahr? Deswegen war sie hier.

Mia folgte ihm. Die Tür zum Schlafzimmer war hinter ihm wieder ins Schloss gefallen und sie drückte sie vorsichtig auf. Für einen kurzen Moment blitzte die ICD-Agentin in ihr auf – was, wenn es ein Hinterhalt war? Aber nein, hinter der Tür lauerten weder Yakuza noch Ryan mit einer Waffe. Es handelte sich um ein einfaches, wenn auch großzügig ausgestattetes Schlafzimmer mit einem Bett im amerikanischen Stil – sehr hoch, sehr breit und wahrscheinlich auch sehr weich. Das Bettzeug lag unordentlich auf den Matratzen, als wollte es Mias Theorie, er hätte nicht geschlafen, Lügen strafen. Auch hier gaben große Fenster den Blick auf das Treiben draußen frei, aber ihr Blick wanderte sofort zur Mitte des Raums und dem, was sich dort befand.

Auf einem großen, weich aussehenden Kissen kniete eine Frau. Sie war nackt. Mia konnte deutlich die ausladenden, prallen Brüste und den runden Po erkennen. Auf der olivfarbenen Haut zeichneten sich kunstvoll gestochene Tätowierungen ab. Mia konnte selbst auf dem Hals der Frau ein Tattoo erkennen. Um ihren Hals lag ein dünnes schwarzes Lederhalsband. An dem Halsband befand sich ein silberner Ring, durch den eine Leine gezogen war. Sie baumelte vom Hals der Frau und lag trügerisch unschuldig auf der dunklen Haut. Dabei lenkte sie den Blick wie zufällig auf die Brüste der knienden Frau, deren Nippel sich vor Aufregung oder Kälte zusammengezogen hatten. Ihre Brust hob und senkte sich bei jedem Atemzug und Mia ahnte, dass nicht nur die Kälte für die Gänsehaut auf dem Körper der Frau verantwortlich war. Ihr Haar war lang und leuchtete in einem Rotton, der unmöglich natürlich sein konnte. Die Frau konnte nichts sehen – die obere Hälfte ihres Gesichts verdeckte eine lederne schwarze Augenbinde. Passend zu der Leine um ihren Hals.

Mia kannte die Frau. Es handelte sich um die Barkeeperin des *Chains,* Leyla. Wie sollte sie dieses »Geschenk« einordnen? Sie sah Ryan fragend an, der abseits stand und ihr Zeit ließ, Leyla gebührend zu betrachten.

»Gefällt sie dir?«

Mia runzelte die Stirn. Es konnte ein seltsamer Zufall sein oder aber auch Absicht, dass er ausgerechnet die Frau zu einem Stelldichein eingeladen hatte, die Mia versehentlich in ihre Ermittlungen hineingezogen hatte. »Ich kenne sie«, sagte sie langsam, den Blick auf Leyla gerichtet, um zu sehen, ob sie reagierte.

Ryan kam näher. »Sie kann dich nicht hören – sie trägt Ohrstöpsel.«

»Ist sie freiwillig hier?« Mia wandte sich von der Barkeeperin ab und sah ihm direkt ins Gesicht. Ryan wirkte weder erschrocken über ihre Vermutung noch verletzt. »Ihre Hände sind frei«, erwiderte er ruhig. »Wenn sie das Spiel beenden will, wird sie sich an das Halsband tippen. Das ist ihr Safeword.«

Mia runzelte die Stirn. Sie selbst hatte ein Safeword, und trotz allem blieb da immer die Gefahr, dass er weitergehen und ihre Grenzen übertreten würde. Leyla hatte nicht einmal mehr ein Safeword, nur das Versprechen, dass der Mann, der alles mit ihr tun konnte, der ihr die Fähigkeit zu hören und zu sehen genommen hatte, auf ihre Geste reagieren würde. Sie musste ihm mehr vertrauen, als Mia es tat. Allerdings wusste sie nicht, was Mia wusste. Oder …

Mia wich einen Schritt vor Ryan zurück, näher zur Tür. Sie sah ihn kühl an. »Das ist kein Geschenk für mich. Es ist eins für dich. Du hast mich herbestellt, damit du dich mit zwei Sklavinnen vergnügen kannst«, zischte sie und zeigte dabei unabsichtlich, wie sehr sie der Gedanke ärgerte.

Ryan legte leicht den Kopf schief, musterte Mia und ging dann hinüber zu Leyla, die noch immer unbewegt auf dem Boden kniete. Er bückte sich, nahm die lange Lederleine und ließ sie durch seine Finger gleiten. Dann richtete er sich wieder auf, das Leinenende noch immer in der Hand, und ging zu Mia. Die Leine straffte sich und zog an Leylas Halsband. Ohne zu zögern, legte diese ihre Handflächen auf den Boden und folgte kriechend dem Zug der Leine, bis Ryan und sie vor Mia anhielten.

Ryan streckte die Hand aus und hielt Mia das Ende der Leine hin. »Sie ist ein Geschenk für dich«, wiederholte er ruhig.

Mia starrte die Leine an, als wäre sie eine Schlange, die bei jeder falschen Bewegung zubeißen könnte. Ryan ließ sich davon nicht beirren. Er streifte die Schlaufe am Ende der Leine über Mias Handgelenk und kam auf sie zu. »Geh zum Bett«, wies er sie an, und diesmal zögerte Mia nicht mehr. Sie durchquerte das Zimmer und setzte sich auf den Rand des Bettes. Leyla gehorchte ihren stummen Befehlen und kroch hinter ihr her.

»Willst du sie da unten lassen?«, fragte Ryan mit einem schiefen Lächeln. Mia schnaubte, zog die Leine aber höher, bis Leyla verstand und sich nach einigem Tasten neben sie auf das hohe Bett setzte.

Mia konnte nur ahnen, was für einen Anblick sie beide

abgaben. Aber langsam kehrte die Vorfreude zurück. Sie spürte wieder das Prickeln, das sie auf dem Weg hierher begleitet hatte. Es war nicht das erste Mal, dass sie mit einer Frau zusammen war, auch wenn die Rollen dabei sonst immer vertauscht waren. Mia war noch nie die dominante Person im Spiel gewesen.

Ryan stellte sich direkt vor Mia und sein Duft reizte ihre Nase, weckte Erinnerungen an die letzte Nacht. »Verschränk deine Hände hinter dem Nacken.«

Das war neu, aber Mia tat es. Ryan zog ein schmales Seil unter dem Bett hervor und fesselte ihre Handgelenke. Mia konnte die Arme noch problemlos hinter dem Kopf hervorholen, aber sie wollte es nicht. Erst wollte sie sehen, was Ryan vorhatte. Die Leine lag noch immer in ihrer Hand, jetzt nutzlos geworden, da sie selbst gefesselt war.

Plötzlich bückte Ryan sich, umfasste ihre Oberschenkel und schob sie mit einem kräftigen Ruck ganz auf das Bett. Mia schrie leise auf und fiel rücklings auf die riesige Matratze. Die Leine wurde durch ihren Zug straff gespannt und Leyla zuckte irritiert zurück. »Was soll das?«, zischte Mia.

Ryan strich Leyla beruhigend über den Kopf und sie schmiegte sich dankbar gegen seine Hand. Mia spürte etwas in sich aufflackern, das sie sofort niederkämpfte. Das wäre mehr als nur absurd …

Ryan antwortete nicht auf ihre Frage, sondern kam näher und kniete sich vor sie auf das Bett. Sie spürte den Druck ihrer Hände im Nacken, aber es war auszuhalten. Die Position war nicht bequem, erinnerte sie aber daran, dass sie die Sklavin war und er der Meister.

»Darf ich die Leine nehmen?« Seine Frage überraschte sie. Hatte sie nicht eben noch gedacht, dass er der Herr sei und sie seine Dienerin? Aber offensichtlich war es ihm ernst gewesen, als er sagte, Leyla wäre ein Geschenk für sie. Mia nickte mühsam und beobachtete, wie Ryan ihr die Leine abnahm und Leyla damit näher dirigierte. Er zog daran, bis ihr Gesicht sich auf gleicher Höhe mit Mias Brüsten befand. Mia spürte den Atem der rothaarigen Frau auf ihrer Haut, heiß und kalt zugleich. Sie erschauerte und schloss die Augen, riss sie aber gleich wieder auf. Sie wollte keinen Moment verpassen.

Leylas volle Lippen waren leicht geöffnet, zitterten, machten aber keine Anstalten, sich Mias Haut zu nähern.

Ein lautes Klatschen riss sie beide aus ihrer Trance, und Leyla schrie auf. Ryans Hand hob sich und landete ein weiteres Mal auf ihrem nackten Hintern. Mit der anderen Hand zog er die Leine tiefer und Leylas Lippen fanden die weiche Erhebung.

Das Gefühl eines weiblichen Mundes auf ihrer Haut war Mia nicht gänzlich fremd, aber sonst war sie diejenige, die küsste und leckte. Jetzt war es eine andere Frau, die ihre Brüste und ihre Nippel liebkoste, die die Haut zentimeterweise mit den Lippen erkundete, mal zärtlich, mal härter, mit ihren steif gewordenen Nippeln spielte. Wegen der Leine hatte sie nicht viel Spielraum, sie konnte sich nur in dem Bereich bewegen, den Ryan ihr zugestand. Umso gründlicher widmete sie sich Mias Brüsten. Bald nahm sie, mutiger geworden, ihre Hände dazu, streichelte, küsste und leckte über Mias Oberkörper, bis diese sich vor Verlangen wand. Mia wusste genau, dass Ryan sie beide beobachtete, konnte seine Blicke wie Leylas Berührungen auf der Haut spüren. Sie rekelte sich, verschob und verzerrte die Überdecke auf dem Bett mit ihren Bewegungen. Ihre Hüften zuckten und immer wieder spreizte sie die Beine, ohne dabei auch nur einen Moment lang den Blick von Ryan zu nehmen. Es war ihr Geschenk, ja, aber jetzt war es zu seinem Vergnügen geworden.

Ryan zog die Leine tiefer und Leylas Mund wanderte weiter, über die empfindliche Stelle des Solar Plexus, hinab zu Mias Bauch. Auch hier erkundete Leyla sorgfältig das Gebiet, kostete und leckte Mias Haut, auch wenn sie weder sehen noch hören konnte, was ihre Liebkosungen für eine Wirkung hatten. Die Mischung aus neuer Erfahrung und Ryans beobachtenden Augen war exquisit. Mias Schoß stand in Flammen, und sie war so nass, dass ihr weißes Höschen mittlerweile mit Sicherheit schon durchsichtig geworden war. Wie gerne hätte sie jetzt die Hände frei gehabt und es sich selbst besorgt! Alles in ihr schrie danach, mit ihren Fingern über ihren Kitzler zu streicheln, oder sich drei Finger tief in ihre Pussy zu schieben und sich daran zu reiben, bis es ihr kam.

Wenn Ryan sie gelassen hätte, hätte sie sich auch einfach an seinem Oberschenkel gerieben, bis sie endlich ihren Orgasmus erreichte, egal, wie peinlich das für sie wäre. Die Lust stieg immer weiter an und sie wusste, bald wäre sie nur noch ein willenloses Tier, ganz und gar beherrscht von ihrer Gier nach einem Höhepunkt.

Dann zog Ryan Leyla tiefer und die Realität kehrte zurück. Mia hätte es ahnen müssen, war aber zu gefangen in Leylas Liebkosungen gewesen. Kurz bevor Leyla ihren Venushügel erreichte, rutschte Mia weiter nach hinten und entzog sich dem Mund der Sklavin.

Ryan packte Mias Knöchel und zog sie tiefer. »Was soll das?«

Mia schüttelte den Kopf und zappelte mit den Beinen, um frei zu kommen, aber Ryans Griff war unnachgiebig. Er sah nicht wütend aus, aber sein Blick bedeutete ihr, dass er sie nicht so einfach wieder loslassen würde. Noch einmal versuchte Mia, ihm ihr Bein zu entziehen, aber diesmal gab er nicht mehr nach. »Was soll das?«, fragte er noch einmal.

»Ich … ich mag das nicht.« Ein Wort, ein einziges Wort hätte genügt, um alles zu beenden. Sie hätte nur ›Einsiedler‹ sagen müssen, und Ryan hätte Mia losgelassen. Aber sie hatte es nicht gesagt. Stattdessen gab sie sich ihm wieder preis, zeigte ihm, was in ihr vorging, und machte sie dadurch angreifbar und verletzlich. Wie eine echte Sklavin, die sich unterwarf.

Ryan antwortete ihr nicht und Mia atmete tief ein. Leyla hatte sich, nachdem der Zug auf der Leine verschwunden war, aufgesetzt und hockte neben ihnen, als könnte sie doch etwas hören.

»Ich mag es nicht, dort geleckt zu werden«, gestand Mia. »Ich lecke gerne andere Frauen und deinen Schwanz, aber bei mir selbst … es ist mir unangenehm …«

Ryan musterte sie, als wäre sie ein seltenes Tier, welches sich vor seinen Augen aus der Deckung gewagt hatte. Mia wagte kaum zu atmen. Sie fühlte sich hilflos, gefangen in seinem Blick, aber war das nicht genau der Grund, weswegen sie hergekommen war?

Ryan ließ die Leine los, packte Mias Oberschenkel und zog ihren Unterleib zu sich heran. Ohne sichtbare Anstrengung spreizte er ihre Beine und hielt sie weit geöffnet, auch wenn Mia versuchte, sie zu schließen. Sie wand sich, zog die gefesselten Hände hinter dem Kopf hervor und versuchte ihn wegzustoßen, als er sich zu ihr herabbeugte, aber Ryan beeindruckte das nicht im Geringsten. Er hielt die Hände auf den Innenseiten ihrer Schenkel und ihre Beine damit gespreizt. Die Form seiner Handflächen schien sich regelrecht in ihre Haut zu brennen. Mia schrie auf. »Nicht!«

Ryan hob den Blick. »Still«, befahl er.

Augenblicklich schloss Mia den Mund, aber ihr Zittern konnte sie nicht so leicht unter Kontrolle bringen. Sie schloss die Augen und versuchte immer wieder, ihre Schenkel zu schließen – vergeblich. Ryans Atem streifte ihre klatschnasse Pussy und Mia zuckte zusammen. Der nasse Stoff klebte an ihrer Haut und sein Atem war der Hauch der Verdammnis – heiß und suchend.

Sie hatte nicht gelogen. Mia hasste es, wenn sie geleckt wurde. Matt hatte es oft versucht, aber für sie war es immer unangenehm und sie hatte sich nie wirklich fallen lassen können. Allerdings war sie dabei bisher auch noch nie gefesselt gewesen.

Ryans Blick ließ sie los, als er den Kopf ganz senkte und seine Lippen auf den feuchten Stoff drückte. Mia zuckte zusammen, biss sich auf die Unterlippe und wartete darauf, dass Ryan fortfuhr, aber zu ihrer Überraschung verharrte er in dieser Position. Nur leichte Küsse auf ihre feuchte Spalte, nicht mehr.

»Ryan«, wagte sie zu sagen, aber er reagierte mit einem harten Kneifen in ihren Hintern. »Still«, wiederholte er, machte aber keine Anstalten, mit seinen Liebkosungen fortzufahren.

Mia legte den Kopf in den Nacken und sah an die Decke, hielt das aber nicht lange aus. Ihre Schenkel zitterten vor Anstrengung. Mia wagte nicht, sie ganz zu spreizen und auf dem Bett abzulegen. Das wäre eine Einwilligung gewesen und hätte sie Ryan vollkommen ausgeliefert. Er schien das zu spüren. Seine Hände schoben sich unter ihren Po und zogen sie mit einem Ruck so nah an sich heran, dass das weiche Fleisch ihres Hinterns gegen seine Brust stieß. Seine Finger fuhren über ihre Scham und diese hauchzarte Berührung reichte aus, um einen Schauer über ihre Haut zu schicken. Mia war sich noch nie zuvor so wehrlos vorgekommen, aber ohne Zweifel auch noch nie so geil.

»Ich bin kein Sadist«, sagte Ryan und seine Worten legten sich als heißer Atem auf ihre Haut. Mia zitterte. »Ich liebe es, Frauen an ihre Grenzen zu führen … dich an deine Grenzen zu führen. Es geht um Dominanz.« Seine Zunge leckte über ihre Spalte, drückte den nassen Stoff ihres Höschens gegen ihr erhitztes Fleisch und entlockte Mia damit einen Schrei. »Und Unterwerfung«, fuhr er fort. Sie hob den Kopf und sah in seine Augen. »Um freiwillige Unterwerfung. Dafür bekommst du von mir ein Versprechen.«

Wieder seine Zunge auf ihren prallen Schamlippen. Sie streiften für einen Sekundenbruchteil ihren harten Kitzler, und Mia entfuhr ein weiterer Schrei. Was tat er da? Was machte er mit ihr? Wieso sehnte sie sich auf einmal danach, dass er ihr endlich das Höschen vom Leib riss und seine Zunge in ihr versenkte oder an ihrem Kitzler saugte, irgendetwas, nur damit sie endlich kam?

Ihre Hände zuckten in seine Richtung, hielten jedoch kurz vor seinem Kopf inne. Ryan sah sie noch immer an. »Du willst mehr?«, fragte er, obwohl er die Antwort dazu mit Sicherheit schon längst kannte.

»Was für ein Versprechen?«, brachte Mia mühsam über die Lippen.

Er senkte den Kopf und seine Lippen suchten die Umrisse ihrer Klitoris unter dem Stoff. Als er sie gefunden hatte, legte er seine Lippen darum und saugte fest an ihr. Mia glaubte, den Verstand zu verlieren. »Ryan!«, schrie sie. »Was … was für ein Versprechen?«

Er tat, als hätte er sie nicht gehört. Stattdessen schob er ihren Slip beiseite und schob seine Zunge zwischen ihre Schamlippen. Mittlerweile war Mia so nass, dass er ohne Mühe ganz in sie eindringen konnte. Es war anders als sein Schwanz, biegsamer, und nicht minder aufregend. Ihre Hände zuckten wieder, legten sich diesmal auf seinen Hinterkopf und ihre Schenkel schlossen sich um seine Schultern. Sie schrie und stöhnte, wölbte ihm ihr Becken entgegen und bettelte um mehr. Es war egal, was genau diese Verzückung auslöste, Mia wusste nur, dass sie mehr davon wollte, mehr davon brauchte. »Sag es mir«, flüsterte sie atemlos, ehe ein weiterer Schrei ihre Stimme zerriss und in dem Zimmer widerhallte.

Er hielt inne, der Verlust seiner Zunge nahm ihre ganze Welt ein, ehe sie ihn sagen hörte: »Ich verspreche, ich werde dir niemals wehtun.« Und dann explodierte Mia in rot glühender Ekstase.

Eine Tür fiel ins Schloss. Mia öffnete die Augen und brauchte eine halbe Sekunde, um sich zu orientieren. Ihr Körper fühlte sich vor Erschöpfung wie Blei an, aber sie musste sich konzentrieren. Davon hing jetzt alles ab.

Ihre Hände waren frei – Ryan hatte ihr offensichtlich nach ihrem Orgasmus die Fesseln abgenommen und war mit Leyla im Nebenzimmer verschwunden. Darauf hatte Mia gehofft, aber sie wusste nicht, wie viel Zeit ihr blieb. Hastig setzte sie sich auf und musste ein heftiges Schwindelgefühl niederkämpfen. »Scheiße«, fluchte sie und fingerte an ihrem rechten Ohrring herum. Sie drückte auf den roten Stein darin und ein leises Klicken ertönte. »Ich dachte schon, er hat dich in irgendeinen Kofferraum gesteckt und ich höre nie wieder was von dir«, begrüßte sie Matts Stimme.

Mia fuhr sich über die verschwitzte Stirn. »Ich habe keine Zeit für dumme Witze«, murmelte sie so leise wie möglich. »Er ist gerade weg, aber ich weiß nicht, wie lange. Wo hast du es versteckt?«

»Ich habe dem Dienstmädchen die Anweisung gegeben, es

hinter den Bettkasten zu legen. Ist bei dir alles in Ordnung, Mia?«

Mia rutschte zum Kopfende des Bettes und schielte in die schmale Spalte zwischen dem massiven Holzende und der Wand. Tatsächlich klemmte dort, in schwarzes Papier eingeschlagen, ein kleines Päckchen. »Ja, hier ist alles klar«, flüsterte sie. »Danke für deine Hilfe, Matt.« Mit einiger Mühe zog sie das Paket aus seinem Versteck und riss das Papier auf. »Ich halte den Kanal von jetzt an offen. Für den Fall, dass es haarig wird«, sagte sie und fuhr herum, als sie das Knarren der Tür hörte. Jetzt war es so weit – Ryan kam zurück.

9

»Ryan West, hiermit nehme ich Sie im Namen der ICD fest.«

Ryan stutzte, als er Mia vor sich sah. Ihr Haar war noch immer zerzaust und die Röte ihrer Erregung war noch nicht von ihrem Gesicht verschwunden, aber der entschlossene Ausdruck in ihren Augen war neu. Genau so wie die 9 mm Glock, deren Lauf direkt auf ihn zielte. Ryan musste ein Lächeln unterdrücken. Er hatte sie offensichtlich unterschätzt. Mia Rot war mehr als nur ein Paar langer Beine und ein hübsches Gesicht. Er war fast enttäuscht gewesen, wie leicht sie auf seine Einladung eingegangen war, hatte insgeheim auf mehr Gegenwehr gehofft, aber wie es aussah, bekam er die gerade. Am liebsten hätte er ihr applaudiert. Wo in aller Welt hatte sie in der kurzen Zeit, in der er Leyla vor die Tür gesetzt hatte, nur die Waffe herbekommen?

»Muss ich jetzt die Hände hoch nehmen, erschießt du mich sonst?«, fragte er, aber sie ließ sich durch seine Farce nicht verunsichern.

»Sie werden wegen Drogenschmuggel, Erpressung und Bestechung gesucht. Nehmen Sie die Hände auf den Rücken und drehen sie sich um.«

Gehorsam folgte Ryan ihren Anweisungen und drehte sich um. Allzu leicht wollte er es ihr aber nicht machen. Gerade als sie näher getreten war, um ihm den Kabelbinder um die Handgelenke zu legen – gut vorbereitet war sie, das musste er ihr lassen –, griff er mit der Hand um ihre Taille und drehte sich abrupt zur Seite. Mia, die nicht mit einem derartigen Angriff gerechnet hatte, wurde durch die Wucht des Stoßes gegen die Wand geschleudert. »Sorry, Schönheit«, brummte er und rannte zur Tür. Der Stoß hatte sie nicht verletzen sollen, aber genau deshalb würde er sie auch nicht lange aufhalten. Der Gedanke daran, wie sie hinter ihm herjagte, gefiel ihm. Mia hatte Feuer, nicht nur im Bett, und er bedauerte einmal mehr, dass sie auf verschiedenen Seiten standen. Aber er hatte eine Verpflichtung, und die konnte er nicht einfach ignorieren.

Mit wenigen Schritten hatte er das Wohnzimmer hinter sich gelassen. Er hörte Mia hinter sich, als er die Tür aufriss und in den Flur hetzte. Sein Blick fiel auf den Fahrstuhl, aber es würde zu lange dauern, ihn zu rufen.

Verdammt.

Ein kurzer Blick zur anderen Seite zeigte ihm eine weiße Tür. Die Treppe. Ohne weiter auf die Geräusche hinter sich zu achten, sprang er vor, riss die Tür auf und blickte zum zweiten Mal an diesem Tag in den Lauf einer Glock. Diesmal lag sie in den Händen eines breitschultrigen Mannes in einem grauen Anzug und mit dunklem Haar. Ryan kannte ihn von den Fotos – Matt Archer. Offensichtlich hatte er Mia gründlicher unterschätzt als angenommen. Sie hatte wirklich an alles gedacht.

Der kalte Lauf einer Pistole drückte sich in seinen Nacken. »Okay«, hörte er Mias Stimme hinter sich, »das Ganze noch einmal von vorn: Ryan West, im Namen der ICD nehme ich Sie fest.«

10

Mia hatte eine Menge dummer Sprüche erwartet, angefangen von »Netter Fang« bis hin zu »Musst du dir deine One-Night-Stands jetzt schon in unserer Kartei suchen?«. Aber bisher hatte Emilia noch nichts gesagt. Überhaupt war Mias Chefin beunruhigend still, als sie vor dem verspiegelten Glas standen und in den Verhörraum blickten.

Mia wagte nicht, auch nur den leisesten Mucks von sich zu geben, aus Angst, dass dann ein Gewitter losbrechen würde. Sie bezeichnete Emilia immer als ihre beste Freundin, aber die Wahrheit war eher, dass sie ihre einzige Freundin war. Und die konnte zu einer wahren Furie werden, wenn sie richtig sauer war. Also begnügte sich Mia damit, angespannt neben der Frau mit den kohlrabenschwarzen Locken zu stehen und in den Verhörraum zu starren. Diese Zimmer waren nach amerikanischem Vorbild gestaltet: ein einfacher Tisch und zwei Stühle, alles aus verschweißtem Stahl, damit bei einem eventuellen Wutausbruch des Verdächtigen nichts splittern konnte. Dazu das riesige verspiegelte Fenster, das es Zuschauern ermöglichte hineinzusehen, während die Leute im Innern aber nicht hinaussehen konnten.

Auf einem der Stühle saß Ryan. Sein Haar war unordentlich, aber zumindest trug er außer seiner Jeans jetzt noch ein T-Shirt. Wer weiß, was sie sich hätte anhören müssen, wenn sie und Matt mit einem halb nackten blonden Hünen im ICD-Büro aufgetaucht wären? Ryan machte aber nicht den

Eindruck, als würde ihn all das beunruhigen. Er saß entspannt auf dem Stuhl, die Hände verschränkt, die Ellenbogen auf dem Stahltisch, und betrachtete den Raum interessiert.

»Ich weiß nicht, wen von euch ich das Verhör machen lassen soll«, brach Emilia das Schweigen. Mia zuckte zusammen. »Sollten wir nicht ohnehin ...«, wagte sie einzuwerfen, aber ihre Chefin unterbrach sie. »Natürlich solltet ihr immer zu zweit in ein Verhör gehen, aber gerade bin ich mir nicht sicher, ob das eine so gute Idee ist.«

Sie drehte den Kopf zur Seite und sah Mia an. Ihr Blick hätte eine Chilischote auf der Stelle schockgefrostet. »Immerhin hast du die bisherige Operation ja auch in deine eigenen Hände genommen.«

Scheiße.

»Das war nicht so geplant«, wagte Mia einzuwerfen, aber die Temperatur im Raum wurde schlagartig ein paar Grad kühler und Mia schloss rasch wieder den Mund.

»Du hast eigenmächtig gehandelt, Mia«, sagte Emilia, »du hast Matt in deinen saudummen Plan mit hineingezogen, du hast die laufende Operation gefährdet und wir wissen immer noch nicht, ob die Söhne des Tigers uns jetzt durch die Lappen gehen. Das Schlimmste ist aber, dass du dich selbst in Gefahr gebracht hast. Der Mann da drin ist ein kaltblütiger Killer! Was, wenn dein kleiner Plan schiefgegangen wäre? Er hätte dich erschießen oder Gott weiß was mit dir anstellen können!«

Frustration überkam Mia und sie fand nicht einmal mehr die Kraft zu seufzen. Stattdessen sah sie in den Verhörraum. »Wir haben ihn.«

Emilia runzelte die Stirn. »Was?«

Mia deutete mit einem Nicken in Richtung Ryan. »Er hat mich weder erschossen noch ›sonst etwas mit mir angestellt‹,

Emilia«, erwiderte sie so ruhig wie möglich, auch wenn sie innerlich kochte. »Ich habe uns den wichtigsten Mittelsmann zu Fushida und den ›Söhnen‹, beschafft. Er sitzt in deinem Verhörraum und ich habe ihn dir auf einem Silbertablett serviert. Matt hat mir freiwillig dabei geholfen, weil er wusste, dass wir nur so eine Chance haben, die Sache ohne große Vorbereitung und damit ohne größeres Risiko, entdeckt zu werden, über die Bühne zu bringen.« Gut, der letzte Teil war nicht zu hundert Prozent wahr, aber das musste Emilia nicht wissen. »Meine saudumme Idee, wie du sie nennst, hat nicht nur dafür gesorgt, dass wir schneller ans Ziel gekommen sind, sondern auch dafür, dass wir mindestens fünf weitere ICD-Agenten aus der Gefahrenzone heraushalten konnten. So schlecht kann sie also nicht gewesen sein.«

Mia verstummte und atmete tief ein. Sie hatte es satt, sich immer wie das Küken behandeln zu lassen, erst recht, wenn sie Resultate lieferte. Das hätte eigentlich ein Triumph sein sollen, wieso also fühlte sie sich, als hätte sie eine riesige Dummheit begangen?

Emilia antwortete lange Zeit nicht. Dann lächelte sie schmal. »Okay, ›Küken‹, ich gebe zu, das Resultat deines Alleingangs ist ziemlich beeindruckend. Trotzdem müssen wir uns beeilen. Die ›Söhne‹ werden sicherlich bald Wind davon bekommen, dass wir ihn haben, und dann können wir ihn nicht lange behalten. Der eine Tag, du weißt ja.«

Der eine Tag war der Ausdruck der ICD für die Zeitspanne, die sie einen Verdächtigen für Befragungen festhalten durften. Daran konnten nicht einmal die Spitzenanwälte der Yakuza etwas ändern. War diese Frist aber abgelaufen, ohne dass handfeste Beweise gegen den Verdächtigen vorlagen, stand die ICD mit leeren Händen da, und dann konnten sie niemanden mehr festhalten.

Ryan hatte sich mittlerweile in seinem Stuhl zurückgelehnt und sah zum Fenster, ganz so, als könnte er Mia direkt in die Augen sehen. »Was brauchen wir von ihm, um mehr als den einen Tag zu bekommen?«, fragte sie Emilia, ohne den falschen Blickkontakt zu unterbrechen.

»Entweder ein Geständnis, dass er zu den ›Söhnen‹ gehört, oder Informationen zu dem letzten Drogentransport. Irgendetwas, das ihn mit den Machenschaften der ›Söhne‹ in Deutschland in Verbindung bringt.«

Mia zog Ryans Akte aus der Halterung unterhalb des verspiegelten Fensters und warf einen flüchtigen Blick hinein. Sie kannte sie mittlerweile auswendig. Die Geste diente nur dazu, ihre Nervosität zu überspielen. »Gib mir zehn Minuten. Dann kannst du meinetwegen Matt reinschicken.«

»Ist das die Belohnung, weil du Ryan geschnappt hast, oder wirst du gerade einfach nur frech?«, fragte Emilia, tat aber nichts, um Mia aufzuhalten, die schon auf dem Weg zur Tür war.

Mia grinste und hob grüßend die Hand. »Sieh es als Vertrauensbeweis für eine alte Freundin.«

Emilia verdrehte die Augen, grinste aber, und Mia öffnete die Tür. Der Verhörraum roch nach billigem Putzmittel und abgestandenem Kaffee. Ein Becher davon stand auf dem Tisch, dampfte aber nicht mehr. Sie hatten Ryan mit Absicht warten lassen, um ihn redefreudiger zu machen, auch wenn Mia sich sicher war, dass derlei Methoden keine besondere Wirkung auf ihn hatten. Aber was wusste sie schon? Immerhin kannte sie ihn kaum eine Woche. ›Aber dafür hast du ihn intimer kennengelernt, als so manch anderer‹, flüsterte ihr Gewissen ihr ins Ohr, und unwillkürlich musste sie an die Nacht im Spiegelraum denken. An den flüchtigen intimen Moment, in dem sie in seinen Armen gelegen und er sich um sie gekümmert hatte.

Mia blinzelte, um die Bilder zu vertreiben, und versuchte, möglichst ungerührt auszusehen, als sie sich an den Tisch setzte. Ryan beobachtete jede ihrer Bewegungen. Er wirkte weder wütend noch überrascht, was Mia erstaunte. »Ich glaube, vorstellen muss ich mich nicht mehr«, sagte sie und setzte sich Ryan gegenüber an den Tisch.

»Ich denke schon«, erwiderte Ryan. »Immerhin kenne ich nur deinen Vornamen.«

Mia senkte den Blick und kämpfte gegen die Schamesröte an, die ihr Gesicht zu erobern drohte. Verdammt! »Mein Name ist Mia Rot«, sagte sie. »Ich bin Agentin der ICD.«

Ryan lachte leise. »Das wiederum wusste ich schon.«

Mia runzelte die Stirn und versuchte, sich wieder in den Griff zu bekommen. Irgendwie lief das Gespräch ganz und gar nicht so, wie sie es geplant hatte.

»Wissen Sie, warum Sie hier sind?«, fuhr sie fort.

»Mir wäre es lieber, wenn wir wieder beim ›Du‹ landen könnten. Wenn du so mit mir redest, habe ich das Gefühl, mitten in einem Rollenspiel zu stecken«, erwiderte er, »und der Gedanke, dass du als züchtige Agentin nur darauf wartest, dass ich dich fessle und hier auf den Tisch lege, macht mich ehrlich gesagt ziemlich scharf.«

Mia starrte Ryan an, als wäre er eine Erscheinung aus dem Weltall. »Wie bitte?«, brachte sie schließlich hervor. Hastig sah sie zu dem verspiegelten Fenster, auch wenn sie wusste, dass das zwecklos war. Alles in diesem Raum wurde zusätzlich aufgezeichnet und der Ton wurde durch Lautsprecher direkt in das Nebenzimmer übertragen.

Ryan beugte sich vertraulich vor, die Arme noch immer auf dem kühlen Stahltisch abgestützt. »Jetzt sag nicht, der Gedanke ist dir noch nicht gekommen.«

Mia verschlug es im wahrsten Sinne des Wortes die Sprache.

»Was?«, konnte sie nur mühsam hervorquetschen, ehe ihr die Stimme völlig versagte.

Ryan grinste nicht, er musterte sie nur sehr genau und sprach leise, als wären sie zwei Freunde in einem Café, die einen freundlichen Plausch hielten. Aber Freunde sahen sich nicht so an. Freunde gaben sich nicht gegenseitig das Gefühl, einander die Kleider vom Leib reißen zu wollen. »Du kannst mir nicht sagen, dass du noch nie daran gedacht hast. Wenn du hier hereinkommst, mit diesem langweiligen Kostüm, und die strenge Agentin heraushängen lässt. Ich kann es dir ansehen – es würde dir gefallen, wenn ich einfach aufstehen und dein Gesicht auf den Tisch drücken würde. Die Arme auf deinen Rücken. Ich trete hinter dich, reiße dir den Rock hoch und fahre mit der Hand zwischen deine Schenkel, wo deine Pussy schon auf mich wartet – nass, bereit ...«

Rache, darum ging es hier. Mia hätte vor Wut am liebsten aufgeschrien, als sie das erkannte – Ryan rächte sich für ihren Verrat. Er war ein Verbrecher, er wusste, dass jedes Wort, das sie miteinander wechselten, von anderen ICD-Agenten gehört wurde. Er wollte sie demütigen, es ihr heimzahlen und es war ihm gelungen. Das war Teil seines Spiels und gleichzeitig war es das doch nicht. Zumindest gab die Wut Mia die Kraft, sich endlich aus ihrer Verwirrung zu lösen. »Du sitzt in der Scheiße, Ryan«, log sie. »Wir haben Beweise zu dem letzten kleinen Coup der Söhne des Tigers. Wir kriegen euch alle dran, einen nach dem anderen, und dann seid ihr alle so richtig am Arsch. Nicht nur Deutschland ist hinter euch her, auch Japan, China und Südkorea haben mittlerweile Ermittlungen gegen die ›Söhne‹ eingeleitet. Es ist nur eine Frage der Zeit, bis wir euch festnageln können, und dann ist es vorbei. Ich bin hier, weil ich dir helfen will. Noch hast du die Möglichkeit, mit einer milderen Strafe davonzukommen.«

Ryan hob die linke Braue. »Natürlich nicht umsonst.«

Mia nickte, froh, dass er offensichtlich nicht mehr vorhatte, sie in Verlegenheit zu bringen. »Du kannst uns helfen, Beweise gegen die ›Söhne‹ zu sammeln. Alles könnte uns dabei helfen, woran auch immer du dich erinnerst.«

»Und was genau verstehen du und deine Agenten-Freunde unter einer milderen Strafe?«

Das Eis, auf das sie sich begeben hatte, war dünn. Sie pokerte und konnte Ryan gegenüber keine bindenden Versprechen abgeben. Aber er wirkte interessiert, was hieß, dass sie ihn vielleicht an den Haken bekam. »Verringerte Haft«, sagte sie. »Ein Gefängnis in Amerika, nicht in Japan.«

Ryan rieb sich über den Nasenrücken. »Also, weißt du etwas?«, fragte sie.

Er sah auf. »Nein. Aber ich denke darüber nach, was es mit dir und diesem Mr World auf sich hat, der im Treppenhaus gelauert hat.«

Der abrupte Themenwechsel warf Mia kurzzeitig wieder aus der Bahn. »Was soll das?«, zischte sie.

»Er scheint dir nachzulaufen wie ein Hund. Lass mich raten, er läuft dir wirklich nach wie ein Hund, aber du hast kein Interesse?«

Mia antwortete nicht, aber ihr Gesicht verriet wohl mehr, als ihr lieb war. Ryan sah sie triumphierend an. »Ha, das ist es, nicht wahr? Ihr wart früher zusammen und jetzt benutzt du ihn für deine Zwecke und lässt ihn brav Männchen machen, habe ich recht? Ist es das?«

Ihr Stuhl rutschte kreischend über den Linoleumboden und Mia stand abrupt auf. »Mach doch, was du willst«, sagte sie kalt und wandte sich ab, als Ryan rief: »Ich biete euch einen Deal an.«

11

»Ich glaube ihm nicht – das ist eine Finte«, murmelte Mia. Sie saß mit Matt und Emilia in deren Büro und die letzten zehn Minuten hatte unangenehmes Schweigen zwischen ihnen geherrscht. Emilia saß hinter ihrem Schreibtisch und rieb sich immer wieder über die Schläfen. »Wenn es aber stimmt«, sagte sie langsam, »wäre das eine echte Hilfe für uns. Immerhin geht es um eine neue Drogenlieferung. Diesmal sogar die doppelte Menge. Nicht einmal unsere Kontaktmänner wussten etwas von dieser Lieferung. Diesen Transport hochzunehmen würde uns ein großes Stück voranbringen. Wir könnten die ›Söhne‹ vielleicht sogar endlich dingfest machen.«

Mia schüttelte den Kopf. »Er weiß, dass wir die ›Söhne‹ kriegen wollen. Was, wenn er uns damit nur ködert? Er will gegen sie aussagen, wenn er dafür Straffreiheit erhält. Schön und gut, aber was, wenn er gar nichts weiß? Was, wenn er mit diesem Transport nur einen unliebsamen Rivalen ausschalten will und sich danach aus dem Staub macht? Dann haben wir nichts in der Hand.«

»Das haben wir aber auch nicht, falls er wirklich nichts weiß«, schaltete Matt sich ein.

»Immerhin ist er die rechte Hand von Fushida, ihrem Boss. Irgendetwas muss er wissen.«

Mia lehnte sich in ihrem Stuhl zurück und sah ihre Freunde an. »Das heißt trotz allem nicht, dass er nicht versucht, uns an der Nase herumzuführen.«

»Es ist ein Risiko«, gab Emilia zu und tippte mit der Spitze ihres Kugelschreibers gegen die Schreibtischplatte. »Aber du bist auch ein Risiko eingegangen und es hat auch funktioniert.«

Mia schnaubte. »Das ist nicht fair.«

»Hier geht es nicht um Fairness, Mia«, erwiderte Emilia, »die können wir uns nicht leisten. Was wir brauchen, sind Ergebnisse.«

Mia lagen tausend Erwiderungen auf der Zunge, aber keine davon würde Emilia umstimmen. Sobald sie in den Modus »Chef« schaltete, wurde alles andere zur Nebensache.

»Dann lass mich vorher noch einmal mit ihm reden. Allein.«

»Was soll das bringen?«, fragte Matt.

»Ihr beiden wollt mir ohnehin nicht zuhören. Aber ich will sichergehen, dass Ryan uns keinen Mist erzählt.«

»Wir machen das nicht erst seit gestern«, erwiderte Matt und Emilia fügte hinzu: »Wir werden den Transport heute Nacht mit besonderer Vorsicht abfangen. Falls er die Wahrheit gesagt hat, werden wir die Lieferung aushebeln können. Falls nicht, sind wir darauf vorbereitet.«

»Zehn Minuten«, schnaubte Mia. »Mehr will ich doch gar nicht. Immerhin habe ich euch den Kerl eingefangen. Wenn wir diese Aktion durchziehen, dann sollten wir doch alle davon überzeugt sein, oder nicht? Und er wird mir kaum den Hals umdrehen, wenn ich mit ihm rede.«

Matt zuckte mit den Schultern. Emilia, die das sah, seufzte und nickte. »Meinetwegen. Zehn Minuten. Aber mehr nicht.«

Die Zellen der ICD hatten Mia schon immer an das »Schweigen der Lämmer« erinnert. Sie bestanden aus großen Quadern aus Plexiglas, die wie Container nebeneinander aufgestellt waren. Die Vorderseite jedes Kubus war mit einer Stahlschlosstür gesichert. Zugang zu dem »Würfelraum«, wie er unter den Mitarbeitern genannt wurde, erhielt man nur durch einen der Wärter, die in einer Art Schleuse saßen.

Das Klicken, als die Schleusentür hinter ihr ins Schloss fiel, hatte etwas Endgültiges an sich. Auf Mias Körper breitete sich Gänsehaut aus. An der hohen Zimmerdecke surrte es leise: Kameras folgten jeder ihrer Bewegungen und zeichneten alles auf, was im Würfelraum vor sich ging. Es war ein Kompromiss – die Kameras blieben an, aber der Ton musste ausgeschaltet werden. Anders als im Verhörraum, denn sie wollte nicht, dass hier jemand mithörte. Dieses Gespräch ging nur Ryan und sie etwas an.

Er war der einzige Mann, den sie zurzeit festhielten, und saß im mittleren Kubus. Die Ausstattung war in allen Würfeln identisch: Eine Pritsche, ein Stuhl und hinter einer schwarzen Abdeckung eine einfache Toilette. Ryan saß auf der Pritsche, den Hinterkopf gegen das Plexiglas gelehnt, die Augen geschlossen. Er sah nicht einmal auf, als Mia vor seinem Würfel anhielt und ihn ansprach.

»Verdammt, sieh mich an«, zischte sie, als er auf seinen Namen nicht reagierte.

»Ich sagte dir bereits, mehr Informationen bekommt ihr erst, wenn ihr mir den Deal zusichert«, sagte er.

»Es geht nicht um den Deal«, erwiderte Mia. Sie schüttelte leicht den Kopf und versuchte, sich die Worte zurechtzulegen, aber es gelang ihr nicht. »Wieso hast du dich auf die Sache eingelassen? Das ging viel zu schnell«, entfuhr es ihr.

Endlich öffnete Ryan die Augen und wandte sich ihr zu. »Findest du?«

Mia verschränkte die Arme vor der Brust. »Natürlich, sonst wäre ich nicht hier.«

Ryan musterte sie, sein Blick wanderte überdeutlich über ihren Körper. Angefangen bei ihren Schuhen, ihre Beine hinauf. An der Stelle zwischen ihren Schenkeln verharrte er kurz, und Mia hasste sich selbst ein bisschen dafür, dass ein Schauer ihren Körper erfasste. Ryans Blick schweifte weiter, als würde er sie mit seinen Blicken streicheln, sie zärtlich berühren, und blieb schließlich an ihren Augen hängen.

Sie wollte ihm die Genugtuung nicht geben, genau in ihrem Blick lesen zu können, was in ihr vorging. Also sah sie zur Seite und versuchte, ihre Gedanken zu ordnen. »Rede mit mir, Ryan«, forderte sie ihn auf.

Mit einem Ruck stand er auf und kam auf sie zu, so entschlossen, als wären sie nicht durch die dicken durchsichtigen Zellenmauern getrennt. »Warum sollte ich?«, fragte er scharf und zwischen seinen hellblonden Brauen zeichnete sich eine steile Falte ab. »Du bist doch diejenige, die unsere heutige Session unterbrochen hat. Oder war es jemand anderes, der mir eine Glock vor die Nase gehalten hat?«

Überrumpelt zog Mia die Nase kraus und sah rasch wieder zur Seite. Ihr lag eine Entschuldigung auf der Zunge, aber warum sollte sie sich entschuldigen? Sie hatte ihre Pflicht getan – sie fing Verbrecher ein und schützte die ehrbaren Bürger vor ihnen. Ganz einfach und simpel.

›Mach dir nichts vor‹, meldete sich ihr Gewissen. ›Du hast die wichtigste Regel zwischen einem Herrn und seiner Sub gebrochen. Du hast sein Vertrauen missbraucht. Du hast ihn hintergangen.‹

Mia fuhr sich mit dem Handrücken über die Stirn. ›Ich bin nicht seine Sub. Es war nur ein Job. Mehr nicht.‹

»Warum hast du dich auf einen Deal eingelassen?«, wiederholte sie ihre Frage.

Ryan lehnte den linken Unterarm gegen die durchsichtige

Wand und stützte sich daran ab. »Warum interessiert dich das?«

Mia stöhnte frustriert auf. »Weil ich weiß, wer du bist. Man wird nicht die rechte Hand eines Unterweltbosses, indem man sich illoyal verhält. Du musst hart dafür gearbeitet haben, bei den ›Söhnen‹ so weit aufzusteigen. Und jetzt knickst du nach nicht einmal zehn Minuten Verhör ein?«

»Ein ziemlich stümperhaftes Verhör.«

»Genau ... hey!«

Ryan lachte. »Ich frage mich eher, was die ICD von mir will. Ich dachte immer, ihr geht gerissener vor.« Er machte eine unbestimmte Geste, die entweder die Zelle einschließen sollte, oder das ganze Gebäude. »Ohne Prozesse und Festnahmen. Mehr mit Snipern, Assassinen und solchen Dingen.«

Die Vorstellung, wie Emilia, Matt und sie in schwarzen Latexanzügen durch die Nacht schlichen, um Unterweltbosse abzuschießen, ließ sogar Mia kurzzeitig schmunzeln. »Das ist eher Sache der Yakuza. Wir müssen uns hier an Regeln halten. Deswegen brauchen wir deine Hilfe.«

»Ich sagte, die bekommt ihr. Wenn ihr auf meine Bedingungen eingeht.«

Er war so verdammt ruhig. Ganz so, als wäre er freiwillig in dem Kubus und könnte morgen früh, nach einem Frühstück auf Kosten des Hauses, einfach wieder verschwinden. »Warum willst du alles verraten?«, fragte sie ihn und trat ganz nah an die Scheibe heran. Sie waren sich nah genug, dass sie ihn, wenn das Plexiglas nicht gewesen wäre, sogar hätte küssen können. Jetzt wich sie seinem Blick nicht aus, sondern suchte ihn sogar, um irgendeine Art von Antwort von ihm zu erhalten. »Warum bist du hier, Ryan?«

Mia wusste nicht, ob es die Nennung seines Namens war,

oder die Nähe, aber etwas in Ryans Gesicht veränderte sich. Seine gelassene Ruhe bekam einen Riss und dahinter sah Mia etwas aufblitzen. »Wegen dir«, sagte er leise. »Ich bin nur wegen dir hier.«

12

Seit Matts letztem Observations-Einsatz waren Ewigkeiten vergangen. Es fühlte sich seltsam an, aber nicht unangenehm. Die Mischung aus Aufregung und Geduld war einer der Gründe, warum er damals bei der ICD angefangen hatte. Er mochte seinen Job und die meiste Zeit mochte er auch seine Kollegen, allen voran Mia. Aber so sehr er sie auch als Freundin liebte, so sehr konnte er auch an die Decke gehen, wenn sie wieder ihren Sturkopf durchsetzen musste. Mia war einige Jahre nach ihm und Emilia zur ICD gekommen, aber der damalige Leiter der deutschen Abteilung hatte Mia offensichtlich zu viel Honig um den Mund geschmiert. Mia war talentiert und besaß alle Voraussetzungen, um einmal eine verdammt gute Agentin zu werden, aber das änderte nichts an der Tatsache, dass sie noch einiges zu lernen hatte.

Mia sah das ganz anders – sie war immer der Meinung, alle Probleme dieser Welt allein lösen zu müssen, und fragte niemals um Hilfe, außer sie sah keinen anderen Ausweg mehr.

Matt fuhr sich mit der Hand über das Gesicht und rieb sich die trockenen Augen. Wahrscheinlich war er nicht ganz unschuldig an Mias Reaktion. Emilia und er hatten bis heute das Gefühl, Mia beschützen zu müssen vor allem, was die ICD jagte, beschattete oder überführte. Sie wurde nie in Undercover-Missionen eingesetzt und bekam meist die harmloseren Fälle zugeteilt. Kein Wunder, dass sie sich verhielt wie ein wütendes Kind.

Und dann brachte ausgerechnet sie diesen japanischen Mafioso zur Strecke. Matt war überrascht, aber ein Teil von ihm war auch stolz auf sie. Vielleicht hatten Emilia und er sie doch unterschätzt?

Wen sie aber mit Sicherheit nicht unterschätzen durften, war dieser Ryan. Auch wenn Matt durchaus glaubte, dass etwas an seinen Angaben wahr war, vertraute er ihm nicht. Dieser ›Zufall‹, in dem Mia ihm in einem dieser … Klubs über den Weg gelaufen war, war fast zu schön, um wahr zu sein. Irgendetwas an der Sache störte Matt, wie ein Jucken an einer Stelle, die man nicht erreichen konnte, aber er wusste einfach nicht, was es war.

»Reich mir mal die Thermoskanne«, brummte Matts Observationspartner, ein grauhaariger Hüne namens Wingow, und riss Matt damit aus seinen Gedanken. Der Mann sprach nicht viel, schien dafür aber absolut keinen Schlaf zu brauchen. Nach fünf Stunden in dem engen Volvo auf Beobachtungsposten tat Matt alles weh, und er hatte sich schon mehrmals dabei ertappt, wie er beinah, eingenickt wäre, aber Wingow saß noch immer hellwach und aufmerksam wie eine seltsame Eule neben ihm. Anfangs hatte Matt noch gedacht, das läge an einer besonders starken Kaffeemischung, die Wingow seit Stunden in sich reinkippte, aber wie sich herausstellte, befand sich in der Thermoskanne kein Kaffee, sondern ein abscheulich schmeckender Tee, den Matt kaum hinunterbrachte, als Wingow ihm etwas davon anbot.

Matt reichte ihm die Thermoskanne und blickte zu den riesigen Containern, die von Kränen auf- und abgeladen und zu riesigen Haufen gestapelt wurden, die aussahen wie das Kinderspielzeug eines Riesen. Obwohl es Nacht war, war der Güterhafen hell erleuchtet. Nur zwischen den Containern war es stockfinster. Ideale Verstecke.

Hinter einem der Container blitzte das Licht einer Taschenlampe auf. Einmal. Zweimal. Dreimal. Offensichtlich war der Observationsposten dort unten auch noch wach. ›Immerhin etwas‹, dachte Matt bei sich und wandte seine Aufmerksamkeit wieder Wingow zu, der seinen stinkenden Tee schlürfte. »Wie spät ist es?«, fragte er.

Der grauhaarige Agent warf einen kurzen Blick auf seine Armbanduhr. »Kurz vor drei.«

»Dann muss es bald so weit sein.«

Wingow zuckte mit den Schultern. »Denkst du, ein Drogentransport hält sich an einen Zeitplan?«

»Wahrscheinlich eher als die Deutsche Bahn sich an ihre Fahrpläne hält«, hielt Matt dagegen. »Immerhin …« Weiter kam er nicht. Wieder blitzte das Licht der Taschenlampe auf. Diesmal nur einmal, aber das genügte. Matt und Wingow stürzten aus dem Wagen in Richtung Container. Der Container mit den Drogen sollte angeblich Teil der Ladung eines Frachters aus Taipeh sein, der getrockneten Fisch transportierte. Die Zollbeamten waren geschmiert und der Container sollte als einer der ersten gelöscht werden, ehe die richtige Ware auf die wartenden Waggons eines Zuges aufgeladen wurde.

Das Signal der Taschenlampe bedeutete, dass etwas schiefgegangen war.

Wingow und Matt rannten in Richtung des Signals. Matt hatte das Gefühl, viel zu langsam voranzukommen, aber binnen weniger Augenblicke waren sie bei dem Wachposten. Der Mann war in einen einfachen Pullover und einen Ölmantel gekleidet. Auf der Außenseite des Mantels glänzte etwas feucht. Blut. Der Mann war verletzt und atmete schwer, aber er lebte. »Wo?«, fragte Matt knapp.

Der Mann deutete zwischen zwei Containerreihen. »Dort. Eine Person, männlich«, krächzte er. »Bewaffnet.«

Matt nickte und rannte los. Wingow blieb bei dem Verletzten, und hinter sich hörte Matt, wie er einen Krankenwagen rief. Er selbst konzentrierte sich auf den Weg vor sich. Die Container bildeten schmale Gassen, in denen die Dunkelheit das Licht verschluckte. Matt fluchte nicht, sparte sich seinen Atem fürs Laufen, als er etwas hörte. Es war nicht sehr laut, nur ein leises Knacken, aber das Geräusch war ihm zu vertraut. Es war das Knacken eines Sicherheitsbügels, der heruntergeschoben wurde. Jemand entsicherte eine Waffe. Abrupt blieb er stehen und drückte sich zwischen zwei Container noch tiefer in die Schatten. »Rauskommen, im Namen der ICD!«, brüllte er in die Dunkelheit. Sein Angreifer hatte alle Karten in der Hand – er wusste, wo Matt sich befand, aber der war völlig blind und hatte den Mann auch nicht hier hereinlaufen sehen.

Die Antwort kam prompt – eine Kugel schlug nicht weit von Matt entfernt auf die Außenwand eines Containers und prallte mit einem sirrenden Geräusch ab. Matt schloss die Augen, um sich ganz auf seine Ohren zu konzentrieren. Die Kugel war von links gekommen. Er hatte nicht gehört, wie sie auf den Asphalt des Bodens aufgeschlagen war, was hieß, dass sie nach oben geflogen war. Der Schütze befand sich nicht auf einem der Container, sondern wie Matt irgendwo zwischen ihnen.

Matt entsicherte seine Waffe und schoss in die Luft, was fast sofort mit einem zweiten Schuss beantwortet wurde. Diesmal wartete Matt nicht, sein Arm zuckte herunter, er zielte blind und schoss.

Jemand gab ein gedämpftes Ächzen von sich. Mittlerweile konnte Matt in der Dunkelheit Schemen erkennen. Er verließ seine Deckung und lief in die Richtung des Ächzens, in der Hoffnung, dass er sein Ziel getroffen hatte.

Ein Fehler.

Zwischen zwei Containern blitzte das Mündungsfeuer einer Waffe auf – ›Viel zu nah, scheiße, viel zu nah!‹ – und um Matt wurde alles dunkel.

13

»Wie es aussieht, habe ich also doch recht gehabt.« Ryan lehnte an der Wand des Kubus, während Emilia und Mia davorstanden. Man sah der ICD-Chefin an, dass sie nicht besonders glücklich über Ryans Haltung war, aber Mia hatte gestern bereits mitbekommen, dass Emilia dafür umso zufriedener mit ihrer Aktion war. Ryans Informationen hatten sich als richtig erwiesen, und das brachte sie auf einen Schlag viel näher an Fushida und die »Söhne« heran, als sie zu träumen gewagt hatten. Die Menge an Rauschgift und diversen Designerdrogen reichte aus, um Fushida und seine Bande vor Gericht zu bringen und zu verurteilen, wenn sie die Verbindung beweisen konnten. Alles, was sie dazu brauchten, war Ryans Aussage.

»Offensichtlich, auch wenn uns der Mann, den Sie ›Ratte‹ nannten, durch die Lappen gegangen ist und einer meiner Agenten jetzt mit einer schweren Kopfwunde im Krankenhaus liegt«, erwiderte Emilia kühl. Sie hatte Mia eingetrichtert, dass sie diesmal das Reden übernehmen wollte, und Mia war nicht auf Streit aus, daher ließ sie ihre Freundin gewähren. Auch wenn es ihr nicht gefiel, stumm wie ein Accessoire neben ihr zu stehen, aber der Schock über Matts Verletzung saß tief. »Das bedeutet, die ICD sind geneigt, Ihnen zu glauben …«

»Ich denke eher, die ICD hat gemerkt, dass sie mich braucht«, unterbrach Ryan Emilia. »Sie wollen meine Zeugenaussage, um Fushida endgültig loszuwerden. Sie wissen, was diese Aussage wert ist. Aber Sie wissen auch, in was für eine Gefahr ich mich begebe.«

Emilias volle Lippen hatten sich zu einem dünnen roten Strich verzogen und sie runzelte die Stirn. »Dessen bin ich mir bewusst. Wir stellen Ihnen natürlich unseren vollen Schutz zur Verfügung, bis es zur Anklage in Japan kommt. Nach dem Prozess werden Sie unserem internen Zeugenschutzprogramm zugeführt und erhalten ein neues Leben.«

Ryan sah an die Decke und schien Emilia nicht wirklich zuzuhören. Als sie geendet hatte, senkte er den Blick wieder und wandte sich beiden Frauen zu, wobei sein Blick Mia nur flüchtig streifte.

War sie plötzlich unsichtbar oder aus Luft? Der Gedanke nagte stärker an ihr, als sie zugeben mochte.

»Ist das alles?«, fragte er.

Emilia stemmte die Hände in die Hüften. »Was wollen Sie noch?«

Jetzt sah Ryan Mia an und diese ahnte, dass Ryans nächste Worte ihr nicht gefallen würden. »Ich stelle eine weitere Bedingung. Die werde ich aber allein mit Frau Rot besprechen. Falls sie zustimmt, sage ich aus.«

»Das ist kein Spiel«, sagte Emilia scharf.

Ryan sah sie ernst an. »Wer sagt, dass es das nicht ist?«

»Wenn Sie der Meinung sind, sich einen Scherz mit uns erlauben ...«

»Lassen Sie mich Frau Rot meinen Vorschlag vortragen und ich verspreche, dass sie einwilligen wird«, unterbrach er sie ein weiteres Mal, und Mia spürte förmlich, wie immer neue Hitzewellen von Emilia ausgingen – die Chefin der ICD kochte vor Wut. Ohne ein weiteres Wort packte sie Mias Oberarm und zog sie beiseite. »Weißt du, was er vorhat?«

»Nein.«

»Das klingt für mich aber ganz und gar nicht so.«

Emilia sah Mia wütend an. »Matt liegt im Krankenhaus. Die Verletzung mag nicht schwer sein, aber er ist für mehrere Tage außer Gefecht und ich will mir gar nicht vorstellen, was passiert wäre, wenn der Schütze ihn zwei Zentimeter tiefer erwischt hätte. Der Mann da drin hat mit den Leuten zu tun, die Matt das angetan haben. Wenn du also irgendwie in der Sache mit drinhängst und es mir verschweigst, Mia, dann schwöre ich ...«

»Ich weiß genauso viel wie du«, zischte Mia. »Denkst du, es macht mir nichts aus, dass Matt angeschossen wurde? Ich will Fushida genauso gerne fassen wie jeder andere hier, und ich würde es dir erzählen, wenn ich mehr wüsste.«

Emilia sackte ein wenig in sich zusammen, als hätte nur ihr Zorn sie bisher aufrecht gehalten. »Entschuldige«, murmelte sie. »Es ist nur ... ich will diesen Auftrag erledigen. Ich will ihn zu einem guten Ende bringen. Ausgerechnet Ryan scheint die schnellste Möglichkeit zu sein, aber ich habe Angst, dass Matt nicht das einzige Opfer bleiben wird.«

Mia bemühte sich, aufmunternd zu lächeln, auch wenn ihr eher danach war, laut zu schreien. »Matt geht es bald besser. Und wir werden diesen Auftrag abschließen. Mach dir keine Sorgen.«

Für einen Moment sah Emilia aus, als wollte sie protestieren. Dann lächelte sie jedoch und schüttelte leicht den Kopf. »Vielleicht. Vielleicht aber auch nicht.« Sie sah über die Schulter zurück zu Ryan, der noch immer gegen die Wand gelehnt stand und auf den Boden starrte. »Willst du es dir anhören?«

Mia hatte Angst. Nicht, weil sie befürchtete, etwas falsch zu machen, oder weil sie dachte, Ryan könnte sie überwältigen, wenn Emilia nicht dabei war. Mia hatte Angst vor sich selbst. Sie traute sich selbst nicht. Was auch immer Ryan vorhatte, sie konnte nicht mit Gewissheit sagen, dass sie die Kraft hatte, ihm zu widerstehen.

Aber in Emilias Blick sah sie ein Glimmen, eine verzweifelte Bitte um Hilfe. Mia wusste, dass ihre Freundin sie niemals aussprechen würde, und Emilia war sich sicher nicht einmal bewusst, dass diese Bitte existierte, aber dennoch war sie ohne jeden Zweifel da.

Mia atmete tief ein. »Einen Versuch ist es wert«, sagte sie.

Emilia war erleichtert, das sah Mia ihr an, aber sie bemühte sich, es nicht zu offen zu zeigen. Dennoch konnte sie ein kleines Lächeln nicht unterdrücken, als sie Mia dankbar an der Schulter berührte. »Du musst dich zu nichts gedrängt fühlen. Weder von ihm noch von mir. Nur ...«

»Schon in Ordnung«, erwiderte Mia und schob sacht Emilias Hand von ihrer Schulter. »Warte draußen auf mich. Und stellt den Ton der Kameras bitte aus.«

Für einen kurzen Augenblick sah es aus, als wollte Emilia protestieren oder es sich doch noch anders überlegen, aber dann nickte sie und ging hinüber zur Schleuse. Mia wartete einige Minuten und sah ihrer Freundin nach. Sie spürte Ryans Blicke auf sich, aber das hier war ihr Terrain. Hier bestimmte sie die Spielregeln und nicht er.

Erst als sie sich sicher war, dass Emilia fort und die Kameras ausgeschaltet waren, wandte sie sich dem Kubus zu und stellte sich vor die Glaswand. »Was willst du?«, fragte sie.

Ryan verschränkte die Arme vor der Brust. »Es tut mir leid wegen deines Kollegen. War es der Knabe aus dem Treppenhaus?«

Mia knirschte mit den Zähnen. »Das tut nichts zur Sache. Was willst du?«

»Dich.«

Tief in sich hatte Mia mit so etwas gerechnet, aber es ausgesprochen zu hören, überraschte sie doch. »Wieso?«, entfuhr es ihr. »Was willst du noch von mir?«

Ryan zuckte mit den Schultern. »Du hast es doch auch gespürt, jedes Mal, wenn wir zusammen waren, oder nicht? Wann immer du versunken bist, habe ich es in deinen Augen gesehen. So tief hat dich noch nie jemand geführt. Du bist noch nie so tief gefallen, weil bisher niemand dir das Gefühl gegeben hat, dich wieder aufzufangen, nicht wahr?«

»War es so deutlich?«, fragte Mia betont ruhig, aber ihr Herz raste.

Ryan nickte. »Es war intensiv. Köstlich. Auch für mich. Und ich bin noch nicht fertig mit dir. Ich kann uns beiden noch mehr geben. Wenn du dich mir gibst.«

»Was soll das heißen?«, fragte Mia.

»Wenn ich in das Zeugenschutzprogramm komme, sehen wir uns nie wieder, das weißt du so gut wie ich. Lass mir also noch die Tage bis zu meiner Aussage. Die ICD wird mich ohnehin unter Schutz stellen. Ich will, dass du dabei bist. Nicht als Bodyguard, sondern als meine ... Gesellschaft. Meine Sub.« Er stand so nah vor dem Glas, dass sein Atem darauf beschlug. »Ich will dich noch einmal hinabstürzen und dich auffangen, Mia. Nur noch diese kurze Zeit, bevor wir uns niemals wiedersehen werden. Das ist meine Bedingung. Willigst du ein?«

Ryans Worte dröhnten in ihren Ohren, waren so laut, dass Mia kaum ihre eigenen Gedanken hören konnte. Seine Sub. Noch einmal hinabstürzen. Noch ein einziges Mal.

Es war nicht die Bedingung, die er stellte, die Mia so sehr erschreckte, sondern das plötzlich aufbrandende Verlangen in ihr, der Wunsch mit jeder Faser ihres Körper ›Ja‹ zu schreien, sich ihm jetzt, sofort, ganz und gar hinzugeben, damit er mit ihr tat, was immer er wollte, damit er sie auffing, wieder und wieder.

Sie senkte hastig den Blick, damit er von ihrem inneren Aufruhr nichts mitbekam, und tat, als müsste sie husten. Kein Wunder, dass er Emilia nicht dabeihaben wollte.

»Warum sollte ich das tun?«, fragte sie mit einem letzten Rest an Widerstand.

»Weil es dir gefallen hat. Du wolltest meine Sub sein. Du wolltest, dass ich dir zeige, wie weit du gehen kannst. Ich habe dich an deine Grenzen geführt, aber du weißt, dass ich dich noch darüber hinausbringen kann.«

Hätte er gesagt, es wäre der Preis für seine Aussage vor Gericht, Mia hätte vielleicht anders reagiert. Sie war keine Hure, die sich für die Interessen der ICD prostituierte. Das wusste er, und sie hätte darauf gewettet, dass er genau aus diesem Grund nichts gesagt hatte. Stattdessen hatte er sie genau dort gepackt, wo sie im Augenblick am verwundbarsten war: bei ihrem Verlangen nach ihm, nach dem, was Ryan ihr noch zeigen, was er ihr schenken konnte. Dieser Mann hatte sie erst dreimal in seinem Leben gesehen, und dennoch kannte er sie bereits jetzt besser als die meisten ihrer Freunde. Dennoch hatte sie es schon einmal geschafft, sich von ihm loszureißen, oder nicht? Sie hatte ihm eine Falle gestellt und er hatte sich fangen lassen. Was sprach also dagegen, dass sie es noch einmal schaffen konnte? Immerhin würde Ryan ohnehin bald aus ihrem Leben verschwinden, sobald er seine Aussage gemacht hatte. Es gab kaum ein Risiko für sie.

Mia hob den Kopf. Ryan hatte sie nicht aus den Augen gelassen und sie erwiderte seinen Blick fest und entschlossen. »Also gut«, sagte sie, »ich bin einverstanden.«

14

Seltsamerweise fühlte es sich wie bei ihrem letzten Zusammentreffen an. Diesmal trug Mia zwar keine aufreizende Spitzenwäsche, aber ihr Kleid war doch so ganz anders als das, was sie sonst als Agentin trug. Es handelte sich um ein einfaches Trägerkleid aus elastischem Satin, das sich eng an ihre Kurven schmiegte. Auf einen BH hatte Mia verzichtet, und so trug sie darunter nur einen dünnen String-Slip im gleichen Mitternachtsblau wie das Kleid. In ihrem Koffer befanden sich noch einige andere Kleidungsstücke, die ähnlich geschnitten waren. Sie wurde das Gefühl nicht los, dass der ICD-Agent, der sie vor ihrer Wohnung abgeholt hatte, genau wusste, was sich in dem Koffer befand, als er ihn hinunter in die unauffällige Mercedes-Limousine brachte. Seltsamerweise kümmerte es sie nicht. Das Kleid gehörte zu den Kleidungsstücken, die sie öfter im *Chains* anhatte, und es schien, als wäre es diese Mia, die heute zu Ryan zog, nicht die pflichtbewusste ICD-Agentin. Diese Mia war aufgeregt, nervös, aber auch voller Vorfreude auf das, was da kommen mochte. Sie würde sich ganz hingeben, zum ersten Mal im Leben völlige Unterwerfung erfahren. Sie würde eine Sub sein. Nicht nur für eine Nacht.

Gänsehaut breitete sich auf ihrem Körper aus, während der schlichte Mercedes durch das nächtliche Berlin fuhr. Mia genoss die Aussicht auf die Lichter der großen Stadt, aber ihre Gedanken waren schon längst an einem ganz anderen Ort.

Eigentlich hätte sie mit mehr Widerstand von Emilia gerechnet, als sie ihr eröffnet hatte, dass Ryans Bedingung darin bestand, dass Mia in die geheime Unterkunft miteinzog, aber Emilia sagte schnell zu. Dieser Auftrag schien sie wirklich aus der Bahn zu werfen. Mia wünschte, sie könnte mehr für Emilia tun, aber je schneller die Anklage und Ryans Aussage durch waren, umso schneller war diese Last auch von Emilias Schultern genommen.

Die Limousine hielt an einem vergitterten Tor und wurde nach einem kurzen Gespräch zwischen Wache und Fahrer durchgelassen. Nahezu lautlos glitt sie in die Einfahrt einer Tiefgarage. Kurz bevor sie in das Untergeschoss fuhren, konnte Mia einen ausgiebigen Blick auf das Gebäude werfen. Die ICD besaß mehrere Häuser in der Stadt, um dort Zeugen, ehemalige Agenten oder Angehörige von bedrohten Politikern unterzubringen. Wo genau sich diese Safe Houses befanden, wussten nur eine Hand voll ICD-Agenten, und Mia gehörte nicht dazu. Erschrocken merkte sie, dass sie nicht einmal versucht hatte, darauf zu achten, wo der Wagen hinfuhr. Ein weiterer Fauxpas, der einer ICD-Agentin eigentlich nicht hätte unterlaufen dürfen. Aber …

›Aber du warst in Gedanken schon in seinem Bett.‹

Mia kämpfte diese Stimme nieder, obwohl sie wusste, dass sie recht hatte. Was sprach denn auch dagegen, dass sie diesen Auftrag ein wenig genoss? Verboten war es nicht.

›Es ist unethisch und unprofessionell. Aber vielleicht haben Emilia und Matt ja recht. Vielleicht bin ich noch nicht so weit, eine richtige ICD-Agentin zu sein. Vielleicht …‹

Der Wagen hielt und wortlos stieg Mia aus. Der Agent hatte bereits den Kofferraum geöffnet und nahm scheinbar mühelos ihr Gepäck heraus. Er ging vor und Mia folgte ihm zu einem Aufzug, den der Agent mit einem Scan seines Daumenabdruckes und einem Türcode öffnete. Die silberfarbenen Türen des Aufzugs glitten auseinander und sie traten ein. In diesem Aufzug gab es keine Knöpfe mit den Nummern der Stockwerke und auch keine Spiegel wie im Weston Hotel. Sie trug auch mehr als nur ein paar Strümpfe und einen Slip. Aber sie war wieder auf dem Weg zu ihrem Liebhaber, um sich ihm hinzugeben.

Liebhaber.

Das Wort ließ Mia unwillkürlich lächeln. Sie wandte den Kopf zur Seite, um ihr Gesicht vor dem Agenten zu verbergen, der reglos wie ein Roboter neben ihr stand. Ryan war ein Verbrecher, wahrscheinlich sogar ein Killer, wenn ihre Akten nicht logen, aber sie nannte ihn ihren Liebhaber. Es war verrückt, und doch fügte es der ganzen Sache eine Würze hinzu, die Mia nur schwer beschreiben konnte. Sicher war, dass sie allein der Gedanke daran erregte.

Der Aufzug hielt. Vor ihnen erstreckte sich ein langer Gang, gesäumt von mehreren Agenten, von denen Mia keiner bekannt vorkam. Aber diese Art der Vorsichtsmaßnahmen war ihr bekannt: der personalisierte Schlüsselcode, die Stockwerke, von denen einige tödliche Fallen waren, die fehlenden Knöpfe, um es eventuellen Einbrechern schwer zu machen, systematisch jedes Stockwerk abzusuchen, und die Wachen vor dem eigentlichen Apartment, als erstes ›Willkommenskomitee‹, falls es ein Attentäter oder Einbrecher bis hierhin schaffen sollte.

Sie nickte jeder der Wachen kurz zu und folgte dem Agenten, der sie gefahren hatte, bis zum Ende des Ganges. Dort befand sich eine Tür, an der ein weiterer Code inklusive Fingerabdruck verlangt wurde. Mia bemühte sich gar nicht erst, den Code auszuspionieren – ohne den Fingerabdruck war er nutzlos, und sie würde ihn hoffentlich ohnehin nicht brauchen.

Die Tür öffnete sich, und der Agent reichte ihr ihren Koffer und einen kleinen Schlüsselanhänger mit einem Glasstein daran. »Die Wachen sind rund um die Uhr vor der Tür. Der Anhänger ist direkt auf die Frequenz eingestellt, mit der wir untereinander kommunizieren. Wenn Sie in Schwierigkeiten sind oder er handgreiflich wird, drücken Sie den Knopf und wir sind binnen einer Sekunde bei Ihnen.«

Mit einem Nicken nahm Mia den Anhänger und ließ ihn in der Tasche ihres Trenchcoats verschwinden. »Danke«, sagte sie knapp. Es war eine nützliche Absicherung, das ja, aber sie hatte schon wieder das Gefühl, gegängelt zu werden. Sah sie so hilflos aus?

Ohne noch etwas zu sagen, betrat sie die Wohnung und schloss hinter sich die Tür.

Das Apartment war auf den ersten Blick sehr geräumig und modern eingerichtet. Sie stand direkt im Wohnzimmer, einem hellen Raum mit großen Fenstern, deren Blick auf eine verspiegelte Hausfront ging. Es gab einige Möbelstücke, die irgendwo zwischen Bauhaus-Stil und moderner Kunst schwankten, und bei den meisten davon wusste Mia nicht einmal, ob man darauf sitzen, liegen oder stehen sollte. Die Mitte des Raumes war mit einem weich aussehenden Teppich ausgelegt, der mit einem Muster geschmückt war, das Mia an Inkas und Mayas erinnerte. An den Wänden hingen Kunstdrucke, einige expressionistisch, andere fast schon rustikal. An der rechten Seite des Raumes ging es wohl in das nächste Zimmer, und in diesem Moment trat Ryan durch den Durchgang. »Hallo.«

Ihr Herz machte einen Sprung, und Mia berührte erschrocken die Stelle über dem Herzen. Was war nur mit ihr los? »Hallo«, erwiderte sie so gelassen wie möglich, aber Ryan ließ sich davon nicht täuschen, das konnte sie sehen. Er trug eine lange, weit geschnittene Hose aus schwarzem Stoff – und sonst nichts. Sein Haar hatte er nach hinten gekämmt. Ein wenig Gel hielt es zurück. Auf seinem Kinn zeichnete sich ein kurzer Dreitagebart ab, kürzer als sonst. Erinnerungen an das leichte Kratzen auf ihrer Haut, als er sie geküsst hatte, holten sie ein. Diesmal kämpfte Mia nicht dagegen an.

Ryan kam auf sie zu, zielstrebig, ein Raubtier auf dem Weg zu seiner Beute. Wortlos zog er sie an sich, legte die Hand auf ihren Hals und drückte ihr Gesicht zu sich hoch. Ohne zu zögern, küsste er sie, und Mia ließ einfach alles fallen, was sie in der Hand gehabt hatte.

Ryans Lippen drückten sich hungrig auf ihre, ohne langes Vorspiel teilte seine Zunge ihren Mund, drang in sie ein und plünderte gierig, was immer sie ihm auch geben konnte. Sie keuchte, aber er ließ ihr kaum Luft für ein weiteres Seufzen. Seine Zungenspitze rieb sich an ihrer, glitt die ganze Länge ihrer Zunge entlang, um sie zu schmecken.

Mia krallte sich in seine Oberarme, fand aber kaum Halt an den Muskeln darauf. Sie hörte sich selbst tief in der Kehle wimmern und grub ihre Nägel in seine Haut. Ihre Erregung, die im Auto nur leise gelodert hatte, brüllte nun laut in ihren Ohren und übertönte alles andere.

Nach einer Ewigkeit spürte Mia, wie Ryans Küsse ein wenig sanfter wurden, nicht viel, aber genug, um sie selbst die Initiative ergreifen zu lassen. Versuchsweise knabberte sie an seiner Unterlippe, biss ihn sanft in die Zunge, und mit einem Gefühl des Triumphs spürte sie, wie Ryan auf ihr Spiel einging, ihre Bewegungen nachahmte und selbst wieder aktiver wurde.

Ihr Unterleib drückte sich gegen seinen, rieb sich an der harten Beule unter der Stoffhose, und Mia wünschte sich nichts sehnlicher, als dass er ihr endlich den Trenchcoat und das Kleid vom Leib riss.

Ryan ließ sie abrupt los und Mia taumelte einen Schritt zurück, aber Ryans Hand um ihre Oberarme verhinderte, dass sie stürzte. Er riss ihr den Trenchcoat herunter und sein Blick wanderte über das enge Kleid. Die grobe Behandlung und die plötzliche kühle Luft ließen sie erschauern. Sie hob die Hand, um die Träger ihres Kleides abzustreifen, aber Ryan hielt sie zurück. »Noch nicht. Das heben wir uns für später auf.«

Mia nickte ergeben. Ein Teil von ihr wunderte sich, wie schnell sie nachgab, aber Mia wusste, dass dieser Teil bald verstummen würde, einfach fortgeschwemmt von der Lust, die sich ihrer bemächtigte.

Sie wollte ihrem Herrn gefallen, ihm zeigen, was für eine gute Sub sie war. Mit einem Blick auf seinen Schritt sagte sie leise: »Bitte.«

»Kaum hier und schon wirst du gierig«, lachte Ryan leise. Seine Hand legte sich in ihren Nacken und drückte sie tiefer, auf ihre Knie. Der Druck seiner Hand war fest, und obwohl Mia ahnte, dass sie sich jederzeit aus seinem Griff hätte befreien können, gab sie seiner Aufforderung willig nach. Begierig rutschte sie näher und zog an den Bändern, die Ryans Hose verschlossen hielten. Sie lösten sich schneller als gedacht, und sein harter Schwanz schälte sich aus dem Stoff wie eine besonders verlockende Frucht. Wenn es noch einen Rest Zweifel oder Angst gegeben hätte, spätestens bei diesem Anblick wäre er verschwunden. Mia leckte sich über die Lippen, den Blick auf seine steife Erektion gerichtet, die ein wenig zuckte. Mia hielt nichts mehr zurück, sie nahm seine Erregung in die Hand, ertastete die weiche, erhitzte Oberfläche, die in einem so starken Kontrast zu seiner Härte stand. Sie richtete ihre ganze Aufmerksamkeit auf die Eichel mit ihrer samtigen Oberfläche. Mia streichelte sie zärtlich und seufzte zufrieden, als sie einen ersten Tropfen an der Spitze herausrinnen sah. Mit einem letzten Blick in die Augen ihres Herrn beugte sie sich vor und leckte den Tropfen mit der Zungenspitze auf. Er schmeckte intensiv nach Mann, nach Ryan, nach seiner Lust und weckte ihren Hunger nach mehr. Die Hand noch immer um seinen Schwanz gelegt, nahm sie die Eichel ganz in den Mund. Anfangs saugte sie nur daran, ließ ihn die Wärme und Nässe ihres Mundes spüren, aber dann begann sie ihn mit der Zungenspitze zu umkreisen. Verschwommen sah sie Ryans zurückgelegten Kopf, die Augen vor Wonne geschlossen. Es gefiel ihm. Hätte sie daran noch irgendeinen Zweifel gehegt, so hätten seine großen, breiten Hände sie davon überzeugt, die sich in ihr Haar gruben und ihren Hinterkopf nach vorn drückten, tiefer auf seinen zitternden Schwanz.

Mia entspannte sich und kam seiner Aufforderung nach. Sie ließ ihn immer weiter in ihre Kehle gleiten und genoss jeden einzelnen Zentimeter. Seine Erektion füllte ihren Mund vollkommen aus, sie konnte ihn schmecken und sein Duschgel auf seiner Haut riechen, je näher sie ihr Gesicht an seinen Körper drückte. Alles, was sie sah, war Ryan, sein Körper, direkt vor ihr, und alles, was sie hörte, war sein unterdrücktes Stöhnen, während sie ihm mit ihrem Mund Lust bereitete. Er füllte jeden einzelnen ihrer Sinne vollständig aus, er beherrschte ihre Welt und sie gab sich ihm hin.

Gerade als er zu tief einzudringen drohte und Mia glaubte, keine Luft mehr zu bekommen, zog Ryan sich zurück. Seine Hände lagen noch immer um ihr Gesicht und er brachte sie dazu, ihn anzusehen. »Steh auf und zieh dein Kleid aus«, sagte er und trat zurück. Mia richtete sich so geschmeidig wie möglich auf und öffnete den Verschluss an dem mitternachtsblauen Satin. Sie schob den Stoff über ihre Hüften und er rutschte an ihrem Körper hinab. Nun trug sie nichts weiter als den blauen String und ihre hochhackigen schwarzen

Pumps, aber sie fror nicht. Das Zimmer war warm genug, dafür hatte Ryan gesorgt. Er stand vor ihr, eine Silhouette vor der Beleuchtung von draußen, deren Konturen sie nur schwer ausmachen konnte. Es war nicht das erste Mal, dass er ihren Körper betrachtete, im Gegenteil, mittlerweile war es fast schon zu einem vertrauten Ritual zwischen ihnen geworden. Aber diesmal fehlte das Taxieren des Raubtieres. Ryan betrachtete sie aufmerksam, fast zärtlich. Mehr wie ein Streicheln anstelle eines hungrigen Niederringens. Es war vertraut und doch so anders als alles, was sie bisher gemeinsam getan hatten. Es war … fremdartig. Mia schlug die Augen nieder; seinen Blick hätte sie jetzt nicht ertragen. Sie fühlte sich nackter und verwundbarer als jemals zuvor.

Ryan stieß sich von der Fensterbank ab und kam auf sie zu. Sie konnte sehen, wie sich seine Füße auf sie zubewegten, sie hörte die Schritte auf dem weichen Teppich wie ein fernes Rauschen. »So schüchtern?«, fragte er sie, aber sein übliches Aufziehen, der neckende Ton, fehlte. Mia schwieg. Langsam umrundete er sie, berührte ihre Haut immer wieder an verschiedenen Stellen – Mia spürte seine Fingerspitzen auf ihren Schultern, ihrem Po und ihrem Bauch. Jede Berührung war wie ein kleiner, elektrischer Schlag. Sie zuckte zusammen, aber nicht aus Angst.

»Ahnst du, was ich mit dir vorhabe?«, fragte Ryan. Mia schüttelte den Kopf, aber Ryan ließ nicht zu, dass sie sich so vor ihm abschottete. Er hob ihr Kinn an, bis sie seinen Blick erwidern musste. Sein Mund näherte sich ihrem, sie konnte seinen erhitzten Atem spüren, als er sagte: »Ich werde dich fesseln, Mia. Ich werde dich vollkommen hilflos machen, bis du ganz mir gehörst.« Es war keine Frage und keine Drohung. Eine simple Ankündigung. Aber sie reichte aus, um Mia ein erregtes Keuchen zu entlocken.

»Ich hoffe, du bist bereit.« Ryan trat hinter sie und für kurze Zeit hörte Mia nur seine Schritte im Zimmer. Dann war er wieder bei ihr, ganz nah. Sein Körper drückte sich gegen ihren bloßen Rücken. Sie konnte seine Haut an ihrem Rücken spüren, den rauen Stoff seiner Hose an ihrem Hintern und unter dem Stoff ... Sie erbebte. Ryans Schwanz war nach ihrem Blowjob härter denn je und drückte sich fordernd gegen ihren Po, als wäre der Stoff zwischen ihnen gar nicht existent.

Ryan wies sie an, die Hände auf Schulterhöhe anzuheben. Sanft umfasste er ihren String und zog das winzige Stück Stoff tiefer, über ihre langen Beine, und warf es zu Boden. Dann richtete er sich wieder auf, das Seil in beiden Händen. Er begann mit einer einfachen Schlaufe um ihr rechtes Handgelenk. Er umwickelte ihren Unterarm, verband ihn mit ihrem Oberarm, bis Mia die Hand nicht mehr senken konnte. Ryan verlagerte sein Gewicht etwas zur Seite, unterbrach aber nie den Körperkontakt zu ihr, während er auch ihren anderen Arm fixierte. Mia spürte, wie sich das raue Material des Seils in ihre Haut grub. Nicht schmerzhaft, aber es war da, und nach einer Weile würden sich Male auf ihrer Haut bilden, Erinnerungen, die sie später auf ihrem Körper tragen würde. Der Gedanke erregte sie.

Ryan stand noch immer hinter ihr und knüpfte die letzten Schlingen, führte das Seil über ihren nackten Körper, wob ein Netz aus geschickt geknüpften Knoten.

Es war ein Tanz, ein Ritual. Mia verlor mit jedem Handgriff ein wenig mehr ihrer Freiheit, aber gleichzeitig spürte sie, wie sie fiel, doch ohne Angst zu stürzen. Dieses Netz, Ryans Netz, würde sie halten.

Ihre Brüste wurden durch das Seil angehoben, und das Ende führte zwischen ihren Beinen hindurch zu einigen Schlaufen auf dem Rücken. Jede Bewegung, jede Gewichtsverlagerung ließ es an ihrer empfindlichsten Stelle reiben, und das Gefühl erregte Mia maßlos.

»Komm mit.« Ryan führte sie zu einer Liege am Fenster. Es handelte sich dabei um ein Designerstück, mehr dazu gedacht, als geschmackvolles Accessoire im Raum zu stehen, aber er hatte offensichtlich etwas anderes damit vor. Die Liege war mit schwarzem Leder bezogen und ihre Form erinnerte mehr an ein lang gezogenes S als an ein Sitzmöbel. Die Rückenlehne war fast waagerecht. Mia setzte sich mit gespreizten Beinen auf die Liege und ließ sich nach hinten sinken. Die Lehne sorgte dafür, dass ihr Rücken übertrieben durchgedrückt wurde und ihre Brüste besonders hervorgehoben wurden. Sie wollte ihre Schenkel schließen, aber Ryans Hand auf ihrem Knie hinderte sie daran. »Bleib so«, wies er sie an. Mia drückte die Fußsohlen auf den Boden. Bisher hatte sie seinen Blick gemieden, aber seit er begonnen hatte, sie zu fesseln, konnte sie nicht mehr wegsehen. Sie beobachtete ihn, jeden einzelnen seiner Handgriffe, während er ein weiteres Seil nahm und wie schon zuvor Schlaufen knüpfte und um ihre Knie legte. Er fesselte sie an die Liege, bis sie weder aufstehen noch ihre Beine schließen konnte. Ihre Haltung und das Seil hoben ihre Brüste an, bereit für ihn, wie Früchte, von denen er kosten konnte, wann immer er wollte.

Als er fertig war, richtete er sich auf und sah auf sie herab. »Du bist wunderschön, wenn du gefesselt bist«, sagte er und zog seine Hose aus. Der Vorgang faszinierte Mia immer wieder und steigerte ihre Erregung um ein Vielfaches. Mit angehaltenem Atem sah sie zu, wie er sich auf die Liege kniete, und mit den Händen grob zwischen ihre Beine und an ihre Brüste fasste. »Deine Nippel sind ja bereits hart. Das Seil gefällt dir also«, lächelte er und zupfte spielerisch an dem harten Hanf, der sich zwischen ihren Beinen befand. Die Kordel hatte sich bereits mit Mias hervorquellender Feuchtigkeit vollgesogen, und so war es nicht mehr rau und hart, als es sich zwischen ihre Schamlippen grub und an ihrem harten Kitzler rieb. Die empfindliche Perle in ihrem Schoß richtete sich noch weiter auf, rieb sich begierig an dem Seil und ließ Mia wimmern. »Ja«, brachte sie mühsam hervor.

Ryan lächelte und beugte sich herab, um ihre Brüste zu küssen. Seine Zunge fuhr sacht um die Warzenhöfe, die sich noch weiter zusammenzogen, als Ryans Atem sie kühlte. Mia zuckte und wand sich unter ihm, was das Seil noch tiefer in ihre Haut grub. Sie japste überrascht – Schmerz und Lust verbanden und befeuerten sich gegenseitig. Versuchsweise bewegte Mia ihre Hüften und schrie auf. Das Seil rieb hart an dem empfindlichen Knoten aus Nervenenden. Mia glaubte, den Verstand zu verlieren, aber das Wissen, dass mehr folgen würde, dass das alles nur der Vorgeschmack auf das eigentliche Hauptgericht war, brachte sie dazu, nicht vollständig die Kontrolle zu verlieren.

Ryan stand auf und verschwand. Für einen kurzen Augenblick befürchtete Mia, dass er sie einfach so liegen lassen würde, aber schon bald darauf kehrte er zurück, in der einen Hand eine Kerze, in der anderen eine große Streichholzschachtel. Mias Augen wurden groß, und instinktiv kämpfte sie stärker gegen ihre Fesseln an. »Nein«, brachte sie hervor.

Ryan legte seine Utensilien neben die Liege und kniete sich zu Mia. Sie hatte es nicht bemerkt, aber ihr Atem ging mit einem Mal flach. Ryan streckte eine Hand aus und legte sie flach auf Mias gehetzt auf- und abgehenden Bauch. »Keine Angst«, sagte er. »Ich habe dir schon einmal versprochen, dass ich dir niemals wehtun werde. Das ist meine Aufgabe – ich werde dir Lust schenken, und ich werde alles tun, um dieses Ziel zu erreichen, aber ich werde dich nicht verletzen. Versteht du das?«

Sie nickte mühsam, auch wenn sie ihre Augen nicht von den Streichhölzern nehmen konnte. Sie hatte im Klub von Meistern gehört, die ihre Subs verbrannt hatten. Bei einigen war es so schlimm gewesen, dass sie hinterher einen Arzt aufsuchen mussten. Solche Fälle waren zum Glück eher selten, und kaum eine oder ein Sub ließ sich gerne verbrennen, aber die Situation zwischen Ryan und ihr war mit Sicherheit alles andere als durchschnittlich.

Und doch ... etwas in seinen Worten, in seiner Stimme beruhigte sie. Er hatte ihr ein Versprechen gegeben. Jetzt wollte sie herausfinden, ob sie sich darauf verlassen konnte.

Mia entspannte sich etwas, um die schnürenden Fesseln etwas zu lockern. Sie spürte noch immer das Seil zwischen ihren Beinen, aber es rieb nicht mehr so stark an ihrem Kitzler, sodass sie sich besser auf das konzentrieren konnte, was Ryan vorhatte.

Er hatte mittlerweile die Kerze genommen und sie mit einem Streichholz angezündet. Im Zimmer brannte kein Licht, nur die Beleuchtung vor dem Haus erhellte den Raum. Die flackernde Flamme der Kerze beschien Ryans Gesicht. Er lächelte nicht, aber in seinen Augen las sie die gleiche freudige Erregung, die auch ihren eigenen Körper erfasst hatte. Gemischt mit dem letzten Rest Angst vor dem Feuer fühlte Mia sich wie ein Pulverfass kurz vor der Explosion, aber sie genoss jede Sekunde davon.

Ryans Hand schob sich über ihren Bauch und kippte abrupt zur Seite. Heißes Wachs tropfte auf Mias Haut – sie bäumte sich gegen die Fesseln auf, schrie und spürte, wie das Seil sich in ihren Körper grub. Schreck, Erregung und lustvoller Reiz vereinigten sich und stießen Mia von der schmalen

Klippe der Erregung hinunter zur vollkommenen Geilheit. Sie beruhigte sich nur langsam und sackte wieder auf die Liege zurück, aber ihre Hüften bewegten sich unablässig, rieben sich hungrig an dem Seil zwischen ihren Schenkeln.

Ryan wartete, bis sie sich wieder beruhigt hatte, und beugte sich dann zu ihr, die Kerze nah an ihrem Gesicht. Mias Augen folgten wie hypnotisiert der flackernden Flamme. »Das hat wehgetan, nicht wahr?«

Sie nickte knapp, unfähig, ihren Blick abzuwenden.

»Stell dir vor, wie sehr es wehtun muss, wenn es an einer empfindlicheren Stelle geschieht. Beispielsweise – hier.« Mit der freien Hand strich er über ihre Wange und Mia schauderte. Sie ahnte, was er vorhatte, aber keine einzige Sekunde lang kam ihr die Möglichkeit in den Sinn, ›Einsiedler‹ zu sagen.

»Ich rate dir also, die hier gut festzuhalten.« Er hob die Kerze an und steckte das untere Ende zwischen Mias Lippen. Das Wachs schmeckte seltsam. Zum Glück war die Kerze selbst nicht dick, höchstens so breit wie Mias Daumen.

»Halt die Kerze gut fest. Wenn sie kippt, bestrafst du dich selbst mit heißem Wachs im Gesicht. Sollte sie aber ganz herunterfallen …«

Er beendete den Satz nicht, aber Mia wusste nur zu gut, was ihr dann drohte. Er würde sie bestrafen. Und die Sub in ihr, die Frau, die es erregte, bestraft zu werden, frohlockte regelrecht. Am liebsten hätte sie die Kerze gleich fallen lassen, aber das war nicht Teil des Spiels. So leicht würde sie es ihm nicht machen, und war sie auch noch so geil!

Mia grub die Zähne in die Kerze und hielt sie fest mit den Lippen umschlossen. Sie würde ihrem Herrn nicht die Genugtuung geben, sie einfach aufgeben zu sehen.

»Stures Ding«, lachte Ryan, als er ihre Bemühungen sah.

»Dann wollen wir doch mal sehen, ob die Kerze wirklich heil bleibt.«

Sie hatte mit Liebkosungen gerechnet, mit Küssen auf ihre Schenkel oder mit seiner Zunge. Aber nichts davon geschah. Er verschwand aus ihrem Blickfeld und sie konnte nicht sehen, wohin er ging, ohne den Kopf zu bewegen.

Mit einem Mal schob sich etwas tief in ihre weit offene, feuchte Spalte und beinahe hätte Mia an diesem Punkt bereits die Kerze fallen lassen, als sich ein überraschter Schrei in ihrer Kehle formte. Im letzten Moment grub sie ihre Zähne tiefer in das Wachs, und der Schrei wurde erstickt.

»Nicht schlecht, ich dachte, du gibst schon auf«, hörte sie Ryan sagen, konnte ihn aber noch immer nicht sehen. Er kniete zwischen ihren Beinen, aber es war nicht sein Schwanz, den sie zwischen ihren Schenkeln spürte – es war kälter und bewegte sich leicht. Ein Dildo. Nur langsam erwärmte er sich, während Ryan ihn zwischen ihren Schamlippen drehte und ihn immer wieder etwas herauszog, nur um ihn gleich wieder tief hineinzuschieben.

Mia atmete hastig durch die Nase ein und aus, was die Flamme zum Flackern brachte. Ein winziger Tropfen Wachs lief an der Außenseite entlang, trocknete aber ein, ehe er Mias Gesicht erreichte. Dennoch hielt sie den Atem an, bis die Kerze wieder ruhiger brannte.

Sie hörte Ryan lachen und kniff die Augen zusammen. Er ließ das Spielzeug aus ihrer Spalte herausrutschen. Es musste aus Metall oder Glas sein, denn es glitt leicht aus ihrer nassen Pussy. Ryan schob es wieder in sie, diesmal bis zum Anschlag. Mias wurde vollkommen ausgefüllt, und sie wollte ihrer Erregung Luft machen, wollte schreien, stöhnen und betteln, aber die Kerze in ihrem Mund versagte es ihr.

Ryan schob das Seil über Mias Pussy wieder zurecht und

fixierte den Dildo damit an seinem Platz. Mia erlaubte es sich für einen Moment durchzuatmen, egal ob die Kerze dabei ins Wanken kam oder nicht, aber das war ein Fehler. Etwas surrte leise und mit einem Mal explodierten Sterne hinter ihren zusammengekniffenen Lidern. Ein Vibrator, der Mistkerl benutzte einen Vibrator direkt an ihrer Klitoris. Mia konnte vor Geilheit kaum noch klar denken – der Dildo in ihrer gedehnten, ausgefüllten Spalte und der Reiz an ihrer Klit waren ihre Schwachpunkte. Beides zusammen war ein sicherer Garant für einen Orgasmus, wenn sie es sich selbst machte. Dabei auch noch gefesselt zu sein, mit gespreizten Beinen, vor einem Mann, dessen Anblick ausreichte, um sie völlig willenlos zu machen ... Mia konnte nicht sagen, wie lange sie durchhalten würde. Aber noch wollte sie nicht nachgeben, noch war die Kerze nicht gefallen!

Der Vibrator schien anders geformt zu sein, als die Spielzeuge, die Mia sonst benutzte. Die Spitze war dünner. Der Vibrator schob sich zielgenau zwischen die kleine Hautkappe und ihre Klit, umkreiste die feucht glänzende Perle und brachte Mia dazu, sich rhythmisch um den Dildo zu verengen, was sie noch schneller auf den Orgasmus zurasen ließ. Schweiß sammelte sich auf ihrer Haut und sie wand sich. Winzige Wachstropfen landeten auf ihrer Stirn, aber durch den Schweiß und ihre Erregung spürte Mia sie kaum. Ihr Körper entzog sich mehr und mehr ihrer Kontrolle. Sie bewegte die Hüften, drückte sich Ryans Händen und den Spielzeugen weiter entgegen. Das Seil rieb über ihre Schamlippen, drückte bei jeder Bewegung ihre Klit stärker gegen den Vibrator. Ihre Lippen zitterten, mehr und mehr Wachs tropfte auf ihre Wangen und ihre Stirn, und dann geschah es – Mia wurde von ihrem Höhepunkt einfach mitgerissen, in ihrem ganzen Körper schien ein gleißendes Licht aufzuglühen und sie bäumte sich Ryan entgegen, die Beine so weit gespreizt, wie ihre Fesseln es zuließen. Sie hörte sich selbst schreien, laut und gellend, aber es kümmerte sie nicht, nicht einmal die Kerze, die mit einem dumpfen Schlag auf dem Boden aufschlug, kümmerte sie noch. Alles, was zählte, war ihr Orgasmus, das köstliche Gefühl absoluter Lust, das sie mit sich fortriss und wie erschlagen zurückließ.

Die Augen geschlossen und schwer atmend lag sie auf der Liege und hörte Ryan neben sich, der die Kerze aufhob. Es roch nach Rauch – die Kerze musste bei dem Sturz erloschen sein. Durch den Nebel ihrer abklingenden Erregung kämpfte sich etwas in Mias Bewusstsein, etwas ... die Kerze! Sie hatte die Kerze fallen lassen!

Erschrocken riss sie die Augen auf und sah Ryan an, der neben ihr stand, die Kerze in der Hand. Ein harter Schlag auf ihre Brüste ließ sie aufkeuchen, dann noch einer. »Was hatte ich dir befohlen?«, fragte er kalt.

»Ich ... ich sollte die Kerze nicht fallen lassen.«

»Was passiert, wenn du es doch tun solltest?«

Mia schluckte, ihre Kehle war rau, und der Geschmack des Wachses klebte noch auf ihren Lippen. »Antworte!«

Sie zuckte zusammen und flüsterte: »Ich werde bestraft.«

Ryan antwortete ihr nicht und wandte sich ab. Er bückte sich nach etwas am Fußende der Liege und richtete sich langsam, den Rücken immer noch Mia zugewandt, wieder auf. Trotz der Furcht vor der Strafe konnte Mia sich einfach nicht sattsehen am Spiel seiner Muskeln unter der Haut. Er trug wieder seine schwarze Hose, die in dem schummrigen Licht fast ganz mit der Dunkelheit weiter hinten im Zimmer verschmolz.

Langsam drehte er sich zu ihr um und Mia sah, was er aufgehoben hatte – eine Reitgerte. Sie biss die Zähne zusammen und merkte erst, dass sie den Kopf schüttelte, als Ryan sie ansprach: »Es ist zu spät, um um Gnade zu flehen, Mia. Du hast meine Anweisungen nicht befolgt, und jetzt wirst du die Konsequenzen tragen.«

»Bitte ... Ryan ...«, brachte sie hervor, aber da traf sie schon der erste Schlag, direkt auf die empfindliche Innenseite ihrer Schenkel.

Mia schrie, diesmal aus Qual. Die mit Leder umflochtene Gerte schlug präzise auf einen winzigen Fleck ihres Fleisches und das biegsame Material schnellte nach, was einem zweifachen Schlag gleichkam. Nichts biss so sehr wie Schläge mit diesen dünnen Spielzeugen, vor allem, wenn man sie auf so reich durchblutete Stellen wie die Schenkel, die Innenseiten der Handgelenke oder gar Brüste oder Scham anwandte.

Ryan schlug mit minimalen präzisen Bewegungen auf ihre Schenkel, ließ einen wahren Schauer an Schlägen auf ihre Beine niedersausen, bis Mia fürchtete, ihre Haut würde bald aufplatzen und das rohe Fleisch hervorquellen. Bevor der Schmerz aber zu viel wurde, hörten die Schläge auf. Ryan stand vor der Liege und auch auf seiner Haut glänzte Schweiß. Mia gestattete es sich, an sich herunterzublicken. Auf jedem Innenschenkel zählte sie fünf Striemen, alle rot und deutlich in ihre Haut gebrannt. Ein Geschenk ihres Meisters.

Mia schluchzte und ließ den Kopf wieder auf die Liege sinken.

Wieder drang etwas in sie ein, diesmal heiß, menschlich. Als sie die Augen wieder aufschlug, sah sie Ryan, der über sie gebeugt war. Langsam schob sich sein harter Schwanz in sie. Ryans Hände langen auf ihren Schenkeln und seine Daumen rieben über die roten Striemen darauf.

Mia schrie wieder, versuchte die Beine zu spreizen, aber die Fesseln behinderten sie. Ryan sprach nicht, er drang in sie ein, schob die letzten Zentimeter seines Schwanzes mit einem harschen Ruck in sie hinein und erstickte ihr Stöhnen mit seinem Mund.

Mia ballte aus Frustration die Hände. Sie wollte ihn berühren, wollte seine Haut noch mehr auf sich spüren, aber alles, was sie tun konnte, war, sich unter ihm zu winden und ihn willkommen zu heißen. Der Schmerz war nicht mehr Alleinherrscher in ihrem Körper. Ryans Hüften, die gegen die frisch geschlagenen Male rieben, entfachten ein neues Feuer in ihr, und sie spürte, wie die Ausläufer ihres letzten Orgasmus sich verstärkten, zu einem neuen Höhepunkt heranwuchsen, dem sie nicht mehr lange würde widerstehen können.

Ryans Atem berührte heiß ihre Wange, ehe sein Mund wieder ihren fand und sie lud ihn ein, erwiderte seine Küsse mit einem Hunger, der seinem in nichts nachstand. Seine Hüften bewegten sich immer schneller, er drang immer tiefer in sie ein, und Mia hielt sich nicht mehr zurück. Sie gab sich ihm ganz hin, ließ zu, dass er sie in Besitz nahm, und kam schließlich, kurz bevor Ryan ihren Namen in die Nacht hinausschrie.

15

Wie in Trance ließ Mia sich unter die Dusche führen. Sie hatte keinen Blick für ihre Umgebung, nahm kaum noch etwas wahr. Zu tief war sie noch in den Nachwehen ihrer Ekstase gefangen, verloren in einer Welt der Unterwerfung und der absoluten Erfüllung.

Ryan war bei ihr, hielt sie, führte sie und sie folgte ihm. Ihr blieb gar keine andere Wahl – ohne ihn wäre sie einfach erschöpft auf dem Boden zusammengesunken, und wer weiß, wie lange es gedauert hätte, bis sie wieder zu Sinnen gekommen wäre.

Seine Hände glitten über ihr Gesicht. Sie spürte, wie er die erstarrten Wachstropfen auf ihrer Haut löste und ihr das wirre Haar zurückstrich. Seine Lippen berührten ihre Schläfe und im nächsten Augenblick spürte Mia das warme Wasser der Dusche auf sich herabprasseln. Kein einziges Mal hatte sie ihre Augen geöffnet, seit sie zum zweiten Mal gekommen war, und auch jetzt blieb sie in der Dunkelheit hinter ihren Lidern gefangen. In diesem Augenblick war alles perfekt, nichts konnte ihr etwas anhaben. Dahinter spürte sie die Realität lauern, wie eine verdammte Katze, die nur darauf wartete, ihr mit allen Krallen ins Gesicht zu springen, aber noch war Mia schützend umhüllt von der Macht des Aftercare.

Ryan verteilte Duschgel auf ihrem gesamten Körper, von den Zehen bis zum Hals. Sanft rieb er es ein, bis sich weißer

Schaum auf ihrem Körper bildete. Er küsste ihren Hals, hielt sie in seinen Armen, bis sie schließlich doch die Augen öffnete. Er musterte sie, schien nach etwas in ihrem Gesicht zu suchen. Er fand es nicht und schien froh darüber zu sein. Mia gestattete es sich, sich an ihn zu lehnen, das Gesicht an seinem Hals vergraben. Ihre Nasenspitze stieß gegen seine Haut und sein Duft umhüllte sie. Der Griff seiner Arme um sie wurde etwas fester, seine großen starken Hände strichen über ihren Rücken und folgten den Rinnsalen, die der weiche Schaum und das Wasser auf ihre Haut malten.

Langsam legte sie den Kopf in den Nacken, schloss die Augen wieder, um kein Wasser hinein zu bekommen, und ließ das warme Wasser auf ihren Hals, ihre Brüste und ihr Gesicht prasseln. Ryan folgte dem Wasser, er küsste ihre Brüste, ihren Hals und ihr Kinn. An ihren Lippen hielt er inne, nur sein Atem berührte die empfindliche Haut.

Mia richtete sich wieder auf und ließ ein letztes Mal zu, dass er sie umarmte.

»Wir sollten …«, begann Ryan, aber sie schüttelte den Kopf. »Noch nicht«, sagte sie, und er nickte. Sie machte sich von ihm los und griff nach der Shampooflasche. Während sie sich wusch, beobachtete Ryan sie. Obwohl sie gerade zwei Orgasmen erlebt hatte, erschauerte Mia unter seinem Blick. Sie beeilte sich, fertig zu werden, und stieg vor ihm aus der Dusche. Hastig trocknete sie sich ab und wickelte ihre Haare in ein Handtuch.

Ryan blieb noch unter der Dusche und wusch sich selbst. Für einen kurzen Moment verspürte Mia den Wunsch, einfach wieder zu ihm unter die Dusche zu gehen, aber das würde zu weit führen – das ginge über das Aftercare hinaus, und das konnte sie nicht riskieren. Stattdessen nahm sie einen der weißen Frottee-Bademäntel, die an der Badezimmertür hingen, wickelte sich hinein und schlüpfte so schnell wie möglich aus dem Badezimmer.

Sie stand in einem Raum ähnlich dem Wohnzimmer, in dem sie die letzten Stunden verbracht hatte. Der Durchgang zu ihrer Linken führte wahrscheinlich direkt zurück ins Wohnzimmer. An der gegenüberliegenden Seite gab es eine große offene Küche mit einer Kochinsel in der Mitte. Daneben befanden sich zwei verschlossene Türen.

Die Beleuchtung vor den Fenstern war noch immer an und erfüllte den Raum mit einem matten Zwielicht. Die gesamte Wohnung wirkte dadurch wie ein seltsames Gemälde, in dem alles vertraut und gleichzeitig fremd war. Es passte gut zu Mias Stimmung. Sie war noch nie bei Ryan gewesen, nachdem sie miteinander geschlafen hatten, und sie wusste immer noch nicht, wie sie mit der ganzen Situation umgehen sollte. Sicher war, dass sie die nächsten Tage, wenn nicht sogar Wochen mit ihm in dieser Wohnung verbringen würde. Ryan stand unter strengster Bewachung, da die ICD – zu Recht – fürchtete, dass die Yakuza ihn aus dem Weg räumen wollte. Das hieß auch, dass er die Wohnung nicht verlassen durfte. Aber galt das auch für sie?

Die Vorstellung, mit Ryan hier eingesperrt zu sein, war … erregend. Mia biss sich auf die Unterlippe und presste ihre Handflächen gegen die Schläfen. ›Was denkst du denn da? Ein milder Anfall von Stockholm-Syndrom oder was?!‹

»Die ICD ist ziemlich großzügig, was ihre Gefangenen angeht.«

Ryan war hinter sie getreten, und Mia war zu sehr in ihrem eigenen emotionalen Chaos versunken gewesen, um ihn zu bemerken. Sie schnaubte leise, drehte sich aber nicht um. »Du bist kein Gefangener. Du bist Kronzeuge. Gefangene bewahren wir in unseren luxuriösen Glasschachteln auf.«

Er ging an ihr vorbei, hinüber zur Küche. Wie Mia trug er nur einen Bademantel. Unwillkürlich fragte sie sich, ob auch er auf Unterwäsche verzichtet hatte.

Licht flammte auf und das Zimmer war auf einen Schlag hell erleuchtet. »Die habe ich schon genießen dürfen«, brummte er und öffnete den Kühlschrank. »Du solltest etwas trinken. Wir haben beide viel geschwitzt.«

Mia wurde wieder rot. Sie kam zu ihm hinüber und ließ sich auf einen der Barhocker sinken, die vor der niedrigen Theke standen, die die Küche vom Rest des Zimmers trennte. Ryan schob ihr ein Glas mit Orangensaft hin. Mia hatte Durst, aber erst musste sie etwas loswerden: »Ich habe zwar zugestimmt, bei dir zu bleiben, bis es zur Anklage kommt, und ich war auch einverstanden, deine ...«

»Sub?«, schlug er trocken vor.

»Gesellschafterin zu sein«, fuhr sie fort, als hätte er nichts gesagt. »Aber ich bin nicht der Typ für eine 24-Stunden-Untergebene. Ich werde mich von dir nicht herumkommandieren, züchtigen oder erniedrigen lassen, wenn es dabei nicht um Sex geht.«

Das schien ihn zu überraschen. Er beugte sich über die Theke und fixierte Mia. »Davon bin ich auch nicht ausgegangen. Ich brauche wirklich Gesellschaft, aber wenn ich eine 24-Stunden-Sub gesucht hätte, hätte ich es einfacher haben können.« Er schob ihr das Glas wieder hin. »Und den Saft habe ich dir aus Freundlichkeit angeboten, weil ich dachte, du hättest Durst. Mehr nicht.«

Ertappt. Mias Gesicht nahm binnen Sekunden ein noch tieferes Rot an – sie konnte das Brennen nur allzu deutlich auf ihren Wangen spüren. »Oh«, entfuhr es ihr.

»Hattest du schon einmal eine Rund-um-die-Uhr-Beziehung?«, fragte er und schenkte sich selbst ein Glas Saft ein. Mia schüttelte den Kopf und nippte an ihrem eigenen Glas.

»Was für S/M-Beziehungen hattest du denn sonst bisher?«

Verdammt.

Sie räusperte sich. »Das ist meine Sache«, murmelte sie und stürzte hastig das halbe Glas hinunter.

Ryan kniff ein Auge ein wenig zusammen und dann sah er sie erstaunt an, als er begriff: »Du hattest noch gar keine S/M-Beziehung?«

Mia verschluckte sich an ihrem Saft und hustete. Ryan klopfte ihr sanft auf den Rücken, bis sie sich wieder beruhigt hatte. »Natürlich habe ich schon S/M-Erfahrung«, krächzte sie. Noch war der Saft nicht ganz aus ihrer Kehle verschwunden, aber seine Behauptung konnte sie nicht einfach so stehen lassen. »Denkst du ernsthaft, du könntest einen Anfänger gleich aufknüpfen und derartig durchvögeln?«

Ryan grinste breit. »Stimmt, wie ein Anfänger hast du dich nicht verhalten. Aber eine richtige Beziehung hast du bisher auch noch nicht gehabt, oder?«

Mia wusste nicht, ob sie es ihm sagen sollte oder nicht. Aber was hatte sie schon zu verlieren? Er hatte sie bereits in ihrem wehrlosesten Moment gesehen. »Keine längerfristige S/M-Beziehung, nein«, gab sie schließlich zu. »Ich habe es bisher vorgezogen, mir Herren für eine Nacht zu suchen. Das reichte mir auch.«

Überrascht hob Ryan eine Augenbraue. »Das ist ein hohes Risiko.«

»Fängst du jetzt auch noch damit an?«

Er schmunzelte. In seiner linken Wange entstand ein Grübchen, und Mia musste ihr Verlangen, es mit der Fingerspitze anzustupsen, niederringen.

»Du hörst das öfter?«, fragte er.

Sie zuckte mit den Schultern. »Ich gehe nicht mit meinen sexuellen Vorlieben hausieren, aber mein bester Freund weiß davon. Er warnt mich immer vor ›Perversen und Irren‹, wie er sie zu nennen pflegt, und rechnet jedes Mal damit, dass er meine kläglichen Überreste irgendwo von einem Tatort kratzen muss.«

Ryan sah nachdenklich in sein Glas und Mia fragte sich, was in seinem Kopf vorging. »Dein bester Freund ... ist das der Agent, der angeschossen wurde?«

Es war ein Schuss ins Blaue, aber es war ein Treffer. »Ja.«

»Wie geht es ihm?«

»Gut«, erwiderte sie. »Es war ein Streifschuss, aber als er gestürzt ist, ist er mit dem Kopf gegen die Ecke eines Containers geprallt. Es wird ein paar Tage dauern, bis er sich wieder erholt hat.«

Sie war froh, dass er nichts weiter dazu sagte und nur seinen Saft trank.

»Ich weiß nicht, wie es mit dir steht, aber ich gehe ins Bett. Willst du mitkommen?«

Mia war sich nicht sicher, ob das ein Scherz sein sollte oder nicht. »Ich dachte, ich bekomme ein eigenes Zimmer?«

Er ließ sich nichts anmerken. Wortlos ging er aus der Küche und deutete auf die rechte der beiden Türen. »Du kannst dieses Zimmer haben. Ich schlafe nebenan. Gute Nacht.«

Ohne auf ihre Antwort zu warten, verschwand er hinter der linken Tür. Irritiert blieb Mia allein in der Küche zurück. Hatte sie ihn beleidigt? Aber er konnte doch unmöglich davon ausgehen, dass sie mit ihm in einem Bett schlief! Das war ... seltsam. ›Mindestens so seltsam, wie sich von ihm fesseln zu lassen und dann mit ihm zu schlafen.‹

Sie knirschte mit den Zähnen und ging ins Wohnzimmer.

Ihr Kleid lag noch dort, wo sie es ausgezogen hatte, direkt neben ihrem Koffer. Der String und ihre Strümpfe lagen auf der Liege und daneben, sorgfältig zusammengerollt, die Seile, mit denen er sie gefesselt hatte. Von den Spielzeugen und der Gerte war aber nichts mehr zu sehen. Mia sammelte ihre Sachen ein und ging hinüber in ihr Schlafzimmer. Es war schlichter eingerichtet als das Wohn- und Esszimmer. Ein quadratischer Raum mit einem großen Bett, einem Schreibtisch und einem Sessel.

Beim Anblick des großen Bettes spürte Mia ihre Erschöpfung, wie ein Haufen Ziegelsteine, der auf sie herabprasselte. Sie zog sich das Handtuch vom Kopf, ließ es zu Boden gleiten und kletterte ins Bett. Kaum hatte ihre Wange das riesige Kissen berührt, war sie auch schon eingeschlafen.

16

Als Mia erwachte, wusste sie im ersten Augenblick nicht, wo sie war. Hastig setzte sie sich auf und wünschte sich schon im nächsten Augenblick, sie hätte es nicht getan. In ihren Armen wütete ein höllischer Muskelkater und ihre Schenkel brannten wie Feuer. »Was zum …«, entfuhr es ihr, aber dann fiel ihr alles wieder ein. Das Safe House. Das Apartment. Die Begrüßung. Ryan. Die Liege.

Irgendwie wirkte das alles nicht mehr wie eine besonders gute Idee, wenn man nicht mehr geil war. Vorsichtig stand sie auf und versuchte dabei, weder ihre Arme zu belasten noch ihre Oberschenkel mit irgendetwas in Berührung zu bringen. Es gelang ihr nur halbwegs.

Während sie noch versuchte, eine Jeans aus ihrem Koffer zu angeln, klopfte es. »Ja?«

»Ist alles in Ordnung? Ich habe dich fluchen hören«, fragte Ryan, aber sein Grinsen verriet ihn. »Du weißt genau, warum ich fluche«, zischte sie.

»Möglich.«

»Hör auf, so süffisant zu grinsen«, knurrte Mia und versuchte weiterhin die Hose aufzuheben. »Ach, was soll's«, murmelte sie schließlich, ließ die Hose, wo sie war, und streifte sich mühsam ihren Morgenmantel über. »Gibt es Kaffee?«

Ryan, der eine Jeans und ein einfach geschnittenes blaues Hemd trug, verbeugte sich spöttisch und trat zur Seite, um ihr

Platz zu machen. Mia verdrehte die Augen, konnte sich aber ein Schmunzeln nicht verkneifen. Mit herrschaftlich erhobenem Kopf ging sie an ihm vorbei in die Küche. Ryan hatte tatsächlich schon Kaffee gemacht. Der Duft stieg ihr verführerisch in die Nase. Mia durchsuchte einige Schränke, ehe sie die Tassen fand, und goss sich etwas von dem herrlich heißen Gebräu ein. »Milch ist im Kühlschrank, Zucker steht hier«, erläuterte Ryan und deutete auf die Theke, wo sich nicht nur die Zuckerdose, sondern auch ein paar Löffel befanden. Mia ließ die Milch links liegen und häufte sich drei Löffel Zucker in den Kaffee. Ryan beobachtete das skeptisch, sagte aber nichts. »Hast du schon eine Tasse getrunken?«

»Zwei. Ich bin schon ein bisschen früher wach gewesen als du.«

Es war seltsam, mit ihm so zwanglos dazusitzen und zu reden, aber es schien Mia das Einfachste zu sein. Sie wussten nicht, wie viel Zeit sie miteinander verbringen würden, und sie war froh, dass Ryan sich so ungezwungen benahm. Die Situation hätte wesentlich seltsamer sein können, beispielsweise indem sie sich beide verlegen anschwiegen, oder wenn er versucht hätte, den Meister heraushängen zu lassen. Tatsächlich war Ryan erschreckend normal. Außerhalb ihrer Spiele war er bisher locker gewesen, entspannt. Gut, er war immer noch heiß, und Mia musste aufpassen, dass sie sich nicht zu sehr davon beeinflussen ließ, aber es war auch nicht unangenehm, in seiner Nähe zu sein. Sie hatte mit allem gerechnet, aber nicht damit.

»Mia?«

Ertappt sah sie auf. Ryan deutete auf den Kühlschrank. »Ich habe dich gefragt, ob du Hunger hast?«

Sie lächelte schief. »Wieso? Würdest du mir ein Sandwich machen, wenn ich Ja sage?«

Er strich sich mit gespreizten Fingern das Haar zurück. »Als Sub ist das eher deine Aufgabe, oder?«

Mias Lächeln gefror. Ryan verdrehte lachend die Augen. »Okay, ich glaube dir, dass du wirklich noch keine langfristige S/M-Beziehung hattest.«

Bevor sie protestieren konnte, hatte er ihr Handgelenk ergriffen und hob ihren Arm an. »Andernfalls wärst du gestern auch nicht gleich aus dem Badezimmer verschwunden. Ich war noch nicht fertig mit dir.«

Das Raubtier war zurückgekehrt. Mia konnte es sehen, es lauerte in seinen Augenwinkeln, ein leichtes Glitzern, das sie übersehen hätte, wenn sie nicht schon Bekanntschaft mit ihm gemacht hätte. Ryan zog sie an sich heran und Mia spürte, wie ihr Herz ein paar Sprünge machte. »Ich habe dich gestern ziemlich beansprucht – du bist zweimal gekommen. Wage nicht, das zu leugnen. Ich habe gesehen und gefühlt, wie du dich verkrampft hast. Deine kleine Pussy hat sich regelrecht an meinen Schwanz geklammert. Ist es nicht so?«

›Das ist keine 24-Stunden-Beziehung, das ist keine 24-Stunden-Beziehung, das ist …‹ Der Gedanke wurde immer leiser und leiser, während Mia wie hypnotisiert in Ryans blaue Augen starrte. »Ja«, brachte sie hervor, aber sie war sich nicht sicher, ob er sie gehört hatte. Selbst in ihren Ohren war es kaum lauter gewesen als das Quieken einer Maus.

»Ich sehe dir gerne dabei zu, wenn du kommst. Aber das muss noch etwas warten.« Er zog sich zurück und schob den Ärmel ihres Morgenmantels hoch. Auf Mias heller Haut zeichneten sich noch immer die Striemen der Fesseln ab. Nicht schmerzhaft, aber sie waren da. Der Anblick ließ etwas in Mia freudig hüpfen. »Komm.«

Ohne jede Widerrede folgte sie ihm zum Fenster. Dort standen zwei große Ledersessel, jeder breit genug, um bequem zwei Personen Platz zu gewähren. Ryan führte sie zu einem davon und bedeutete ihr, sich hinzusetzen.

Die Erregung kehrte zurück. Die Mischung aus Vorfreude und Nervosität hätte Mia mittlerweile vertraut sein sollen, aber so war es nicht.

Ryan beugte sich über sie und öffnete den Knoten ihres Morgenmantels. Darunter war sie noch immer nackt, und in einem ersten Reflex wollte Mia ihre Brüste bedecken, aber er schob ihre Hände weg. »Zieh ihn ganz aus und dann leg deine Beine über die Armlehnen.«

Das kam überraschend und erstaunlich schnell. Hatte er nicht gesagt, er wollte sie schonen? Dennoch kam sie seinem Befehl nach. Die Sub in ihr konnte einfach nicht anders, wenn sie diesen besonderen Ton in seiner Stimme hörte, einen Ton, der nur für sie gemacht zu sein schien. Sie schälte sich aus dem Morgenmantel, ließ ihn aber unter sich auf dem Sessel liegen. Es tat weh, die Beine zu spreizen und sie anzuheben. Die Armlehnen waren nicht gerade nah beieinander, sodass Mia fast einen Spagat machte, als sie ihre Waden endlich auf den Lehnen platziert hatte.

»Während deines ersten Orgasmus hast du dich verkrampft. Das ist normal. Normalerweise hätte ich die Fesseln danach auch direkt gelöst, damit du nicht zu sehr unter deinem Muskelkater zu leiden hast, aber ein Orgasmus war mir zur Begrüßung nicht genug.« Ryan zog eine kleine Salbendose aus der Tasche seiner Jeans und schraubte den Deckel auf. Sofort breitete sich ein starker Geruch nach Minze aus. »Das sollte gegen den Muskelkater und die Striemen helfen.«

Er beugte sich vor und begann ihre Oberarme und Handgelenke einzucremen. Der Geruch nach Minze wurde stärker und Mia konnte noch etwas anderes darin riechen. War es Birne? Nein, Apfel. Eindeutig Apfel.

Ryans Bewegungen waren zärtlich, aber kraftvoll. Manchmal wimmerte sie, wenn er zu fest auf die Stelle mit den Malen drückte, aber die meiste Zeit war es angenehm, von ihm behandelt zu werden. Mehr als nur angenehm. Mia merkte kaum, wie sie in Tagträumen darüber versank, wie er die Creme mit seinen einfühlsamen, langen Fingern nicht nur in ihre Arme einmassierte, sondern auch ihre Brüste damit liebkoste, sie sanft massierte, drückte und …

Sein Finger streifte ihren Oberschenkel, und der aufflackernde Schmerz holte sie rasch wieder auf den Boden der Tatsachen zurück. »Ryan?«, fragte sie unsicher.

»Hier hast du doch auch Schmerzen, oder?«

»Ja, aber …« Mia wusste nicht, was sie sagen sollte. Hatte er sie nur aufgezogen, als er sagte, er wollte sie schonen, oder war es sein Ernst gewesen? Aber warum dann diese Mischung aus medizinischer Versorgung und sinnlicher Verführung? Ryans Hände hatten sie mehr als nur heiß gemacht, und die Vorstellung, dass er zwischen ihren Beinen weitermachte, sich ihrer Spalte widmete, sie massierte, ließ ein vertrautes Kribbeln in ihrer Magengrube aufkommen. Sie war wirklich ein wenig wund und konnte sich kaum bewegen, weil ihr alles wehtat, aber ihrer Libido war das in diesem Moment herzlich egal. Aber was wollte Ryan?

Er achtete nicht weiter auf sie, sondern nahm mit Zeige- und Mittelfinger etwas Salbe aus dem Döschen und tupfte damit sacht gegen Mias Innenschenkel. Es brannte, es brannte wie die Hölle. Mia biss sich auf die Lippen.

»Es wird gleich besser«, beruhigte Ryan sie. Vorsichtig behandelte er auch die anderen Striemen auf die gleiche Weise, ebenso wie das gerötete und immer noch leicht angeschwollene Fleisch dazwischen. Die Prozedur war nicht weniger zärtlich als an den Armen, aber hier tat es richtig weh. Der

Schmerz in ihren Armen war dumpf, ziehend. Das Brennen auf ihren Schenkeln war scharf und stechend – die Sorte Schmerz, mit der Mia am schlechtesten fertigwurde. Schläge mit der flachen Hand oder einem Paddel waren für sie leicht zu ertragen, aber Gerten oder Ruten waren ein ganz anderes Kaliber.

Als es vorbei war, atmete sie erleichtert auf.

»Nur noch eine Stelle, dann bist du erlöst«, sagte Ryan und platzierte einen winzigen Kuss auf ihr Knie. Mia erschauerte, sagte aber nichts. Sie schloss die Augen, nicht sicher, wo genau Ryan sie noch massieren wollte, aber dann fühlte sie es. Als hätte er ihre Gedanken gelesen, fanden seine Finger ihre Schamlippen, die bereits jetzt angeschwollen waren, wie Blütenblätter einer exotischen Blume. Die Minze in der Salbe hinterließ ein Prickeln auf der empfindlichen Haut: Es war, als würde Ryan sie mit einem warmen Eiswürfel streicheln. Die Salbe war nicht kalt, aber die Minze darin ließ alles in Mias Unterleib kribbeln, und sie spürte, wie sich langsam Nässe zwischen ihren Lippen bildete.

Ryan tat, als merkte er nichts. Zärtlich strich er einige kleine Batzen der Salbe auf Mias Lenden und die empfindliche Stelle, an der Schenkel und Hüften aufeinandertrafen. Wo immer er sie berührte, kühlte die Salbe ihre Haut und schickte gleichzeitig einen Hitzeschauer nach dem anderen durch Mias Körper. Ihre Beine zuckten unkontrolliert, und mehr als einmal war Mia versucht, einfach Ryans Hand zu packen und sich daran zu reiben oder seine ausgestreckten Finger tief in ihren Schoß zu schieben. Aber noch war sie sich nicht sicher, ob es nicht doch nur ein Spiel war, das sie verlieren würde, wenn sie sich einfach ihrer Lust hingab. Also lag sie auf dem Sessel, die Beine gespreizt, tropfend nass und geil, die Lippen so fest aufeinandergepresst, dass sie kaum mehr als ein dünner weißer Strich sein konnten. Die Hände hatte sie zu Fäusten geballt. Ryan konnte es unmöglich übersehen, aber er machte weiter, als wäre all das völlig normal. Kurz bevor Mia so weit war, ihn anzubetteln, sie endlich zu nehmen, richtete er sich auf und schloss die Dose. »Das sollte dir helfen«, sagte er freundlich.

Mia fiel die Kinnlade herunter. Wie konnte er so ruhig bleiben?! Ein kurzer Blick auf seinen Schritt verriet ihr – nichts. Entweder hatte ihn seine kleine Massage wirklich kalt gelassen, oder aber er war ein Meister darin, sie zwischen den Falten seiner Jeans zu verstecken. Wie konnte er so beherrscht bleiben, wenn sie selbst vor Sehnsucht fast verging?!

Dann erinnerte sie sich an einen ihrer ersten Besuche im *Chains*. Damals hatte sie sich mit einer jungen Frau unterhalten, die wie Mia submissiv war und es genoss. Anders als Mia hatte sie bereits viel Erfahrung mit verschiedenen Herren gehabt und Mia hatte viel von ihr gelernt. Eine Sache, über die sie damals gesprochen hatten, kam ihr nun bei Ryans Anblick wieder in den Sinn: »Herren und Meister müssen verdammt viel Selbstbeherrschung besitzen, wenn sie wirklich ein guter Top sein wollen«, hatte die Frau namens Liz erklärt. »Ein Herr ist für dich da, nicht anders herum. Du hast das Spiel in der Hand. Die Rolle des Tops ist es, dich glücklich zu machen und deine Sehnsüchte zu befriedigen. Es geht nicht um seine Lust oder um seinen Orgasmus. Das alles mag die Kirsche auf dem Kuchen sein, aber in erster Linie geht es um dich. Deswegen die Selbstbeherrschung. Ein guter Herr weiß das und wird sich immer zurückhalten, bis du wenigstens ein Mal gekommen bist.«

Seltsam, woran sie sich ausgerechnet jetzt erinnerte. Aber traf das auch auf Ryan zu?

Mia nahm ihre Beine von den Sessellehnen und haderte

noch mit sich, ob sie Ryan darauf ansprechen sollte, aber der hatte sich bereits umgedreht und hantierte an einem der Schränke im Zimmer.

»Suchst du etwas?«, fragte sie, während sie sich den Bademantel wieder überstreifte. Es kam ihr irgendwie unpassend vor, ohne jeden Grund nackt zu sein, ganz abgesehen davon, dass möglicherweise eine der Wachen überraschend hereinkommen könnte. Zwar wusste Mia, dass das Protokoll eigentlich keine unangekündigten Besuche der ICD-Agenten vorsah, aber man konnte nie wissen.

»Nein. Ich wollte dir etwas zeigen.« Tatsächlich war er bereits fertig – in seinen Händen lag eine große, flache Schachtel. Sie war fliederfarben und besaß einen goldenen Verschluss. »Schenkst du mir jetzt etwa Schmuck?«, fragte Mia halb im Scherz, verschluckte ihr Grinsen aber, als Ryan geheimnisvoll lächelte. »Wenn du weiterhin so vorlaut bist, muss ich die Gerte vielleicht doch noch einmal herausholen.«

»Lieber ein anderes Mal«, wich Mia hastig aus und stand auf. Ryan nickte ihr zu und ging hinüber zu dem großen Tisch im Wohnzimmer. Er legte die Schachtel darauf und wartete, bis Mia neben ihm stand. »Mach sie auf«, forderte er sie auf.

Ihre Neugier siegte: Mia öffnete den Verschluss und hob den Deckel der Schachtel an. Darin lagen, auf schwarzen Samt gebettet, drei Gegenstände säuberlich nebeneinander aufgereiht: ein Seil, eine Augenbinde in der gleichen Farbe wie die Schachtel und ein kleiner Lederharnisch, mit einem schwarzen Gummiball in der Mitte. Mia hatte solche Sachen bereits im *Chains* gesehen, bis auf das Seil aber noch nichts davon ausprobiert. »Soll das ein Ausblick auf die kommenden Stunden sein?«, fragte sie und hoffte, dass er ihr ihre Aufregung nicht anmerkte.

»Ja und nein.« Er stand so nah bei ihr, dass ihre Schultern

sich fast berührten. Mia verspürte ein nervöses Kribbeln, sah aber konzentriert auf die Schachtel herab. Irgendwann würde dieses aufgeregte Flattern in der Magengrube sicherlich auch wieder vergehen. Ganz sicher.

Und Schweine können fliegen.

Mia biss sich auf die Unterlippe und massierte sich die Augenlider, um sich besser konzentrieren zu können. »Keine Rätsel, bitte.«

Ryan schmunzelte. »Nicht so ungeduldig. Hast du schon einmal von den drei Schritten gehört?«

Sie schüttelte den Kopf.

»Die drei Schritte sind ein bisschen aus der Mode gekommen, seit jeder sich fesseln lassen möchte«, begann er zu erklären. Er drehte sich um, um Mia ansehen zu können, und lehnte mit dem Hintern an der Tischkante. »Aber ich mag sie. Sie bedeuten, dass die Beziehung zwischen einem Herrn und seiner Sklavin langsam heranwächst. Immerhin muss er sich das Vertrauen seiner Sub verdienen – er kann nicht einfach davon ausgehen, dass sie es ihm schenkt, ohne zu wissen, ob er das auch wert ist.«

Er deutete auf das Seil. »Fesseln sind der erste Schritt. Als Sub gibt man dem Top damit viel Macht in die Hände, aber es ist einfach für sie, alles zu sehen, darauf zu reagieren und das Safeword zu sagen.«

Mia musterte die übrigen Gegenstände. Augenbinde und Knebel. Natürlich. Sie tippte auf die Augenbinde. »Das heißt, mit jedem Schritt zeigt sie ihm, dass ihr Vertrauen größer wird? Also erst die Fesseln, beim nächsten Mal sieht sie dann nichts und zum Schluss dann noch der Knebel?«

»Die Schritte bauen aufeinander auf. Wenn du gefesselt bist, werde ich dir die Augen verbinden und am Ende werde ich dir auch die Möglichkeit nehmen zu sprechen.«

Er sprach von ihr, nicht mehr nur von einer abstrakten Sub. Eine Gänsehaut wanderte über Mias Körper. »Dann werde ich das Safeword nicht mehr sagen können. Wie soll ich das Spiel dann anhalten oder beenden, wenn es mir zu viel wird?«

Ryan nahm den Knebel aus der Schachtel. Das Geflecht aus schwarzem Leder wirkte auf den ersten Blick verwirrend, aber Mia hatte ähnliche Spielzeuge schon an anderen Subs gesehen. Sie hatte eine ungefähre Vorstellung, wie es später aussehen würde – an ihr aussehen würde.

»Deswegen mag ich es, wenn man sich langsam herantastet«, erwiderte Ryan und strich sich einige blonde Strähnen zurück, die ihm in die Stirn gefallen waren. »Ein Herr muss lernen, die Signale seiner Sub genau zu lesen. Ich muss spüren können, wenn es dir zu viel wird oder wenn du nicht mehr in der Lage bist weiterzumachen. Es geht um Vertrauen.« Er sah ihr direkt in die Augen und nahm sie einmal mehr mit seinem Blick gefangen. »Das Vertrauen zwischen uns.«

Wieder dieses Schuldgefühl. Mia senkte den Blick und schüttelte es ab.

Ryan schien es nicht bemerkt zu haben, denn er legte den Knebel wieder zurück und reichte ihr dafür die Augenbinde. »Willst du den zweiten Schritt wagen?«

Es ging um Vertrauen, wie er gesagt hatte. Die Wahrheit war – sie traute ihm nicht einen Meter weit über den Weg. Er hatte viel zu schnell zugestimmt, gegen die Yakuza auszusagen, und sie war noch immer überrascht darüber, wie leicht er ihren ›Verrat‹ überwunden hatte. Nein, sie traute Ryan nicht.

Aber dem Meister, dem Herrn – ihrem Top – hatte sie gelernt zu vertrauen. Nur ihm.

Sie musterte die Augenbinde und legte den Kopf schief.

»Also schön, ich lasse mir das Ding anlegen«, sagte sie, »aber nur unter einer Bedingung.«

Er war nicht wütend, nur milde amüsiert. »Und die wäre?«

»Ich will einen Grund haben, dir zu vertrauen. Dazu muss ich mehr wissen. Erzähl mir, wie du zum BDSM gekommen bist.«

Damit hatte er nicht gerechnet. Sein Mundwinkel zuckte, und er sah ihr nicht in die Augen. »Das ist nicht sonderlich spannend.«

»Für dich vielleicht nicht, aber für mich. Du sagtest selbst, es geht um Vertrauen. Das ist mein Preis.«

Ryan seufzte und betrachtete lange Zeit die Gegenstände in der Schachtel. »Also schön, wenn du darauf bestehst.«

»Das tue ich«, grinste Mia.

Ryan lachte leise. »Ich bin in Japan aufgewachsen, zumindest die ersten achtzehn Jahre. Die meiste Zeit davon bei der Mafia, aber das weißt du sicherlich schon aus deinen kleinen Dossiers und Akten von der ICD.«

Der Seitenhieb kam unerwartet, aber Mia hatte keine Lust, sich daran aufzuhängen. Mit einem Nicken bedeutete sie Ryan weiterzusprechen.

»Später wurde ich nach Amerika geschickt, um bei den Clans dort weiter zu lernen. Mit meinem Aussehen fiel ich nicht weiter auf und konnte kleinere Aufträge für die Yakuza abwickeln. Aber ich fühlte mich fremd. Ich sah aus wie die anderen, redete sogar so wie sie, aber ich war anders. Ich sehnte mich zurück nach Japan.«

Er stockte und rieb sich den Nacken, ganz so, als wäre er tief in Gedanken versunken. »Wahrscheinlich ging ich damals deshalb in diesen japanischen Klub in San Francisco. Einer der Männer aus der Yakuza hatte mir die Adresse zugesteckt.

Was ich nicht wusste, war, dass es sich um einen Bondage-Klub handelte. Bis zu diesem Zeitpunkt hatte ich noch nie mit so etwas zu tun gehabt, auch wenn ich früher schon gemerkt hatte, dass mich S/M faszinierte. In diesem Klub traf ich zum ersten Mal auf Naomi.« Wieder stockte er. Sein Blick ging ins Leere und Mia spürte einen tiefen, schmerzhaften Stich in der Magengrube. Sie presste ihre Hand darauf, aber sie wusste, dass das nicht helfen würde. Es dauerte, ehe Ryan weitersprach: »Naomi und ich kamen uns schnell näher. Sie war eine Switcherin, jemand, der zwischen submissiv und dominant wechseln kann, und sie war eine Meisterin des Bondage. Ich habe viel von ihr gelernt.«

»Was ist mit ihr geschehen?«, fragte Mia.

Ryan räusperte sich. »Ich habe dir deine Frage beantwortet.«

Offensichtlich ein heikles Thema. Das Stechen in Mias Magengrube wurde stärker und sie biss die Zähne zusammen. »Ja. Eine letzte habe ich noch«, sagte sie.

Er sah sie misstrauisch an, nickte aber. Mia atmete tief durch. »Was war mit Leyla? Als wir uns das letzte Mal gesehen haben, war sie nicht nur gefesselt, blind und stumm – sie konnte auch nichts hören. Geht das schon länger mit euch beiden, oder warum hat sie sich von dir völlig wehrlos machen lassen?«

Ryan entspannte sich sichtlich und verschränkte die Hände im Nacken. Unter dem Stoff seines Hemdes spannten sich die Muskeln seiner Arme und auf seiner Brust an. Mia sah rasch zur Seite. »Leyla ist ein besonderer Fall«, beantwortete er ihre Frage. »Ich habe sie im Klub kennengelernt. Sie hat sich bei einer Vorführung auf der Bühne des *Chains* fesseln lassen. Leyla ist ... außergewöhnlich. Sie liebt die vollkommene Hilflosigkeit und kam auf mich zu, um nach einer Session zu fragen. Also habe ich Ja gesagt. Wie es aussieht, hat sie es genossen, ebenso wie du.«

Die Antwort beruhigte Mia etwas und das Stechen in ihrer Magengrube ließ etwas nach. »Willst du die Augenbinde dann gleich ausprobieren?«, fragte sie so beiläufig wie möglich.

Ryan wurde ernst. Er stieß sich vom Tisch ab und kam zu ihr, blieb nur wenige Handbreit vor ihr stehen. »So gierig?«, fragte er mit einem leisen Grollen in der Stimme. Der Effekt auf Mia war dramatisch: Nässe breitete sich zwischen ihren Schenkeln aus, mischte sich mit der Salbe und rann auf der Innenseite ihrer Beine herab. Ihr Mund wurde trocken und sie fühlte sich wie ein Kaninchen in der Falle. »Ja«, flüsterte sie.

Ryan beugte sich vor und plötzlich gab es nur noch ihn. Sie hätte sich ihm nicht mehr entziehen können, selbst, wenn sie es gewollt hätte. Mia war verloren. Sie schloss die Augen in Erwartung seiner Lippen auf ihren, aber er wandte den Kopf ein wenig zur Seite und hauchte ihr einen Kuss auf die Wange. »Das gefällt mir. Aber nicht heute. Du bist noch wund von gestern.«

Dann richtete er sich auf und ging in sein Zimmer. Mia starrte ihm fassungslos hinterher und versuchte, nicht vor lauter Frustration laut aufzuschreien.

17

Den Rest des Tages verbrachte Mia allein. Anfangs hatte sie noch damit gerechnet, dass Ryan sich wieder aus seinem Zimmer wagen würde, aber von ihm kam kein Lebenszeichen. Gegen Mittag machte sie sich aus den Vorräten im Kühlschrank etwas zu essen. Versuchsweise klopfte sie vorher an Ryans Schlafzimmertür, aber als Antwort erhielt sie nur ein ›Ich bin beschäftigt‹.

›Dann mach doch, was du willst‹, dachte sie verstimmt, nahm sich ihr belegtes Brot und zwei Äpfel und verschwand ebenfalls auf ihr Zimmer. Bis zum Abend vertrieb sie sich die Zeit mit einem Buch, das sie sich mitgebracht hatte, aber währenddessen wollte ihr Kopf einfach nicht stillstehen. Nach der gestrigen Begrüßung hatte sie eigentlich geglaubt, ihn ein wenig einschätzen zu können, aber sein jetziges Verhalten brachte sie wieder völlig aus dem Konzept. Was war nur los mit ihr?

Stöhnend drehte sie sich auf die Seite und starrte die Tür an. Was, wenn er einfach zu ihr hereinkäme und seine Drohung wahr machte? Sie fesselte und ihr die Augenbinde anlegte …

Mia biss sich auf die Lippen und presste die Augenlider fest zusammen, bis sie Sterne sah. So konnte das nicht weitergehen. Nach einigem Zögern griff sie nach ihrer Handtasche und zog ihr Handy heraus. Emilia hatte darauf bestanden, dass sie es mitnahm. Eigentlich war es Unsinn, aber sie sagte, dass sie sich dann weniger Sorgen um sie machen würde. Mia war sich sicher, dass Matt etwas Ähnliches gesagt hätte, wenn sie sich noch gesehen hätten, aber sie hatte so überhastet abreisen müssen, dass dafür keine Zeit geblieben war. Im Nachhinein bedauerte Mia das. Sicher, er hätte ihr wahrscheinlich erst eine ellenlange Predigt gehalten, darüber, wie dämlich die ganze Aktion war, aber dann hätte er ihr sicher sagen können, wie sie sich verhalten sollte.

›Weißt du schon, wann die Aussage geplant ist‹, tippte sie in das Handy ein und schickte die SMS an Emilia. Die Antwort ließ nicht lange auf sich warten. ›Zieht sich noch etwas hin. Halte noch ein bisschen durch.‹

Frustriert warf Mia das Handy zurück in die Tasche und legte den Arm über die Augen. ›Halte noch ein bisschen durch‹, von wegen! Noch ein paar Tage und Emilia könnte nur noch eine sabbernde, dauerläufige Sexsklavin abholen, die unentwegt Ryans Namen brabbelte.

›Du weißt, er würde es nie so weit kommen lassen.‹

Mia wusste nicht, woher diese Sicherheit kam, aber sie hatte etwas Tröstendes an sich. Während sie noch darüber nachgrübelte, war sie auch schon eingeschlafen.

»Wirst du mir heute die Augenbinde anlegen?« Mia rührte noch etwas Zucker in ihren Kaffee und wärmte ihre Hände an der großen Tasse. Ryan saß neben ihr und kaute an einem Stück Toast. »Du weißt schon, dass die Sub nicht vorgibt, was passiert?«, fragte er.

Mia schnaubte und biss in ihren eigenen Toast. »Ich war nur neugierig«, erwiderte sie ertappt.

Ryan lachte leise und nahm sich noch eine Scheibe Brot. »Was machen deine Striemen?«

»Besser«, antwortete Mia. Im nächsten Moment wünschte sie sich, ein weniger länger über ihre Antwort nachgedacht zu haben. Jetzt wirkte sie wie ein ungeduldiges Kind, das es kaum erwarten konnte, bis es endlich seine liebste Süßigkeit bekam.

›Großartig, so verschafft man sich als ICD-Agentin Respekt.‹

Ryan wischte sich die Krümel von den Händen und stand auf. »Dann können wir heute ja ein bisschen spielen.«

Mia schnaubte, stand aber auf und folgte ihm. Es war angenehm, ihm mal nicht halb nackt und nur von einem Bademantel verhüllt zu begegnen, aber möglicherweise war sie mit ihrer Kombination aus Jeans und Bluse doch ein wenig über das Ziel hinausgeschossen.

Ryan zog etwas aus seiner Hosentasche und bedeutete Mia, sich in den Sessel zu setzen, den sie von gestern noch gut in Erinnerung hatte. »Zieh deine Hose aus.«

»Heute kommst du aber gleich zur Sache, was?«, zog sie ihn auf, knöpfte aber gehorsam ihre Jeans auf.

»Du scheinst es auf eine Lektion anzulegen, da dachte ich, ich halte mich nicht mit einem langen Vorspiel auf.«

Ein Schauer rann über Mias Rückgrat, aber sie erwiderte nichts auf seine Worte und zog ihre Hose aus. Ryan stand, die Arme hinter dem Rücken und die Beine leicht gespreizt, vor ihr. Als Mia fertig war, breitete sie spöttisch die Arme aus und präsentierte sich wie ein Model.

»Den Slip auch.«

Seine Stimme war herrischer geworden, nicht viel, aber Mia spürte, wie die Situation kippte. Heute war sie aber nicht in der Stimmung, sich so leicht unterwerfen zu lassen. Vielleicht lag es an der Geschichte mit Naomi, vielleicht an der Geschichte mit Leyla – was auch immer es war, es sorgte dafür, dass Mia sich ihren Spitzenslip betont langsam über die Hüften und über ihre Schenkel abstreifte. Dabei ließ sie Ryans Blick keine Sekunde los. Als das winzige Stück Stoff auf dem Boden lag, hob sie es mit dem Fuß an und warf es mit einem Kick hinüber, Ryan vor die Füße.

»Dreh dich um. Beide Hände auf den Armlehnen. Sieh aus dem Fenster.«

»Hast du Angst, ich beschwere mich über die Aussicht hier im Zimmer?«, fragte sie und drehte sich langsam um. Gerade, als sie sich vornübergebeugt hatte, klatschte Ryans Hand auf ihre Pobacke. Noch ehe Mia sich von dem Schreck erholen und aufschreien konnte, hatte Ryan in das weiche, pralle Fleisch gegriffen und drückte fest zu. Mias Schrei vermischte sich mit einem erschrockenen Atemzug, und alles, was aus ihrem Mund kam, war ein verzweifeltes Japsen. »Du bist heute ganz schön mutig. Auch wenn mir das gefällt – tolerieren kann ich es nicht. Spreiz die Beine. Und die Hände auf die Armlehnen.«

Mia presste die Lippen aufeinander, aus Angst, dass ihr eine weitere freche Erwiderung einfallen würde, aber für den Augenblick ließ sie es bleiben. Sie wollte ihn nicht noch weiter reizen. Jetzt noch nicht.

Ryan bedeutete ihr, den rechten Fuß zu heben und kniete sich dann nieder, um ihr einen Slip überzustreifen. Mia versuchte nach unten zu sehen, ohne den Kopf senken zu müssen, was dazu führte, dass sie schielte.

»Sieh nach vorn.«

Mia gab einen unzufriedenen Laut von sich, der wieder mit einem harten Schlag auf ihren Po quittiert wurde. »Still.«

Sie biss sich auf die Lippen und krallte sich mit den Fingern in die Lehnen des Sessels.

Der Stoff des Slips wanderte ihre Schenkel hinauf, schob sich Zentimeter für Zentimeter über ihre Haut, bis er sich um ihren Po und ihre Hüften schmiegte. Doch an der Stelle zwischen ihren Beinen … Mia konnte der Versuchung nicht mehr widerstehen und sah nach unten. Prompt erhielt sie mehrere klatschende Schläge auf ihren Hintern. Seine Hand umfasste von hinten ihre Kehle und drückte überraschend ihren Kopf hoch. Mia schrie erschrocken auf und noch einmal, als Ryans Hand sie in ihren malträtierten Hintern kniff. »Muss ich etwa ganz von vorne beginnen?«, knurrte Ryan.

»N-nein«, erwiderte Mia.

»Offensichtlich doch.« Er ließ ihren Hintern in Ruhe, packte dafür ihren Arm und zog sie mit sich. Mia stolperte hinter ihm her und wäre fast gefallen. In ihrem Schritt rieb sich etwas an ihr und mit einem Mal spürte sie eine Vibration. So etwas hatte sie noch nie gefühlt, und mit jedem Schritt, den sie hinter ihm herstolperte, wurde es schlimmer. »Was ist das?«, entfuhr es ihr.

Ryan blieb vor seiner eigenen Zimmertür stehen und sah sie an. »Ein Perlenslip mit einer ganz besonderen Perle. Eigentlich wollte ich dich damit überraschen, aber deine Ungeduld ist wirklich nicht auszuhalten.« Er wartete gar nicht erst auf eine Antwort von ihr, sondern schob sie gleich in sein Zimmer. »Leg dich auf das Bett. Kein Wort mehr, bis ich dir erlaube zu sprechen.«

Es war keine Drohung, sondern eine Tatsache, die er lediglich aussprach. Mia verzichtete darauf, noch etwas zu sagen, und legte sich auf das Bett. Es war eine exakte Kopie ihres eigenen, wie das ganze Zimmer – schlicht eingerichtet, zweckmäßig und modern spartanisch. Ryans Bett war nicht zerwühlt, wie sie erwartet hatte, sondern ordentlich bezogen. Selbst die Decke sah aus, als hätte man sie mit einem Dampfbügeleisen platt gedrückt. Fast hatte sie Hemmungen, sich darauf zu legen.

Wieder traf sie ein Schlag auf den halb nackten Po, diesmal aber nicht mit der flachen Hand, sondern mit einer Gerte. Ausgerechnet mit einer Gerte. Mia schossen die Tränen in die Augen. Der Schmerz breitete sich rasch über ihre Haut aus, und das Nachbrennen war fast schlimmer als der Schlag selbst. Die Warnung war deutlich – Mia beeilte sich, auf das Bett zu klettern und sich rücklings darauf zu legen. Bei jeder Bewegung spannte sich dabei die Mitte des Slips. Perlen. Das erklärte einiges. Mia konnte förmlich sehen, wie die weißen Kugeln sich zwischen ihre feuchten Lippen gruben. Die Vibration der einen Perle übertrug sich nicht nur auf die anderen, sondern auch auf Mias Pussy, und die ICD-Agentin sog scharf die Luft ein. Ihre Lust war geweckt, seit dem Moment, als Ryan ihr befohlen hatte, die Hose auszuziehen. Heute würde er mit Sicherheit auch die Augenbinde benutzen. Mia schloss die Augen und versuchte sich vorzustellen, wie es sein musste, wenn er ihr die Sicht nahm. Würde es intensiver werden?

Sie atmete tief durch und bewegte versuchsweise ihr Becken. Die vibrierenden Perlen rieben sich an ihrer nassen Spalte, und sie spürte die kühle Oberfläche der Decke an ihrem Hintern, dessen Oberfläche regelrecht glühte unter den Nachwirkungen der Schläge und Kniffe.

»Nimm die Hände über den Kopf. Ich will bei jedem Schlag ein ›Danke‹ von dir hören. Hast du das verstanden?«

›Wozu das Danke?‹, fragte sie sich, traute sich aber nicht, es laut auszusprechen. Stattdessen tat sie, was er ihr befohlen hatte, und schob die Hände über ihren Kopf. Ryan schien damit zufrieden zu sein, denn als Mia die Augen wieder aufschlug, sah sie, dass er die Gerte gegen eine kurze neunschwänzige Peitsche ausgetauscht hatte. Kaum hatte sie das Instrument erkannt, sausten die ledernen Schwänze der

Katze auf sie herab und trafen sie auf den Oberschenkeln und ihrem Venushügel. Mia schrie auf und bäumte sich auf, was die Perlen in ihrem Schoß wieder in Bewegung setzte.

»Ich habe nichts gehört«, ermahnte Ryan sie und wieder sauste die Peitsche nieder, diesmal auf ihren Bauch. Die Bluse fing ein wenig der Wucht ab, aber nicht genug. Mia wand sich unter den Schlägen und wimmerte: »Danke.«

»Gut so. Noch einmal.«

Ein weiterer Schlag, diesmal direkt auf ihren Venushügel. Mia rasierte viel von ihrem Schamhaar, und es klatschte laut, als das Leder auf nackte, haarlose Haut traf. Mias ›Danke‹ war ein Schrei, vermutlich laut genug, damit noch die Leute zwei Häuser weiter es hören konnten, aber es kümmerte sie nicht. Sie spürte, wie die Innenseiten ihrer Schenkel glitschiger wurden von Schweiß und Erregung, und die Striemen darauf schienen aus Solidarität zu ihren Brüdern ebenfalls aufzuschreien.

Die Schläge kamen nun rascher hintereinander, immer schneller, bis Mia glaubte, ihr ganzer Körper wäre wieder und wieder eingehüllt von den Riemen der Peitsche. Nicht nur ihr Hintern glühte, ihr ganzer Körper bestand aus Lava und ihr Danken war nur noch eine Mischung aus Ächzen, Stöhnen und dem Betteln um Gnade.

Schließlich hatte Ryan Erbarmen mit ihr und ließ die Peitsche fallen. Er wirkte nicht erschöpft, aber auf seiner Stirn glänzte ein hauchdünner Schweißfilm, und diesmal konnte Mia deutlich sehen, dass ihn die Schläge nicht kalt gelassen hatten. Beim Anblick der deutlichen Beule in seinem Schritt leckte sie sich über die Lippen.

»Mir ist warm. Ich gehe etwas trinken. Kommst du mit?«, fragte Ryan plötzlich und schob die Ärmel seines Hemdes hoch.

Mia starrte Ryan sprachlos an. Das hatte er gerade nicht ernsthaft gesagt? Oder etwa doch? »Äh ... nein, Durst habe ich nicht ...«

»Dein Pech.« Ryan zuckte mit den Schultern und verließ das Zimmer. Fassungslos lag sie auf dem Bett und sah ihm nach. Das war ein Scherz, oder nicht? Sie wartete, aber Ryan kam einfach nicht wieder. Nach einer Weile stand sie auf und sackte sofort auf das Bett zurück. Ihre Schenkel schmerzten, aber der Slip, dieser verdammte Slip ...

Mia presste die Beine zusammen, aber das hatte nicht den gewünschten Effekt – anstatt sich dadurch Linderung zu verschaffen, machte sie es damit schlimmer. Die vibrierende Perle presste sich gierig gegen ihre erregte Klit, und die restlichen runden Kügelchen massierten Mias nasses, geiles Fleisch. Sie schrie spitz auf und konzentrierte sich auf den Schmerz, aber auch das half nichts. Ihre brennenden Schenkel machten sie nur noch nasser. Mia biss sich auf die Lippen, aber es war schon zu spät. Die ersten Wellen ihres Orgasmus schlugen über ihr zusammen. Sie hatte ihn noch aufhalten wollen, wollte Ryan nicht die Genugtuung geben, sie so wehrlos zu sehen, aber jetzt blieb ihr nichts anderes übrig, als sich ihm völlig zu ergeben. Die Schauer schüttelten ihren Körper, aber Mia blieb still, hielt die Luft an, um Ryan nicht wieder ins Schlafzimmer zu locken, wo er sie so sehen konnte.

Als die Wellen verebbten, fühlte sie sich matt und erschlagen, aber noch immer summte die Perle leise in ihrem Schoß, und obwohl Mia gekommen war, gab es eine andere, tiefere Sehnsucht in ihr, die diese Art von Lust nicht zu stillen vermochte. Sie war noch immer geil, und sie wusste, was dagegen helfen würde – Ryan.

Mit zittrigen Beinen stand sie auf und zog sich die Bluse

aus. Dabei lauschte sie auf Geräusche aus dem Nebenzimmer, aber dort blieb alles still. Langsam schob sie die Tür auf und trat hinaus ins Wohnzimmer – Ryan saß in einem der großen Sessel, einen großen Bildband auf dem Schoß. Er schien ganz versunken in die Betrachtung der Fotos, als Mia aus dem Zimmer trat. Noch immer war alles still, bis auf das leise Summen der Perle. Der eine Orgasmus war eindeutig nicht genug gewesen; Mia war erregter als noch vor den Schlägen, und diese Lust schwemmte jegliches klares Denken aus ihrem Hirn. Wahrscheinlich wusste Ryan, dass sie dort stand und ihn beobachtete, das war Teil des Spiels. Sie kannte ihre Rolle darin und auch die Belohnung, die sie erhalten würde, wenn sie ihren Part gut machte. Und sie wollte diese Belohnung, sie wollte diese Belohnung unbedingt!

Langsam ging sie auf ihn zu, spürte bei jedem Schritt überdeutlich den Perlenstrang in ihrer Spalte, bemühte sich aber, es zu überspielen. Sie hob das Kinn an, straffte den Rücken und durchquerte das Zimmer. Ryan sah erst von seinem Buch auf, als sie direkt vor ihm stand. »Ja?«, fragte er.

Mia biss sich auf die Unterlippe. »Ich dachte, du kommst wieder zurück ... Herr.«

»Ich sagte doch, ich mag diese Bezeichnung nicht.«

Sie atmete tief durch die Nase ein und ballte die Hände zu Fäusten, entspannte sie aber schnell wieder. »Ich habe auf dich gewartet«, versuchte sie es noch einmal.

Ryan sah sie so unbeteiligt an, als hätte sie verkündet, dass die Wäsche fertig sei.

Wut und Lust vertragen sich niemals gut miteinander. Vermischt bilden beide eine explosive Mischung, die immer ein Opfer fordert. In diesem Moment war es Mias Stolz. Sie warf sich vor Ryan auf die Knie, klammerte sich an seine Waden und küsste seine Füße. Ihr Schoß war ein hungriges Maul, das sie von innen her auffraß und mit derselben Gier küsste Mia seinen Spann, krallte sich in den Jeansstoff seiner Hose.

Ryan packte ihr Haar und riss ihren Kopf in die Höhe. »Lass das«, brüllte er. Mia erstarrte und sah zu ihm auf. »Ist es nicht das, was du willst?«, fragte sie und wusste selbst nicht, ob es Trotz oder Verwirrung war, was aus ihrer Stimme sprach.

Für den Bruchteil einer Sekunde wirkte Ryan, als hätte ihn ein Schlag getroffen, aber er fing sich rasch wieder. Seine Augenbrauen zogen sich zusammen und er ließ ihre Haare los. »Du hast nichts verstanden«, sagte er resigniert.

»Dann erklär es mir!«

»Das kann ich dir nicht erklären.«

Mia stand auf. »Willst du das nicht? Willst du nicht, dass ich dir die Füße küsse und deine willige kleine Sub bin? Das ist doch der Grund, weswegen du mich hergeholt hast, oder nicht?«

Der Bildband rutschte von Ryans Schoß, als er aufstand, und fiel klappernd zu Boden. »Du musst es nur sagen«, erwiderte er mit einer Stimme, kalt wie Eis. »Du kennst das Safeword. Sag es und das alles ist vorbei.«

Mia fiel es schwer, klar zu denken – alles schien vor Lust verhangen, diffus und düster, wie im Nebel. »Das kann ich nicht.«

Ryans Blick war nun ebenso kalt wie seine Stimme. Mia presste die Lippen aufeinander und wünschte sich, sich einfach diesen Slip herunterreißen zu können, damit sie wieder zu Verstand kam, aber es fühlte sich nicht richtig an. Nicht ohne seine Erlaubnis. *Was ist nur los mit mir?*

»Wenn ich das Safeword sage, platzt der Deal. Oder nicht?«

»Das ist es, was dich hier hält?« Jetzt war er derjenige, der fassungslos war. »Nur dieser Deal?«

Sie hätte lügen können, sicher, aber darüber war sie bereits weit hinaus. Also blieb sie lieber stumm.

»Wenn du das wirklich denkst, lasse ich dich aus dem Deal raus. Sag das Wort, und ich werde dich gehen lassen, einfach so.« Er schüttelte leicht den Kopf. »Aber du weißt ebenso gut wie ich, dass du dir etwas vormachst, Mia. Du bist nicht hier wegen des Deals oder deiner Pflicht als ICD-Agentin. Der Grund, warum ich dich noch kein einziges Mal habe ›Einsiedler‹ sagen hören, ist ein ganz anderer. Wenn du dich weiter selbst belügen willst – ich werde dir dabei nicht im Weg stehen. Aber steh nicht vor mir und tu so, als wäre ich derjenige, der dich gefangen hält.«

Seine Worten trafen sie tiefer, als jeder Schlag es vermocht hätte. Nicht, weil sie von ihm kamen, es war nicht einmal das, was er sagte. Mia spürte, was dahinter lag, wie ein Messer verborgen in einer weichen Scheide – er hatte recht. Sie hatte mehr als einmal die Gelegenheit gehabt, alles abzubrechen, und doch war sie freiwillig hergekommen, immer mit der Begründung, dass ihr keine andere Wahl blieb, dass sie es tun musste. Sie hatte sich aus der Verantwortung gestohlen und sich zum Opfer gemacht. Und gerade hatte sie von Ryan erwartet, dass er sie auch so behandelte, wie ein machtloses Opfer, ohne Willen, eine Sklavin, die sich unterwarf. Aber dem war nicht so.

Mia war hier, an genau diesem Punkt, weil sie sich dafür entschieden hatte. Sie war hier, weil sie es genoss, von Ryan gezüchtigt und erniedrigt zu werden, weil es sie anmachte, wenn er sie beschimpfte und hart nahm. Sie war hier aus freiem Willen. Das hatte er die ganze Zeit gewusst. Nur sie hatte die Augen davor verschlossen, aus Angst, was diese Wahrheit mit sich bringen könnte. Vielleicht war diese Angst begründet, vielleicht auch nicht. In diesem Moment zählte nur, dass Mia endlich verstanden hatte.

Sie hob den Kopf und sah Ryan an. Er musterte sie, machte aber keine Anstalten, ihr entgegenzukommen. Er wartete.

Langsam streckte sie die Hand aus, berührte seine Brust und schloss die Augen. Mia konnte seinen Herzschlag spüren, einen Herzschlag, der seine äußere Ruhe Lügen strafte. Fast hätte sie gelächelt.

Mia machte noch einen Schritt auf ihn zu, schlang die andere Hand um seinen Nacken und stellte sich ein wenig auf die Zehenspitzen, bis ihre Lippen sich auf gleicher Höhe befanden. Sie schloss die Augen, beugte sich vor und küsste Ryan so zärtlich, wie sie nie zuvor einen Mann geküsst hatte. Anfangs zögerte er noch, erwiderte ihren Kuss nicht, aber dann schlang er seinen Arm um ihre Taille und erwiderte das sanfte Tasten ihrer Lippen. Die Zeit blieb stehen, nichts zählte mehr in diesem Augenblick als die Wahrheit, die Mia endlich gefunden hatte. Sie war frei, freier als jemals zuvor in ihrem Leben. Und das hatte sie ihm zu verdanken.

Ryans Arm löste sich von ihr und eine Sekunde später spürte Mia etwas Kühles an ihrem Hals. Ryan hatte ihr eine Kette umgelegt, mattes Platin mit einem Ring in der Mitte. Mia betastete sie überrascht und sah auf. Ryan beugte sich zu ihr und flüsterte in ihr Ohr: »Jetzt bist du wirklich meine Sub.«

18

Die Zeit verging, langsam, träge, aber Mia kümmerte es nicht. Sie war gefangen in Ryans Küssen. Es schien, als hielten sie sich schon seit Stunden im Arm, ohne etwas anderes zu tun, als den Mund des anderen zu ertasten, zu erforschen und zu kosten. Manchmal streifte Mia mit der Hand über ihr Dekolleté, berührte den Ring auf ihrer Haut und genoss die wohligen Schauer, die ihr dabei den Rücken herabglitten. Wann immer sie das tat, folgte Ryan ihrer Bewegung und lächelte, wenn er Mia erzittern sah. Schließlich küsste er ihre Stirn und schob sie von seinem Schoß.

Sie hatten bisher kein weiteres Wort miteinander gesprochen und es war auch nicht nötig – instinktiv folgte Mia ihm, als er zurück in sein Zimmer ging. Sie war neugierig, was er jetzt vorhatte, aber diesmal gestattete sie sich die Vorfreude darauf. Sie musste sich nicht mehr verstecken, musste ihm nicht die widerwillige Zähmung vorspielen. Jetzt konnten sie beide das Spiel wirklich genießen.

Ryan öffnete den Schrank und holte die Schachtel mit dem Seil, der Augenbinde und dem Knebel hervor. Dahinter sah Mia noch etwas anderes, etwas Weißes aufblitzen, aber bevor sie einen genaueren Blick darauf erhaschen konnte, hatte er die Schranktür wieder geschlossen.

Jeder von Ryans Handgriffen hatte etwas von einem Ritual, und die feierliche Stimmung sorgte bei Mia für eine Gänsehaut. Ryan hatte ihr den Slip ausgezogen, kurz bevor er sie zu sich auf den Sessel gezogen hatte. Fast wünschte sie sich den Fetzen Stoff mit den Perlen wieder zurück, auch wenn es dadurch nicht unbedingt wärmer geworden wäre.

Ryan brachte die Schachtel zum Bett und legte sie darauf ab. Er öffnete den goldenen Verschluss, nahm aber nicht die Augenbinde heraus, sondern die gesamte Innenseite der Schachtel. Zu Mias Überraschung befand sich darunter eine weitere Ebene auf der verschiedene Spielzeuge lagen, die sie alle eher an Schmuckstücke als an Sextoys erinnerten. »Such dir etwas aus«, sagte Ryan mit einer einladenden Handbewegung.

»Was?«

Er schob die Hände in die Taschen seiner Jeans. »Keine Sorge, ich habe schon etwas mit dir vor, aber du darfst dir die ... Würze dazu selbst aussuchen.«

Mia musste schmunzeln – damit hatte sie nicht gerechnet, aber es war eine interessante Erweiterung. Mit einem letzten versichernden Blick beugte sie sich über die Schachtel und fuhr mit den Fingerspitzen über die Spielzeuge. Das meiste davon waren Klemmen verschiedener Art. Alle waren kunstvoll mit filigranen Blättern und Blütenmotiven verziert; an einigen hingen noch zusätzliche Gewichte, geformt wie herabfallende Tropfen. Jede von ihnen war auf ihre eigene Art schön. Mia wählte zwei Nippelklemmen, die mit einer Kette miteinander verbunden waren. Die Klemmen sahen aus wie halbrunde Blätter, bei denen man das Gewebe zwischen den Blattadern entfernt hatte. Sie bestanden aus dem gleichen Material wie ihre Halskette – mattes Platin. Mia strich mit den Fingerkuppen über die Form – sie war abgerundet, keine einzige scharfe Ecke oder Kante war daran, und das, obwohl die Klemmen so filigran gearbeitet waren. »Wunderschön«, entfuhr es ihr.

»Das werden sie auch an dir sein.« Ryan nahm sie ihr sanft aus der Hand und mit einem wohligen Ziehen in der Magengrube sah Mia, dass er auch die Augenbinde aus der Schachtel nahm. »Ist es so weit?« Sie konnte sich die Frage einfach nicht verkneifen, aber Ryan schien es ihr nicht übel zu nehmen. Er küsste sie zärtlich auf die Wange. »Ich liebe es, wenn du so ungeduldig wirst«, sagte er mit einem leisen Lachen. »Aber ja, heute ist es so weit.«

Mia schloss die Augen wie eine Katze, die in der warmen Sonne lag, und fast hätte sie sogar geschnurrt. Es war kaum zu glauben, dass sie erst seit drei Tagen in diesem Apartment lebte, gemeinsam mit Ryan, aber in dieser Wohnung befand sich eine ganz eigene kleine Welt, in der es nur sie beide gab, Ryan und Mia und ihre Spiele.

»Vertrau mir«, sagte er leise und nahm ihr die Klemmen aus der Hand. Unwillkürlich hielt Mia den Atem an und beobachtete, was er damit tat. Das filigrane Metall biss nicht gleich in ihre empfindliche Haut, wie sie es erwartet hätte. Im Gegenteil, er fuhr damit zärtlich die Rundungen ihrer Brustwarzen nach, so lange, bis die empfindlichen Nippel sich aufstellten und sich begierig seinem Mund entgegenreckten. Mia keuchte und sog zischend die Luft zwischen den zusammengepressten Zähnen ein. Sie war schon einmal gekommen, aber dennoch war sie bereits wieder so heiß, als hätte man sie wochenlang ausgehungert. Unwillkürlich spreizte sie die Beine etwas und drückte den Rücken durch, ihre Brüste näher an die Klemmen.

Plötzlich grub sich das Metall scharf in ihre Haut. Mia schrie auf. Die zarten Nervenenden in ihren Nippeln sandten den Schmerz bis hinauf in ihr Hirn, jedes Härchen auf ihrem Körper richtete sich auf, als der nadelfeine Schmerz sich ausbreitete. Mit Tränen in den Augen sah sie auf ihre Brüste hinab – die Klemmen lagen, verbunden durch die dünne Kette, um ihre Brustwarzen wie ein besonders exotischer Körperschmuck. Der Schmerz verklang, wurde zu einem dumpf pochenden Ziehen. Mia keuchte wieder, als Ryan an der Kette zupfte. »Nicht!«

Mahnend sah er sie an. »Habe ich dir erlaubt zu protestieren?«

Mia biss sich auf die Lippen. Ein weiteres Zupfen an der Kette entlockte ihr abermals einen Schrei.

»Na?«

»Nein. Nein, du hast es mir nicht erlaubt«, schluchzte sie.

»Also wag es nicht, das noch einmal zu machen. Verstanden?«

Diesmal war es kein Zupfen mehr, er zog an der Kette und hielt sie fest. Das dumpfe Pochen wandelte sich in ein spitzes Beißen. »Ja!«, schluchzte sie.

»Gut. Jetzt geh aufs Bett. Knie dich aufrecht hin, die Beine weit gespreizt.« Er ließ die Kette los und Mia beeilte sich, seinem Befehl nachzukommen. Jede Bewegung brachte durch weiteres Ziehen und Brennen die Erinnerung an die Striemen und die Schläge auf ihre Schenkel zurück: eine Sinfonie aus Schmerzen, die anschwoll und bald, das wusste Mia, zu einem ohrenbetäubenden Crescendo ansteigen würde, ehe sie sich entlud und dabei alles mit sich riss. Sie fürchtete den Moment, aber gleichzeitig konnte sie ihn kaum erwarten.

Als sie die Stellung eingenommen hatte, die Ryan von ihr verlangt hatte, kniete er sich hinter sie auf das Bett und legte ihr die Augenbinde an. Das Gefühl der weichen Seide auf ihrer Haut war köstlich und ließ Mia erzittern.

»Bleib so.«

Sie versuchte zu hören, was er tat. Das Bett schwankte unter seinen Bewegungen, und dann hörte sie seine Schritte auf dem Boden. Eine Tür knarrte. War es die Zimmertür oder die des Schrankes? Mia konnte es nicht genau sagen.

Etwas wurde über Holz gezogen. Die Ungewissheit machte Mia verrückt – mittlerweile überzog eine Gänsehaut ihren gesamten Körper. Auch ihre Nippel wollten sich weiter aufstellen, aber die Klemmen daran verhinderten es. Sie zuckten unwillig, als Mias Nippel härter wurden. Das Gefühl war anders als alles, was Mia bisher erlebt hatte. Sie kniff die Augen zusammen, atmete schwer durch die Nase, aber es half nichts. Sie stöhnte laut auf. Doch diesmal maßregelte Ryan sie nicht. Sie konnte hören, dass er durch das Zimmer ging, und immer wieder entfernte er sich vom Bett, kam zurück und ging wieder. Was hatte er vor?

Mit einem Mal zog etwas stark an der Kette und Mia wimmerte. Der Zug wurde stärker, bis sie nicht anders konnte, als ihm zu folgen und sich vorzubeugen. Fast hätte sie das Gleichgewicht verloren, konnte sich aber im letzten Moment noch fangen. Etwas wurde zwischen ihre Schenkel geschoben, kalt und glatt, wie Leder. Es musste sehr breit sein, denn Mia konnte ihre Beine nicht mehr zusammenpressen.

Ryan sprach nicht mehr. Er griff wortlos nach ihren Armen, zog sie auf den Rücken und fesselte sie mit etwas, was sich wie Manschetten anfühlte. Das Innere war mit etwas Weichem ausgekleidet, sodass die Fesseln ihr zwar jede Bewegungsfreiheit nahmen, aber relativ angenehm zu tragen waren. Es klickte leise und Mia zog an den Fesseln – wie sie vermutet hatte, kam sie nicht weit. Ryan hatte sie irgendwo verankert. Wieder der Zug an der Kette, und diesmal folgte Mia ihm sofort. Als sie nicht mehr weiter nach vorn konnte, erklang wieder ein Klicken. Ganz vorsichtig versuchte sie, sich wieder aufzurichten, aber sofort zog es scharf an ihren steifen Nippeln: Auch die Kette war fixiert.

Sie war gefangen – es gab keine Möglichkeit, sich zu befreien. Und noch immer wusste sie nicht, was es war, das Ryan zwischen ihre Beine geschoben hatte. Aber sie sollte es bald herausfinden. Ryans Hand schob sich von hinten zu ihrer Spalte, und mit zwei Fingerkuppen packte er ihre Klit und massierte sie. Mia zuckte nach vorn, wurde aber gleich wieder an die Fesseln erinnert und gab ein frustriertes Keuchen von sich. »Nicht!«

»Ich sagte: kein Protest!«, ermahnte Ryan sie und unterstrich seinen Befehl mit einem kurzen Ruck an der Kette.

»Aber ich habe doch ...«, begann sie, ehe wieder beißender Schmerz durch ihre Nippel zuckte.

»Still.«

Sie wollte keinen weiteren Ruck herausfordern, also schwieg sie und versuchte, sich auf Ryans Hand zwischen ihren Schenkeln zu konzentrieren. »So ist es gut«, lobte er sie, und seine Finger tanzten über ihre Spalte, die sich ihm willig öffnete. Er massierte ihre Klit und streichelte die weichen, feuchten Lippen, bis Mia vor Lust aufschluchzte und sie fühlen konnte, wie ihre eigene Lust auf seine Hand tropfte. »Ryan«, flüsterte sie. »Ich kann nicht mehr. Ich halte das nicht mehr aus.«

Seine Lippen an ihrem Ohr: »Aber ich habe doch gerade erst angefangen.«

Verheißung, Drohung – diese Worten waren all das. Mia warf erregt den Kopf zurück und rieb ihre nasse Pussy an seiner ausgestreckten Handfläche.

Ryan zog seine Hand etwas zurück und spreizte Mias Schamlippen mit den Fingern. Seine andere Hand legte sich auf ihre Schulter und drückte sie langsam tiefer. Mia schluckte und folgte der Aufforderung. Etwas stieß gegen die Innenseite ihres Schenkels, rutschte daran herauf und fand den Weg zu ihrer Spalte. Vertrauensvoll ließ Mia sich weiter darauf sinken und keuchte, als sie merkte, wie groß der Eindringling wirklich war. Es musste sich um einen Latexdildo oder etwas in der Art handeln, und es drang tief in sie ein, füllte sie bis zum Anschlag aus. Es schien, als wollte es kein Ende mehr nehmen, aber schließlich spürte Mia den Ansatz und hockte auf dem etwas, das bisher ihre Beine gespreizt gehalten hatte. »Was … was ist das?«, wisperte sie atemlos und versuchte sich an diesen dicken künstlichen Schwanz in sich zu gewöhnen.

»Ein Sybian.«

»Ein Sitzdildo?«, fragte sie und konnte sich ein leises Lächeln nicht verkneifen. Sie hörte Ryan lachen. »Nein«, antwortete er ihr, »etwas viel Besseres als das.«

Es klickte leise und mit einem Mal begann der Latexdildo in ihr zu vibrieren, aber nicht nur das: Die gesamte Unterlage, auf der sie hockte, bewegte sich mit ihm. Die Bewegungen waren nicht nur in ihr, auch ihre Klit wurde gereizt, ihre Schamlippen, die Innenseiten ihrer Schenkel. Und … verdammt, der Mistkerl hatte die Kette der Nippelklemmen ebenfalls an der Unterlage verankert. Die Vibrationen zogen sich hinauf bis zu ihren malträtierten Nippeln, die durch die Klemmen überreizt und noch empfindlicher geworden waren. Mias ganzer Körper geriet unter die Kontrolle des Sybian, und es gab nichts, was sie dagegen tun konnte.

Die Kette an den Manschetten klirrte. Mia legte sich mit ihrem ganzen Gewicht hinein, um den Zug der Klemmen etwas zu mindern, aber es half nichts. Sie konnte dem Sybian nicht entkommen. »Viel Spaß«, hörte sie Ryan sagen und dann schloss sich eine Tür.

Ryan blieb, die Arme vor der Brust verschränkt, neben der Tür stehen und lehnte sich an die Wand. Er konnte sich kaum sattsehen an dem Anblick, der sich ihm bot: Mia hockte auf dem Sybian und sah fassungslos in Richtung Tür. Sie glaubte offensichtlich wirklich, dass er gegangen war, und das war ihm ganz recht. Er wollte alles sehen, wollte wissen, wie sie sich verhielt, wenn sie sich unbeobachtet glaubte.

Er lächelte leicht und ließ ihren Anblick auf sich wirken – diese wunderschöne, willige Sub, die auf dem Sybian festgebunden war und sich stöhnend auf der vibrierenden Oberfläche wand. Von seiner Position aus konnte er das leise Klirren der Ketten hören, die von den Vibrationen des Geräts in Schwingung versetzt wurden. Es gefiel Mia offensichtlich, denn ihr Stöhnen wurde immer lauter. Auf ihrem Körper glänzte Schweiß, und ihre Lippen waren ebenso nass, wie es ihre kleine Pussy sein musste. Der sinnliche Mund schien selbst jetzt noch zu lächeln, auch wenn er so lustvoll verzogen war. Manchmal legte sie sich in die Manschetten, gab ein heiseres Quietschen von sich, wenn der Reiz zu stark wurde. Sie biss sich auf die Lippen, versuchte wohl, den nächsten Schrei zurückzuhalten, aber sie konnte ihm nichts vormachen. Mittlerweile hatte er sie kennengelernt, hatte in der kurzen Zeit sehr genau beobachtet und gelernt, die Sprache ihres Körper zu lesen und zu deuten. Mia genoss es. Ihre Hingabe übertraf seine kühnsten Erwartungen – er hatte gehofft, eine Sub zu finden, aber damit hatte er nicht gerechnet. Seit sie sich selbst eingestanden hatte, dass sie genau das war: eine Frau, die Hingabe und Unterwerfung wahrlich genoss – war es, als wäre ein Damm gebrochen. Ryan wollte den See dahinter ausschöpfen, bis nichts mehr von dem Wasser darin übrig war.

Sein Blick fiel auf ihren elegant geschwungenen Hals. Die Kette mit dem Ring aus Platin. Er hatte ihn, wie es schien, vor einer Ewigkeit geschenkt bekommen. Von Naomi. Kurz, bevor sie starb.

Er war nicht ganz ehrlich zu Mia gewesen. Naomi war zwar eine Switcherin gewesen, aber nachdem sie mit Ryan zusammengekommen war, hatte sie ihre dominante Seite ignoriert und war ganz zu seiner Sub geworden. Ryan hatte noch nie zuvor erlebt, dass eine Frau sich derart hingab, und mit Naomi hatte er zum ersten Mal erlebt, was es bedeutete, wenn ein Herr und eine Sub sich wirklich fanden. Nach Naomis Tod hatte er geglaubt, dass es nie wieder so werden könnte, aber Mia ließ die Hoffnung darauf wieder in ihm aufkeimen.

Er schüttelte leicht den Kopf, als könnte er so diese Gedanken verscheuchen. Was dachte er sich da? Es gab einen Plan, den er zu befolgen hatte. Seine Aufgabe war es, Mia gefügig zu machen, damit sie den »Söhnen« Zugang zum ICD-Hauptgebäude verschaffte, dem Ort, an dem das zentrale interne Netz der International Crime Defence saß. Hier wurde alles Wissen der ICD aufbewahrt – Dateien zu den größten kriminellen Organisationen, Aufenthaltsorte, Beweise, Schwachstellen. Wertvolle Akten, die es den »Söhnen« ermöglichen würden, nicht nur in Asien die Spitze der Unterwelt zu übernehmen, sondern schließlich sogar auf der ganzen Welt. Fushida dachte nicht in kleinen Schritten, er wollte direkt den großen Kuchen und hatte schon früh erkannt, dass die ICD ihm dabei helfen konnte. Mit ihrer emsigen Suche nach Verbrechern und der hervorragenden Vernetzung der verschiedenen Landesabteilungen untereinander hatte sie den Löwenanteil von Fushidas Arbeit bereits für ihn gemacht. Alles, was er jetzt noch brauchte, war der Zugang zu dieser Schatztruhe voll Informationen. Und da kam Ryan ins Spiel.

Die »Söhne« versuchten schon lange, in das Hauptgebäude

in Schottland zu kommen – sowohl virtuell als auch real. Nichts hatte funktioniert – kein Hackerangriff, kein Überfall auf das Gebäude selbst.

Bis Fushida auf die Idee kam, es auf einem anderen Weg zu versuchen. Der Plan war, dass Ryan eine der Agentinnen gefügig machen sollte, damit sie ihn in das Intranet mit dem Namen »Hera« brachte und die »Söhne« an die Informationen kamen, die sie haben wollten.

Jetzt schien der Zeitpunkt endlich gekommen. Mia fraß Ryan aus der Hand, und er wusste aus Erfahrung, dass es nicht mehr lange dauern würde, bis er alles von ihr verlangen konnte. Sie war seine Sub, sie hatte sich ihm unterworfen. Zeit, es zu Ende zu bringen.

19

Mia wurde vom aufgeregten Klingeln ihres Handys geweckt. Im ersten Moment dachte sie noch, dass es der Wecker war, aber dann erkannte sie das Geräusch. Fluchend setzte sie sich auf und zischte leise, als ihr gesamter Körper aufschrie. Alles an ihr war entweder wund oder hatte Muskelkater. Jede Bewegung tat weh, und das, obwohl sie sich bisher immer für recht fit gehalten hatte. Allerdings lernte man beim Yoga auch nicht, multiple Orgasmen auf einem Sybian zu haben.

Das Handyklingeln schrillte noch immer in ihren Ohren und sie tastete nach dem verdammten Ding. »Ja?«, knurrte sie hinein, nachdem sie es gefunden und auf die grüne Telefontaste gedrückt hatte.

»Reizende Laune – hattest du noch keinen Kaffee?«

»Matt!« Mias Stimme überschlug sich fast vor Freude. »Geht es dir besser? Bist du wieder aus dem Krankenhaus raus?«

»Langsam«, lachte er am anderen Ende der Leitung. »Ich bin seit zehn Minuten wieder auf freiem Fuß. Zwar auf eigene Verantwortung, aber damit kann ich leben.«

»Du Idiot«, schimpfte sie, »warum bist du nicht im Krankenhaus geblieben und kurierst dich aus?«

»Weil meine beste Freundin sich freiwillig in Lebensgefahr begeben hat«, gab er unerwartet ernst zurück.

Mia seufzte. »Hast du heute wieder einen deiner dramatischen Tage? Woher weißt du überhaupt … Emilia.«

»Wer sonst?«, gab er zurück. »Sie hat mich gebeten, dir Bescheid zu sagen, dass ihr morgen früh nach Schottland fliegt.«

Mia runzelte die Stirn und strich sich das wirre, ungekämmte Haar aus dem Gesicht. »Morgen schon? Ging die Anklage so schnell durch?«

»Ich merke, du kannst es kaum erwarten, dort herauszukommen«, kommentierte Matt ihre Antwort trocken.

»So war das nicht gemeint.«

»Dachte ich mir. Sieh einfach zu, dass ihr morgen früh bereit seid. Wir müssen den Transport schnell über die Bühne bringen, damit dein Mafiosi nicht in Gefahr gerät. Ich schicke dir die Daten noch verschlüsselt über Hera.«

»Warum soll ich mit nach Schottland?«, fragte sie und versuchte noch alle Informationen in ihrem Kopf zu ordnen. Sie sollte sich freuen, immerhin hieß das, dass sie bald nach Hause konnte. Warum fühlte sie sich dann so bedrückt?

»Du hast deine ICD-Ausbildung dort absolviert und unser Schützling scheint dir zu vertrauen – das heißt, du bist der perfekte Bodyguard, bis die Kollegen aus Edinburgh übernehmen.« Matt musste sie seufzen gehört haben, denn er fuhr wesentlich sanfter fort: »Mir schmeckt der Gedanke auch nicht, aber du solltest Emilia mal erleben. Sie kriegt aus den USA und England Druck. Die ›Söhne‹ haben sich wohl zu einer regelrechten Plage entwickelt und keiner weiß, was sie vorhaben. Homeland Security hat auch schon Interesse angemeldet. Wir müssen die ›Söhne‹ ausschalten, bevor sie überhaupt erst dazu kommen, einen entscheidenden Schachzug zu machen. Dafür brauchen wir dich.«

Mia konnte nicht verhindern, bitter aufzulachen. »Jetzt auf einmal? Ihr haltet mich doch sonst auch immer für einen tollpatschigen Anfänger.«

»Willst du das wirklich jetzt ausdiskutieren?«, seufzte er.

Mia rieb sich über die Augen. Solche Gespräche waren wirklich nicht das Richtige, um den Tag zu beginnen. Vor allem, wenn man noch keinen Kaffee intus hatte. »Nein«, antwortete sie ehrlich. »Eigentlich habe ich da gerade keine Lust drauf.«

»Gut, ich nämlich auch nicht.« Er schnaufte leise. »Mia, denk nicht zu schlecht von Emilia oder mir. Wir machen uns nur Sorgen, weil du glaubst, immer alles auf eigene Faust machen zu müssen. Du darfst um Hilfe bitten. Jeder muss das mal tun.«

»Matt, nicht, es ist noch zu früh am Morgen und ich bin grad erst aufgestanden.«

»Ernsthaft? Wir haben schon elf Uhr.«

»Scheiße.« Mia stöhnte leise und fuhr sich wieder über das Gesicht. »Okay, dann sollte ich wirklich endlich Kaffee holen. Wir sehen uns morgen.«

Sie verabschiedete sich von ihm und legte das Handy aufs Bett. Seltsam, wie schnell alles gehen sollte – sie hatte damit gerechnet, mindestens eine Woche in der Wohnung verbringen zu müssen, aber gerade, als sie sich auf die kommenden Tage zu freuen begann – war es einfach zu Ende.

Ihr Handy piepste leise; die verschlüsselte Mail. Mia gab den Code ein und las die Daten, ehe sie alles löschte. Sie schlüpfte in ihren Morgenmantel und trat in die Wohnküche. Aus dem Nebenzimmer erklangen Stimmen. Neugierig schlich Mia zum offenen Durchgang und spähte hindurch. Ryan stand an der Wohnungstür und unterhielt sich mit einem ICD-Beamten. In der Hand hielt er einen Karton, wahrscheinlich die Essensvorräte für die Wohnung. Offensichtlich hatte man die übrigen Agenten noch nicht eingeweiht, dass Ryan am nächsten Tag verschwinden würde.

Ryan verabschiedete sich von seinem Gesprächspartner und drehte sich um. Er wirkte kein bisschen überrascht darüber, Mia im Durchgang stehen zu sehen. »Wie ich sehe, hast du hier schon Freunde gefunden?«, fragte sie freundlich. Ryan zuckte mit den Schultern und trug den Karton in die Küche. »Meyer hat uns bisher immer das Essen gebracht. Man kommt ins Reden. Netter Kerl übrigens.«

Mia hatte noch nie etwas von Meyer gehört, aber das musste nichts heißen. Sie war nach ihrer Ausbildung in Schottland eine Weile dort geblieben und erst seit gut einem Jahr wieder bei der deutschen Sektion der ICD beschäftigt. In dieser kurzen Zeit konnte man nicht jedes Gesicht kennenlernen.

Sie folgte Ryan in die Küche und war froh zu sehen, dass er bereits Kaffee gemacht hatte. Während sie sich eine Tasse nahm und Zucker hineinkippte, sagte sie: »Mach es dir nicht zu gemütlich. Morgen früh geht es weiter.«

Ryan sah sie überrascht an. »Was heißt das?«

»Ich habe gerade den Marschbefehl bekommen.« Mia nippte an ihrem überzuckerten Kaffee. »Morgen um sieben Uhr geht es nach Tegel und von da aus nach Edinburgh. Dort wird deine Aussage aufgenommen, und je nachdem wie schnell wir Fushida zu fassen bekommen, findet dort auch der Prozess statt.«

»Klingt nicht so, als wäre das von allen hohen Rechtsinstanzen abgesegnet«, murmelte Ryan und schob eine Packung Eier in den Kühlschrank.

»ICD-Magie«, erwiderte Mia und fragte sich insgeheim, ob nur ihr die Stimmung mit einem Mal gedrückter vorkam als noch vor wenigen Minuten. »Wenn wir wollen, können wir verdammt schnell und verdammt überzeugend sein.«

Er war fertig und der Karton leer. Ryans Blick streifte

Mia, aber nicht lang. Er lehnte an der Arbeitsplatte und rieb sich über den Nacken. »Dann ist das wohl unsere letzte Nacht.«

Es von ihm zu hören, machte es real, greifbar. Mia schlang die Arme um sich. »Ja«, erwiderte sie tonlos.

Etwas an ihrem Tonfall schien ihn zu alarmieren. Er kam näher und berührte ihre Oberarme. »Schade eigentlich«, sagte er leise, »ich hatte gehofft, dass wir etwas mehr Zeit hätten. Immerhin fing es gerade erst an, richtig Spaß zu machen.«

In Mias Hals bildete sich ein Kloß, zu groß, um ihn einfach herunterzuschlucken. Wieso?, fragte sie sich, aber die Antwort kannte sie bereits: Sie wollte das Gefühl der Freiheit, diese Lust am Spiel, die er ihr gezeigt hatte, nicht verlieren. Das war es gewesen, was sie in all den Nächten, mit all den Meistern und Herrinnen, gesucht hatte. Aber alles vorher war nur ein müder Abklatsch dessen, was sie als Ryans Sub erlebt hatte. So intensiv, so vollkommen war noch nie eine Nacht mit irgendjemand sonst gewesen. Und bald würde sie für immer darauf verzichten müssen.

Ryans Kuss kam unerwartet, aber er war umso tröstlicher. Sie klammerte sich an ihn, erwiderte ihn leidenschaftlich in der Hoffnung, dass Ryan verstand, was sie verlor, wenn er ging. Doch der Kuss endete allzu bald. Ryan sah ihr in die Augen, streichelte ihr Gesicht mit seinen Blicken und fuhr mit einer Fingerkuppe die Form ihrer Brauen nach. »Lass uns heute Nacht feiern.«

»Was hast du dir vorgestellt?«

Er sah in die Wohnung hinter ihr. »Ich will mit dir dorthin, wo ich dich das erste Mal gesehen habe. Ins *Chains.*«

Mia schüttelte den Kopf. »Das ist unmöglich, du stehst hier unter strengster Beobachtung. Die Agenten werden uns nicht einfach so nach draußen spazieren lassen.«

Ryan sah zur Tür und dann wieder Mia an. »Und was, wenn mir eine ICD-Agentin dabei hilft?«

Sie folgte seinem Blick und sah zur Tür. Es verstieß gegen so ziemlich jede Sicherheitsregel, die Emilia ihr eingebläut hatte, aber er hatte recht: Es war ihr letzter gemeinsamer Abend. Den wollte sie auf die bestmögliche Weise verbringen. Warum also nicht an dem Ort, an dem sie sich das erste Mal begegnet waren?

»Okay«, willigte sie schließlich ein. Ryan küsste sie auf die Stirn. »Wunderbar. Weißt du schon, wie du es anstellen willst?«

Sie nickte. »Das bleibt aber mein Geheimnis.«

Er sah sie fragend an, aber Mia ignorierte es und wandte sich ab. Sie hatte einen Plan, aber den musste Ryan nicht unbedingt kennen.

Den Tag hatten sie damit verbracht, in den Sesseln zu sitzen und zu lesen. Ryan war neugierig und ungeduldig zugleich – was hatte Mia vor? Aber er ließ sich nichts davon anmerken. Vielleicht hatte er Glück und sie würde Hera direkt vor seinen Augen einsetzen. Vielleicht musste er sie dann nicht einmal um die Zugangsdaten und Passwörter bitten und sie beide konnten ... Was, zusammen weglaufen und für immer glücklich miteinander leben?

Ryan kniff die Augen zusammen und massierte sich die Nasenwurzel. Mia sah von ihrem Buch auf. »Alles in Ordnung?«

»Trockene Augen«, wich er aus und tat so, als würde er sich wieder auf seine Lektüre konzentrieren, aber die Buchstaben verschwammen vor seinen Augen und verloren jede Bedeutung. Seine eigenen Überlegungen, nein, sein eigener Wunsch, überraschte ihn. Er hatte von Anfang an gewusst, dass Mia ein Auftrag war. Ihre Zeit war begrenzt und er konnte mit Fug und Recht von sich behaupten, dass sie beide sie bestmöglich genutzt hatten. Fushidas Plan hatte bis zu diesem Zeitpunkt besser funktioniert als erwartet, und bald konnte er wieder nach Hause.

Warum konnte er dann nicht dieses verfluchte Bedauern in sich abstellen? Wann immer er Mia ansah, wann immer er dieses neu gewonnene Vertrauen in ihren Augen sah, diese Art, wie sie ihm ihr kleines verstohlenes Lächeln schenkte – immer dann musste er an den Verrat denken, den er daran begehen würde. Dieses Vertrauen würde verlöschen und sie würde ihn nie wieder so anlächeln. Die Vorstellung schnürte ihm die Kehle zu und weckte das Bedürfnis in ihm, seine Hand in die nächste Wand zu rammen. Das hatte sie nicht verdient. Mia war etwas Besonderes, so viel wusste er, und er war gerade dabei, dieses Besondere in ihr zu zerstören.

Der Gedanke hinterließ einen bitteren Geschmack in seinem Mund, den er mit nichts herunterspülen konnte.

Sein Blick fiel auf seine Hände, die Narbe am kleinen Finger. War diese Sehnsucht, Mia bei sich zu behalten, sie als seine Sub auszubilden, dieses Verlangen nach ihr – war all das größer als seine Loyalität zu dem Mann, der ihn aufgenommen hatte und für ihn in der dunkelsten Stunde seines Lebens da gewesen war? Ryan hatte nie etwas besessen – als Sohn eines amerikanischen G.I. und einer Halb-Japanerin hatte er in Japan niemals einen festen Stand in der Gesellschaft gehabt. Sein Aussehen hatte ihm oft Probleme gemacht, denn er fühlte sich als Kind als Japaner, sah aber aus wie ein Gaijin, ein Ausländer. Nach dem Autounfall seiner Eltern verlor er jeglichen Halt. Niemand wollte ihn aufnehmen, und so schlug er sich mit Betteln und Stehlen durch, bis er eines Tages den falschen Mann beklaute – Hayuri, den Anführer der Itanashi-

Gumi. Ein Yakuza, mit dem nicht zu spaßen war. Wäre es nach ihm gegangen, Ryan hätte wahrscheinlich auf der Stelle sein Leben verloren, aber Hayuris Gefolgsmann Fushida stellte sich vor Ryan. Er bat Hayuri, ihn zu verschonen und in der Itanashi-Gumi aufzunehmen. Fushida selbst nahm Ryans Verfehlung auf sich und schnitt sich selbst den kleinen Finger der linken Hand ab, um den Fehler zu sühnen. Mit Blut seines eigenen kleinen Fingers besiegelte Ryan an diesem Tag seine Bindung zur Unterwelt.

Wann immer Ryan an diesen Tag dachte, wusste er, wohin er gehörte, und sein Leben gehörte von nun an Fushida. Ryan war immer an seiner Seite gewesen, selbst dann, als Fushida sich von der Itanashi-Gumi löste und Hayuri ermordete. Vom ersten Tag der Söhne des Tigers war Ryan dabei gewesen, und nie hatte es etwas gegeben, was seine Loyalität in Frage stellte. Bis jetzt.

Mia streckte sich und legte das Buch zur Seite. »Ich hole mir noch etwas Kaffee. Willst du auch welchen?«

Ertappt räusperte er sich und nickte. »Gern.«

Wieder dieses Lächeln, so voller Vertrauen, voller Hingabe. Sie stand auf und verschwand in der Küche. Ryan massierte sich abermals den Nasenrücken und unterdrückte ein Seufzen. Es hatte nur ein einfacher Auftrag sein sollen, aber was war es jetzt? Seit ihrer ersten gemeinsamen Nacht ging ihm Mia nicht mehr aus dem Sinn, und mit jeder Begegnung war es schlimmer geworden. Er hatte erwartet, dass er, wie sonst auch, die Frau bald satt hätte und sie vergessen würde. Aber Mias Berührungen, der Sex mit ihr – es war wie eine Droge. Je mehr er davon bekam, desto mehr wollte er. Diese Art Gier war ihm neu, nicht einmal mit Naomi hatte er so etwas erlebt. War es ... verdammt.

Die Erkenntnis traf ihn aus heiterem Himmel, war aber

nicht minder erschreckend. Es ging nicht nur um Sex. Nicht nur um sie als Sub und ihn als Herrn. Es ging um mehr. Es ging um Mia.

Nicht er war derjenige, der sie gefangen hatte, nein, ganz im Gegenteil. Sie hatte ihn gefangen, hatte ihn dazu gebracht, Gefühle für sie zu entwickeln, denen er nicht einmal jetzt einen Namen geben mochte.

Scheiße.

Mia kam aus der Küche und hielt ihm mit einem schiefen Lächeln eine Tasse entgegen. »Trink brav aus und wirf dich dann in dein Partyoutfit. Es ist bald so weit.«

Froh, sich von seinen Gedanken losreißen zu können, nahm Ryan ihr die Tasse ab und trank einen tiefen Schluck. Der Kaffee war heiß, er verbrannte sich den Mund, biss sich aber auf die Zunge, um ja keinen Laut von sich zu geben. Dennoch hatte Mia es bemerkt. Sie lachte schallend und Ryan konnte sich an ihrem Anblick gar nicht sattsehen. Obwohl ihm eigentlich nicht danach zumute war, grinste er. »Vorher muss ich mir aber erst die Zunge kühlen.«

Sie lachte noch immer und zuckte mit den Schultern. Ryan ging hinüber ins Bad und spritzte sich dort kaltes Wasser ins Gesicht. Als er in den Spiegel sah, konnte er seinen eigenen Anblick kaum ertragen. Was zum Teufel tat er hier eigentlich? So oder so, er würde es bald herausfinden.

Ryan hatte nie viel von Fetischkleidung gehalten, wenn es um Männer ging. Frauen in Leder gefielen ihm, aber mit Männern in Latex konnte er einfach nichts anfangen. Das war mit der Grund, warum er immer der Exot in den Fetisch-Klubs war. Niemand tauchte dort in Jeans und T-Shirt auf und meist lag es nur an seinen guten Kontakten zu den Türstehern oder an einem großzügigen Trinkgeld, dass er überhaupt reingelassen wurde.

Heute Abend wollte er aber nicht auffallen, Mia zuliebe. Der Gedanke ließ ihn die Stirn runzeln, aber er beschloss, nicht weiter darüber nachzugrübeln. In dieser Nacht wollte er sich, wenn auch nur für kurze Zeit, der Illusion hingeben, dass alles in Ordnung war und er ein normaler Mann mit einer normalen Frau an seiner Seite war.

Zumindest so normal, wie man mit Fesseln, Nippelklemmen, Handschellen und Peitschen sein konnte.

Er kämmte sich die Haare streng zurück, bändigte alles mit Gel und streifte sich dann eine schwarze Lederhose über. Dazu trug er einen breiten Gürtel, der mit matten Nieten verziert war, und schwere Stiefel. Mit einem T-Shit dazu wäre er auf der Straße nicht einmal aufgefallen, aber Ryan wollte Mia einen Gefallen tun, also verzichtete er auf das Shirt.

Während er noch seine Uhr anlegte, ging er hinaus ins Wohnzimmer und rief: »Bist du endlich …« Die Worte blieben ihm im Hals stecken. Mia saß auf der Lehne einer der Sessel und wartete auf ihn, die Arme vor der Brust verschränkt. Ihre Haare hatte sie hochgesteckt und die langen Beine steckten in feinen weißen Seidenstrümpfen und ebenso weißen Pumps. Sie trug ein weißes Kleid, ein Hauch von durchsichtigem Nichts, und um ihre Taille lag ein Stoffkorsett. Es betonte ihre ohnehin schon schlanke Taille und hob ihre perfekten kleinen Brüste genug an, dass sie sich als sanft geschwollene Hügel über dem Dekolleté des Korsetts zeigten. Der einzige Farbtupfer war ein tiefroter sinnlicher Lippenstift, der ihren wunderbaren Mund betonte. Was Ryan aber am meisten aus der Bahn warf, war die Kette um ihren Hals. Naomis Kette.

Sie hatte sie ganz selbstverständlich angelegt, als stünde es außer Frage, dass sie seine Sub war. Sie war klug und er war sich sicher, dass sie die Bedeutung des Schmuckstücks erkannte.

Mia hatte sich ihm wirklich vollkommen unterworfen und sie trug sein Zeichen, damit alle Welt es sehen konnte. Sie gehörte ihm.

Ryan räusperte sich und Mia erhob sich. »Auf so eine Reaktion hatte ich gehofft.«

Er ging ihr entgegen, hakte den Finger in den Ring an ihrem Hals und zog sie nah genug zu sich heran, um sie zu küssen. Sie bot ihm Widerstand, aber er schmolz bald, je länger sie sich küssten. Ryan spürte, wie er allein bei der Berührung ihrer Lippen schon wieder hart wurde – ein Dauerzustand, seit sie in dieser Wohnung eingetroffen war. Am liebsten hätte er sie direkt rücklings auf den Tisch geworfen und sie genommen, aber das musste warten. Er wusste, dass es dann für sie beide umso intensiver werden würde. Bedauernd löste er den Kuss. »Und, wie willst du uns jetzt hier herausbringen?«

Sie zog ein Handy aus ihrem Dekolleté. Ryan spürte eine nervöse Vorfreude. Sollte es wirklich so einfach sein? Mia hielt ihm das Handy hin. »Ich sagte doch, ICD-Magie«, erwiderte sie mit einem Lächeln und drückte auf den grünen Anrufknopf. Ein Alarm ging los, irgendwo draußen auf der Straße. Mia schielte auf seine Armbanduhr und zog in mit sich. »Los, wir müssen uns beeilen.«

Er folgte ihr zur Wohnungstür und erwartete fast, dort mindestens ein Dutzend ICD-Agenten zu sehen, aber zu seiner Überraschung war der Flur bis zum Aufzug leer. Mia zögerte nicht, sondern zog ihn hinter sich her. Die Absätze ihrer hohen Schuhe klapperten über den Boden und immer wieder sah sie sich um, als ob sich jeden Moment doch ein Agent aus der Wand lösen und sie aufhalten konnte. Schließlich erreichten sie den Aufzug. Abermals nahm Mia sich das

Handy und gab ein paar Nummern ein. Die Türen des Aufzugs glitten auf und schlossen sich mit einem leisen Klingeln. Mit einem Ruck setzte sich die Kabine in Bewegung. »Okay, wie hast du das gemacht?«, fragte Ryan auf dem Weg nach unten. Mia gab eine weitere Zahlenkombination in ihr Handy ein und schob es dann zurück in ihr Dekolleté. »Kann ich dir nicht sagen.«

»Bist du eine Art Hacker oder so etwas?«

Ertappt verzog sie das Gesicht. »So etwas in der Art.« Sie seufzte. »Das ist mit der Grund, warum ich zur ICD gegangen bin. Ich habe ein Händchen für Computer, Quellcodes und alles, was damit zusammenhängt.« Sie wirkte fast schüchtern, während sie ihm das erzählte, wie ein kleines Kind und mindestens ebenso aufgeregt wie er darüber, dass sie aus der Wohnung ›entkommen‹ waren. »Du bist also ein Computernerd?«, zog er sie auf.

Mia zuckte mit den Schultern. »So weit würde ich nicht gehen«, brummte sie. In diesem Moment hielt der Aufzug in der Tiefgarage und die Tür glitt auf. Mia sah sich suchend um – die Garage war voller schwarzer Mercedes-Limousinen. Ryan hätte sie unmöglich auseinanderhalten können, aber Mia steuerte zielsicher auf eine davon zu und drückte ihren Daumen gegen ein kleines Feld am Türgriff. Der Wagen öffnete die Verriegelung und mit einem triumphierenden Lächeln stieg sie ein.

»Ich gebe zu, ich bin beeindruckt«, sagte Ryan, als er neben sie auf den Beifahrersitz glitt. Mia schnallte sich an und zog einen kleinen viereckigen Autoschlüssel aus dem Handschuhfach. »Ist bei euch alles technisch gesichert?«

»Das meiste«, erwiderte sie und biss sich dann auf die Unterlippe, als wäre ihr jetzt erst klar geworden, dass sie leichtfertig Informationen herausgab.

»Und du kennst dich damit aus?« Ryan konnte es nicht lassen, weiterzubohren. Offensichtlich hatten Fushidas Recherchen richtiggelegen – Mia war das perfekte Opfer für ihren Plan. Sie beherrschte das Hera-System so gut, dass sie es sogar manipulieren konnte. Und das alles von einem einfachen Smartphone aus.

»Ich sagte doch, ich habe ein Händchen für so was«, wich sie seiner Frage aus und startete den Wagen. Die schwarze Limousine glitt aus der Tiefgarage und Mia lenkte sie sicher durch den dichten Berliner Verkehr. »Ich sollte dir das nicht erzählen«, sagte sie schließlich, nachdem sie beide lange geschwiegen hatten. »Entschuldige.«

Sie bat ihn um Verzeihung, weil sie keine Geheimnisse und Informationen der ICD preisgeben wollte. Ryans Herz machte einen Satz nach vorn. Sie gab sich ganz in seine Hände und wollte ihn nicht enttäuschen. So viel Offenheit kannte er nicht, auch nicht diese Art von Hingabe.

»Schon gut«, sagte er und meinte es auch so. Er fühlte sich dreckig, ein Betrüger, der mit ihrem Vertrauen spielte. Er konnte ihr das nicht mehr antun. Ryan atmete tief ein. Kein gebrochenes Vertrauen mehr, keine falschen Spiele. Er würde nicht zulassen, dass sie sich selbst verriet, nur um ihm zu gefallen. Dafür ... liebte er sie zu sehr.

»Alles in Ordnung? Du bist ganz blass«, fragte Mia besorgt, während sie durch die nächtliche Stadt in Richtung des *Chains* fuhren.

»Alles okay. Ich bin nur etwas müde«, erwiderte er flach, aber er wusste genau, woher seine Blässe kam. Ein einziges Wort hatte genügt, um ihn derart aus der Bahn zu werfen.

Mia zuckte mit den Achseln und den Rest der Fahrt über sagte keiner von beiden ein Wort.

Es war Samstagabend, was bedeutete, dass im *Chains* heute mehr Publikum unterwegs war als unter der Woche. Dennoch kamen Ryan und Mia schnell in den Klub hinein, nachdem Ryan dem Türsteher einen Geldschein zugesteckt hatte. Für Ryans Geschmack war der Klub ein wenig zu groß, aber er mochte die Atmosphäre und die abgetrennten Separees, die man für wenig Geld mieten konnte. Die Möglichkeiten zu spielen waren vielfältig und ihm gefiel es, dass er hier seine Fantasien ausleben konnte. Mit Mia.

Sie ging voraus, schob sich durch die Menge an die Bar und drehte sich, dort angekommen, lachend zu ihm um. »Sieh mal, wer heute Dienst hat!«

Im ersten Moment wusste er nicht, was sie meinte, aber dann erkannte er das rote Haar und die leuchtenden Tattoos – Leyla stand hinter dem Tresen und schenkte Getränke an die Gäste aus. Mia schob sich zwischen zwei Männer, die am Tresen gelehnt dastanden, und hob die Hand. Ryan bemerkte die Blicke der beiden, die über Mias halb entblößten Körper wanderten. Das Kleid war fast durchsichtig und darunter trug sie nicht mehr als einen kaum existenten Stringtanga. So auf den Tresen aufgestützt reckte sich ihr kleiner straffer Po von ganz allein in die Höhe, und einer der Männer wollte offensichtlich prüfen, ob er wirklich so prall war, wie er aussah.

Ryan schob sich an der Menge vorbei und stellte sich eilig hinter Mia. Der Mann mit der erhobenen Hand sah überrascht zu ihm auf und wandte sich dann rasch ab, als er Ryans düsterem Blick begegnete. Der andere tat so, als hätte er nichts davon mitbekommen.

Ryan atmete tief durch, legte seine Hände um Mias Hüften und drückte sich deutlich gegen ihre Kehrseite. Überrascht warf sie einen Blick über ihre Schulter, schien seinen kleinen Übergriff aber nicht unangenehm zu finden. Sie wandte sich wieder der Bar zu und jetzt hatte auch Leyla sie entdeckt. Die Barfrau kam mit einem breitem Lächeln zu ihnen herüber, zwinkerte Ryan zu und begrüßte dann Mia. »Schön, euch zusammen hier zu sehen! Wer hätte das gedacht?«

Mia zuckte mit den Schultern und Ryan beobachtete interessiert, was diese Bewegung mit ihren Brüsten machte. »Ich nicht«, sagte sie dabei.

Leyla streckte die Hand aus und zupfte mit dem Finger an Mias Halskette. »Und ihr habt es gleich richtig offiziell gemacht. Ich nehme an, du bist jetzt seine ...«

»Sub, ja«, vollendete Mia ihren Satz, und die Genugtuung in ihrer Stimme ließ auch den letzten Rest von Ryans Widerstand schwinden. Er legte seine Hand um Mias Taille und strich über das Korsett.

Leyla warf ihm einen Blick zu, eine Mischung aus Bedauern und kollegialer Freude. »Dann gebe ich euch mal einen aus, zur Feier des Tages. Und vergiss nicht«, sie zwinkerte Ryan wieder zu, aber ihre Worte galten Mia, »wenn du ihn doch mal ausleihen willst – ich bin gerne dabei.«

Die Barkeeperin wandte sich ab und Mia drehte sich zu Ryan um. »Hat sie mich er... oh, stimmt ja, die Augenbinde und die Ohrstöpsel.«

Ryan lachte, die Hände wieder auf Mias Hüften. »Ich sagte doch, sie hat dich weder gesehen noch gehört.«

»Nicht schlecht.« Mia schnalzte anerkennend mit der Zunge.

In diesem Moment entdeckte Ryan jemanden. Nur aus den Augenwinkeln und nur für eine Sekunde, aber das genügte. Er wandte sich wieder Mia zu, um herauszufinden, ob sie es auch gesehen hatte, aber sie hatte sich schon wieder zu Leyla umgedreht und nahm ihr zwei Flaschen Tequila-Bier ab. Ryan strich ihr kurz über die Schulter, raunte ihr ein »Ich bin gleich wieder da« zu und schob sich hastig durch die Leute, hin zum Ausgang, immer weiter in die Richtung, in die er die Gestalt hatte gehen sehen. Im Vorraum war es noch immer voll, Besucher kamen und gingen. Aber dort stand, halb verborgen zwischen einer hohen Topfpflanze und einem Vorhang, ein hochgewachsener Asiate in einem streng geschnittenen Anzug. Trotz des Halbdunkels im Klub trug er eine Sonnenbrille, die die Hälfte seines Gesichts verdeckte, aber Ryan kannte das Profil auch so gut genug. Er sah sich kurz um, bog dann durch eine Tür ab und fand sich im Treppenhaus wieder. Die Tür fiel hinter ihm ins Schloss und quietschte einige Zeit später wieder, als der Asiate Ryan folgte. »Was willst du hier, Haru? Noch ist der Auftrag nicht beendet«, knurrte Ryan.

»Genau deswegen bin ich hier«, erwiderte der Japaner namens Haru und deutete auf Ryans Armbanduhr. »Zum Glück haben wir vereinbart, dass du den Sender trägst, andernfalls wäre das sicherlich eine böse Überraschung geworden.«

»Sprich nicht in Rätseln – du bringst meine Tarnung in Gefahr.«

Haru nahm die Sonnenbrille ab. Dahinter kamen schmale Augen zum Vorschein, die Ryan aufmerksam musterten. Haru hatte schon immer zu den »Söhnen« gehört, die nicht mit Fushidas laxer Handhabung bezüglich der Ausländer in ihren Reihen einverstanden waren. Ryan hatte mehr als einmal unter Harus Attacken leiden müssen, bis er sich einen Weg nach oben erkämpft hatte, in eine Position, in der nicht einmal der Yakuza ihm etwas anhaben konnte. Seinen Hass aber hatte Haru nie überwunden. »Fushida ist ungeduldig. Wir haben erfahren, dass die Anhörung morgen Nachmittag stattfinden soll. Wir können nicht riskieren, dass die ICD dich doch irgendwie zum Reden bringt. Der Transport wird morgen abgefangen. Fushida will deine kleine ICD-Agentin persönlich sprechen. Er glaubt nicht mehr daran, dass du sie auf unsere Seite ziehen kannst.«

Verdammt.

Unwillkürlich ballte Ryan die Hände zu Fäusten. »Gebt mir noch einen Tag. Ich werde ...«

»Nichts wirst du tun. Morgen werden wir uns der Kleinen annehmen und Fushida wird sie zum Reden bringen. Mia Rot ist der perfekte Schlüssel zu Hera, und sobald sie uns gesagt hat, was sie darüber weiß, ist diese ganze Farce zu Ende.« Haru lächelte, aber es lag nichts Gutes darin. »Du solltest dich freuen. Morgen Abend ist alles vielleicht schon vorbei. Du wirst auf jeden Fall in einem Flieger nach Tokio sitzen und kannst dich von all dem hier erholen. Ist das nichts?«

Ryan presste die Zähne aufeinander. Es kostete ihn all seine Selbstbeherrschung, Haru nicht einfach seine Faust ins Gesicht zu rammen. Stattdessen ließ er den Yakuza einfach stehen und kehrte in den Klub zurück. In seinem Kopf drehte sich alles. Er wusste, wie Fushida Leute zum Reden brachte – der Anblick war alles andere als appetitlich und die Vorstellung, was er mit Mia anstellen mochte ... Er konnte den Gedanken nicht einmal zu Ende denken. Nein, er konnte das nicht zulassen, konnte einfach nicht, er –

Sein Blick fiel auf seine linke Hand. Auf den kleinen Finger. Auf die Narbe daran. Er biss die Zähne zusammen und kehrte zurück an die Bar.

Mia erwartete jeden Augenblick, dass Leyla sagen würde: »Ha, reingelegt! Natürlich wusste ich die ganze Zeit, dass du es warst!«, aber nichts geschah. Leyla erkannte sie nicht. ›Sie hat ja auch nicht dein Gesicht geküsst – vielleicht solltest du ihr den unteren Teil deines Körpers zeigen.‹ Der Gedanke ließ

Mia leise prusten, was ihr einen verwirrten Blick von Leyla einbrachte. Sie öffnete gerade den Mund, um etwas zu Mia zu sagen, doch in dem Moment kam Ryan wieder. Mia strahlte, als sie ihn sah, aber sie spürte selbst, wie ihr Lächeln verschwand, als sie in sein Gesicht sah. Er war leichenblass, und in seinen Augen lag etwas Gehetztes. »Stimmt etwas nicht?«, fragte sie ihn.

»Nein. Lass uns gehen, ich erkläre dir später, was los ist.«

Mia konnte ihre Enttäuschung nicht verbergen, aber in diesem Moment überwog die Sorge. Ryan sah aus wie ein Gespenst. Was hatte ihn nur so erschreckt?

Leyla sah sie fragend an, aber Mia schob ihr das Bier hin. »Sorry, wir müssen gehen.«

»Okay. Bis zum nächsten Mal«, verabschiedete Leyla sich, aber Mia hörte sie nur noch mit halbem Ohr. Stattdessen nahm sie Ryans Hand und schob sich mit ihm in Richtung Ausgang. Kurz bevor sie den Klub verließen, schreckte Ryan auf und sah sich hastig um, als fürchtete er, dass sie jemand aufhalten könnte, aber sie kamen unbehelligt bis nach draußen. »Also, was ist los?«

»Nein, nicht hier.« Er wirkte noch immer völlig aufgelöst und zog sie hastig mit sich zum Auto. »Lass uns fahren. Jetzt.«

Mia runzelte die Stirn, und ihre Sorge verwandelte sich in echte Angst. Sie öffnete die Autotür und glitt hinter das Lenkrad. Ryan folgte ihr hastig und schlug die Tür so laut hinter sich zu, dass es knallte. »Fahr«, murmelte er tonlos und sie gab Gas. Die Reifen heulten gequält auf, aber der Wagen schoss nach vorn, in die dunkle Nacht und weg vom *Chains*.

Mia zwang sich, Ryan nicht mit Fragen zu überschütten, aber sein gehetzter Blick machte ihr Angst. Was hatte er gesehen, oder besser, wen hatte er gesehen? Jemanden aus der

Yakuza? Hatten sie ihn gefunden? Aber warum lebte er dann noch? Vielleicht hatten sie ihn nicht gesehen?

Es waren alles nur Spekulationen, aber Mia bekam ihren Kopf einfach nicht still. Sie verfluchte sich, dass sie seiner Idee nachgegeben und mit ihm das Safe House verlassen hatte. Genau vor solch dummen Fehlern hatten sie Matt und Emilia immer gewarnt, und zum ersten Mal wünschte Mia sich, dass sie auf die beiden gehört hätte.

Irgendwann während der Fahrt öffnete Ryan sein Fenster. Aus den Augenwinkeln sah sie, wie er sich an seinem Handgelenk zu schaffen machte, und kurz darauf flog seine Uhr aus dem Fenster und auf die Straße. Mia verzog das Gesicht. Es konnte verschiedene Gründe haben, warum er das tat, aber mindestens einer davon gefiel ihr nicht besonders. Sie würde ihn später darauf ansprechen, nachdem er ihr erklärt hatte, was genau vor sich ging.

Sie fuhr so schnell wie nur möglich zurück zum Haus und in die Tiefgarage. Ryan hatte noch immer kein Wort gesagt, aber als sie den Aufzug erreichten, atmete er hörbar aus. Mia brach es das Herz, ihn so zu sehen. Vorsichtig hob sie die Hand und berührte seine Schulter. Ryan zuckte zusammen, sah sie aber dankbar an. In diesem Moment öffnete sich der Aufzug mit einem leisen Klingeln. In der Kabine stand Matt.

20

Wie du dich auf so eine Dummheit einlassen kannst, geht mir einfach nicht in den Schädel«, brummte Matt und lief vor dem Sessel auf und ab, in dem Mia saß. Die hatte die Knie eng an den Leib gezogen und kam sich vor wie ein Kind, das von seinem Vater ausgeschimpft wurde. Matt war aber nicht ihr Vater, sondern ihr Freund, und auch wenn er genau das aussprach, was sie sich selbst vorwarf, so hatte er doch kein Recht, so mit ihr zu reden.

»Du machst selbst ständig Dummheiten«, erwiderte sie und hoffte nur, dass man nichts durch die Tür hören konnte. Ryan hatte sich in sein Schlafzimmer zurückgezogen und sie wollte nicht, dass er das hier mitbekam.

»Zum Beispiel?«

Mia deutete auf das Pflaster, das noch deutlich sichtbar auf Matts Schläfe prangte. Er schnaubte, hatte aber wenigstens den Anstand, rot zu werden.

Sie entfaltete ihre langen Beine und stützte die Arme auf den Knien ab. »Hör mal, Matt, ich gebe zu, es war eine dumme Idee. Ich hätte mein Wissen über Hera nicht für solche Zwecke einsetzen sollen. Ich weiß, in was für eine Gefahr ich Ryan und mich gebracht habe, und es tut mir leid. Aber ich fürchte ...«, sie stockte, suchte nach Worten. »Ich glaube, er hat etwas gesehen, oder jemanden.«

Matts Wut verflog sofort und sie sah, wie er direkt ernster wurde. Das war kein Geplänkel oder die ewige Streiterei zwischen zwei Freunden. Das war eine Angelegenheit der ICD. »Jemanden von der Mafia.«

Mia zuckte mit den Schultern, nickte aber dann doch. »Ich schätze, ja«, fuhr sie so leise fort, dass nur Matt sie hören konnte. »Ich habe noch nicht viel aus ihm herausbekommen können, aber er hat ausgesehen wie ein Geist.«

»Scheiße«, murmelte Matt. Er sah auf seine Armbanduhr. »Wir können den Transport nicht vorverlegen, aber zum Glück ist es in knapp fünf Stunden ohnehin so weit. Sobald er in Edinburgh ist, haben wir auch ein größeres Aufgebot an Agenten und Equipment, um ihn zu schützen. Die Yakuza bekommt ihn nicht, bevor er uns nicht alles gesagt hat, was er weiß.«

Matts Worte und wie er sie aussprach ließen Mia das Gesicht verziehen, aber sie wollte keinen neuen Streit vom Zaun brechen. Er sah sich im Esszimmer um. »Gibt es hier keine Couch?«

»Wieso?«

»Ich bleibe den Rest der Nacht hier. Das ist sicherer. Den Wachen traue ich nicht – die lassen sich zu schnell ablenken.«

Mia schnaufte amüsiert. »Durch einen fingierten Türalarm beispielsweise?«, zog sie ihn auf, aber Matt wirkte absolut nicht so, als wäre er zu Scherzen aufgelegt. Sie hob beschwichtigend die Hände. »Schon gut. Du kannst in meinem Bett schlafen, ich übernachte bei Ryan.«

Matt legte den Kopf schief und sah zu der Tür, hinter der Ryan verschwunden war. »Bist du sicher, dass das eine gute Idee ist?«

Sie musste an Ryans Gesicht denken, den Ausdruck darin – er hatte Angst gehabt, echte Angst, und sie wusste, wie tröstlich Nähe sein konnte. Wenn auch nur für eine Nacht. »Ja«, antwortete sie entschlossen. »Mach dir um mich keine Sorgen.«

Matt rieb sich über den Nacken und zuckte zusammen, als er versehentlich das Pflaster in seinem Gesicht streifte. »Na, meinetwegen. Sind ohnehin nur noch ein paar Stunden.« Er lächelte schief. »Und seid nicht zu laut, ich muss auch noch etwas Schlaf abbekommen.«

Mia lächelte und verdrehte gespielt die Augen, aber er wusste ebenso gut wie sie, dass sie froh war, ihn in ihrer Nähe zu wissen. Ryans Angst hatte sie erschreckt, und sie fühlte sich wesentlich sicherer, seit Matt in der Wohnung war. Dankbar küsste sie ihren besten Freund auf die Wange. »Gute Nacht.«

Er nickte. »Bis morgen.«

Mia löschte die Lichter im Esszimmer und in der Küche und schlüpfte in der Dunkelheit in Ryans Zimmer. Er hatte die meisten Lichter ebenfalls gelöscht, bis auf eine kleine diffus flackernde Kerze auf dem Fensterbrett. Er wirkte nicht einmal überrascht, sie hier zu sehen. Ryan trug noch immer die Lederhose, hatte sich aber ein Shirt übergestreift und lag auf dem Bett. Die Hände hatte er unter dem Hinterkopf verschränkt und sah Mia dabei zu, wie sie sich dem Bett näherte. Vorsichtig kniete sie sich darauf, direkt neben ihn. »Rede«, sagte sie selbst für sich unerwartet streng.

Einen Moment lang glaubte sie, Ryan würde einfach nichts sagen und sie anschweigen, aber dann: »Du hattest recht. Ich habe einen meiner ehemaligen Kameraden getroffen.«

Also doch. In Mias Magengrube bildete sich ein eiskalter Knoten.

»Hat er dich gesehen?«

Ryan schüttelte den Kopf. »Ich glaube nicht. Aber sicher bin ich mir auch nicht.«

»Hast du deswegen die Uhr weggeworfen?«

Er zuckte zusammen. »Wahrscheinlich war ein Sender darin. Ich wollte auf Nummer sicher gehen.«

Mit einem Mal packte Ryan sie um die Taille und zog sie zu sich heran. Er hatte sich aufgesetzt und vergrub das Gesicht an ihrem Hals. Er atmete schwer und rau und hielt sie so fest an sich gedrückt, dass sie Schwierigkeiten bekam, Luft zu holen. »Ryan?«, fragte sie leise.

Er begann, ihren Hals zu küssen, drängend, leidenschaftlich und mit einem Hunger, den sie bisher noch nie an ihm erlebt hatte. Ryan schien kaum genug von ihrer Haut bekommen zu können, er küsste, leckte und biss hinein, bis Mia ein heiserer Schrei entfuhr. Sie presste die Hand vor den Mund und versuchte, nicht zu laut zu werden, aber Ryan wusste, wo ihre empfindlichsten Stellen waren. Er liebkoste ihren Hals, fuhr mit den Händen über ihren Körper und umfasste ihren Po so fest, dass ihr trotz ihrer vor den Mund gepressten Hand ein erschrockener Laut entfuhr. »Ryan«, flüsterte sie in das Halbdunkel. »Ryan.«

Er glitt mit den Händen wieder höher, hinauf bis zu der Rückseite ihres Korsetts und zog an den Schnüren. Der Knoten darin löste sich und ungeduldig zog er die einzelnen Laschen auseinander, bis er den Verschluss auf der Vorderseite öffnen und Mia das Korsett ausziehen konnte. Die kühle Luft an ihrer Haut ließ sie aufjapsen. Ryan drückte sie auf das Bett, packte ihre Handgelenke und beugte sich über sie. Wie besessen küsste und leckte er ihre Brüste, deren Nippel sich fast durch den durchsichtigen Stoff bohrten. Mia wurde schwindelig vor Erregung. Sein plötzlicher Sinneswandel kam so überraschend, dass sie kaum Zeit hatte, darauf zu reagieren. Wo war seine Angst hin? Hatte er sie einfach verdrängt? Die Antwort erhielt sie, als er den Kopf hob, um sie anzusehen. Angst, Sorge – beides war noch da, lauerten im Hintergrund und schienen auf den richtigen Moment zu warten, um Ryan wieder übernehmen zu können.

Mia biss sich auf die Unterlippe. »Einsiedler«, sagte sie leise.

Ryan verzog das Gesicht und wich hastig zurück. Der Druck auf ihre Handgelenke verschwand und Ryan rutschte so hastig vom Bett, dass Mia schon fürchtete, er wäre gestürzt. Aber Ryan kam taumelnd auf die Beine und wich noch weiter zurück, bis er mit dem Rücken an der Wand stand. Er hielt sich die Hände vor das Gesicht und gab einen erstickten Schrei von sich, der Mia bis ins Mark fuhr.

Hastig stand sie auf und näherte sich ihm so vorsichtig wie einem verletzten wilden Tier. »Ryan?«

Er antwortete nicht, gab auch sonst kein Zeichen von sich, ob er sie gehört hatte oder nicht. »Es tut mir so leid«, sagte er immer wieder, das Gesicht vor ihr verborgen. »Verdammt, es tut mir so leid.«

Mia wagte es, ihn zu berühren, und Ryan riss sie so unerwartet und schnell an sich, dass ihr die Luft wegblieb. »Mia«, flüsterte er und wieder: »Mia.«

»Ich bin hier.«

Er hob den Kopf und sah ihr in die Augen. Er war noch immer blass, aber etwas von dem gehetzten Tier in seinem Blick war verschwunden. Er lächelte traurig. »Ja, das bist du.« Rasch wurde er wieder ernst. »Ich wollte dich nicht in diese Situation bringen.«

»Das warst du nicht allein. Ich habe ja zugestimmt.«

»Doch, es ist meine Schuld. Meine ganz allein.«

Mia seufzte. »Es ist doch alles gut ausgegangen. Morgen wirst du …«

»Du verstehst nicht«, gab er laut zurück.

»Dann erkläre es mir!«

Für einen Moment war es möglich. Mia sah, wie es in ihm arbeitete, wie die Gedanken in seinem Kopf hin- und hersprangen, aber dann schüttelte er den Kopf. »Ich ertrage die Vorstellung nicht, dass dir etwas passieren könnte.«

»Wird mir denn etwas passieren?«

»Ich weiß es nicht. Ich weiß es einfach nicht. Aber ich befürchte, wenn es geschieht, kann ich dich nicht beschützen.«

Mia strich über seine Wange. »Langsam machst du mir wirklich Angst. Denkst du nicht, dass ich auf mich selbst aufpassen kann?«

»Sie konnte es nicht.« Es schien, als hätte er diese Worte gar nicht sagen wollen, als hätten sie sich einfach unbemerkt aus seinem Mund gestohlen und als bereute er bereits, sie gesagt zu haben.

Unwillkürlich fuhr Mias Hand zu ihrem Hals und berührte die Kette mit dem Ring daran. »Naomi?«

Er nickte. »Sie konnte sich nicht verteidigen und ich war nicht da, um es für sie zu tun. Sie ... sie starb bei einer Schießerei zwischen der Polizei und ein paar Drogendealern.« Ryan fuhr sich durch das Haar, einzelne Strähnen lösten sich trotz des Gels und fielen ihm in die Augen. »Es war ein verdammter Zufall, sie ist nur zufällig in die Schießerei geraten, weil sie auf dem Weg zu mir war, aber es reichte ... ein Querschläger zerfetzte ihr die Leber. Sie ist verblutet, noch bevor der Krankenwagen da war.«

Die Worte legten sich wie Steine in Mias Magen, drückten sie mit ihrem Gewicht tiefer, bis sie glaubte, an Ryans Enthüllung ersticken zu müssen. »Du gibst dir die Schuld?«, fragte sie.

»Wem sonst?«

Mia runzelte die Stirn. »Das fragst du wirklich?« Sie krallte ihre Hand in sein Haar, suchte dort Halt. Es musste schmerzen, aber Ryan verzog nicht einmal das Gesicht. »Du hast weder die Pistole abgefeuert, aus der der Querschläger kam, noch hast du sie dort liegen lassen, damit sie verblutet. Du hast sie nicht gegen ihren Willen gezwungen, zu dir zu kommen und dabei diesen Weg zu nehmen. Es war ihre freie Entscheidung, dich zu besuchen, ihre allein. Das hast du mir beigebracht: Meine Entscheidungen gehören zu mir, mit allen Konsequenzen. Das ist die Freiheit, die ich als Sub und als Mensch habe. Und wenn Naomi auch nur einen Funken Verstand hatte, dann wusste sie das auch.«

Mia war zum Schluss immer lauter geworden. Ryan sagte gar nichts mehr, sondern starrte sie nur an. Behutsam legte sie ihre Hände um sein Gesicht und führte seinen Blick zurück zu ihr. »Jede einzelne Entscheidung von diesem Punkt an treffe ich selbst. Ich weiß, dass es gefährlich war, heute Nacht in den Klub zu gehen, und ich weiß, dass es gefährlich ist, mich weiter auf dich einzulassen. Ich weiß es wahrscheinlich sogar besser als du. Aber genau das ist meine Wahl. Ich habe die Freiheit, mich zu entscheiden, und ich entscheide mich dafür, keine Angst zu haben.« Sie leckte sich über die Lippen und sah ihn an. »Ich will bei dir bleiben, Ryan. Nicht nur … nicht nur als deine Sub, sondern mit allen Konsequenzen. Ich will zu dir gehören.«

Mit jedem einzelnen Wort öffnete sich vor ihrem inneren Auge die Gewissheit über das, was sie schon lange gewusst, sich aber nicht einzugestehen getraut hatte. Sie empfand mehr, so viel mehr für Ryan, als nur die Ergebenheit einer Sklavin gegenüber ihrem Herrn. Ryan war nicht nur ein Mittel zum Zweck, nicht nur ein Helfer dabei, ihre sexuellen Bedürfnisse zu befriedigen. Er war ein Mann, dem Mia vertraute, dem sie mehr schenken wollte als nur ihren Körper und ihre Hingabe. Sie liebte Ryan.

Fassungslos sah er sie an, wahrscheinlich ebenso überrascht über ihr Geständnis wie sie selbst.

Mia wusste nicht, was geschehen würde. Jetzt lag es an Ryan. Sie wagte kaum zu atmen, aber dann zog er sie an sich, küsste sie zärtlich, suchend, bot ihr Trost und wurde getröstet.

Mia schlang die Arme um seinen Nacken und ließ sich von ihm hochheben. Behutsam trug er sie zum Bett und legte sie darauf ab. Er betrachtete sie, als wollte er sich jede Einzelheit ihres Körpers einprägen – es war der Beginn ihres Spiels und doch so ganz anders. In Ryans Blick lag mehr als nur Lust, aber es war keine Angst mehr oder Sorge. Sie konnte dem Gefühl noch keinen Namen geben, aber die Intensität, mit der er sie betrachtete, sandte Schauer über Schauer über ihren Körper. »Mia«, flüsterte er an ihrem Ohr, koste ihren Hals und verschob den Stoff ihres Kleides auf ihrem Körper. »Mia, meine Mia.«

Wann immer er ihren Namen aussprach, spürte Mia ein erregtes Pochen zwischen ihren Schenkeln, und es wurde mit jedem Mal stärker. Sie wand sich auf dem Bett, bäumte sich seinen Berührungen und seinen Küssen entgegen, während er ihren Körper erforschte. Willig öffnete sie ihre Schenkel für ihn, und er ließ seine Hand zwischen die Seidenstrümpfe gleiten. Er rieb sie durch den Stoff ihres durchtränkten Slips hindurch und Mia biss sich fast die Lippen blutig, aus Angst, zu laut zu werden und Matt damit aufzuschrecken.

Ryan sah das und runzelte die Stirn. Er stand auf, ging zum Schrank und kehrte kurz darauf mit dem Knebel aus der Schachtel zurück. Seine Augen stellten eine Frage, die Mia mit einem heftigen Nicken beantwortete. Sie war froh, ihn wieder lächeln zu sehen, und ein Teil von ihr konnte es kaum erwarten, den Knebel auszuprobieren. Es kam ihr selbst seltsam vor, als sie daran dachte, wie unwohl ihr bei dem Gedanken gewesen war, sich nicht verständigen oder das Safeword sagen zu können. Jetzt aber war sie aufgeregt und konnte es kaum erwarten, es auszuprobieren.

Ryan packte ihr Kleid und riss es herunter. Der feine Stoff bot ihm kaum Widerstand und schnell lag Mia auf den Fetzen ihres Kleides, nur noch mit Slip und Seidenstrümpfen bekleidet. Sie zitterte und hielt ihren Blick auf Ryan gerichtet. Er holte ein Seil aus dem Nachttisch neben dem Bett. »Leg die Arme über den Kopf.«

Atemlos kam sie seiner Aufforderung nach und spürte bald das vertraute Ziehen und Reiben des Seils auf ihrer Haut. Geübt fesselte er ihre Handgelenke und band sie am Bettrahmen fest, sodass Mias Arme weit über ihren Kopf gestreckt waren und sie selbst ihm völlig hilflos ausgeliefert. Ryan betrachtete seine Arbeit, fuhr mit dem Verschluss des Knebels über Mias Körper. Die Metallschnalle blieb kurz an ihren aufgerichteten Nippeln hängen und entlockte Mia trotz aller Vorsicht ein lautes Stöhnen. Ryan lächelte. Er beugte sich zu Mia herunter und schob ihr unendlich zärtlich die Kugel zwischen die geöffneten Lippen. Sie schmeckte scharf nach Latex und Gummi, aber Mia nahm sie willig auf und vergrub instinktiv die Zähne darin, um den Knebel an Ort und Stelle zu halten, während Ryan die Lederriemen hinter ihrem Kopf befestigte.

Mia versuchte, sich an das ungewohnte Gefühl zu gewöhnen. Ihr Kiefer zog etwas durch die ungewohnte Haltung, aber es half, in den Ball zu beißen. Ein wenig Speichel sammelte sich in ihrem Mundwinkel. Sie versuchte zu sprechen, aber alles, was aus ihrem Mund kam, war ein gedämpftes Zischen.

Ryan kniete mit gespreizten Beinen über ihr. Seine Finger

glitten über die Kette an ihrem Hals, ihr Kinn hinauf bis zu dem schwarzen Knebel. »Er steht dir wirklich gut«, sagte Ryan mit einem schmalen Lächeln, das sich aber rasch wandelte. Sein Blick wurde zärtlicher und er küsste sie behutsam auf die Wange. »Hab keine Angst«, sagte er leise an ihrem Ohr. »Ich habe dir ein Versprechen gegeben. Ich werde dir niemals wehtun.«

Sein Versprechen – nur verschwommen erinnerte sie sich noch an seine Worte, aber das Gefühl von Sicherheit, das er ihr damit eingeflößt hatte, daran erinnerte sie sich nur allzu gut. Dieses Gefühl war noch immer da, stärker sogar. Sie wollte es ihm sagen, wollte ihm sagen, dass sie ihm vertraute, aber der Knebel machte es unmöglich.

Ein scharfer Schmerz zuckte durch ihre Brust, und diesmal war sie froh, dass der Knebel ihren Schrei dämpfte. Ryan hatte sie fest in die Brustwarze gekniffen und küsste sie beruhigend, bis der Schmerz verklang. Mia atmete gehetzt, durch den Knebel bekam sie nicht so viel Luft durch den Mund, aber das war egal. Ihr Denken verschob sich, all ihre Gedanken konzentrierten sich zwischen ihren Beinen. Sie wollte ihn in sich spüren, sie wollte ihm mit ihrem ganzen Körper zeigen, was sie empfand. Er sollte verstehen, dass sie ihm gehörte – mit Haut und Haar.

Ryan wandte sich der anderen Brustwarze zu und an ihrem Schenkel konnte Mia fühlen, dass auch Ryan erregt war. Durch das Leder seiner Hose rieb sich seine harte Beule an ihrem Schenkel, und Mia wünschte sich nichts sehnlicher, als ihn endlich in sich zu spüren. Sie brauchte kein Vorspiel, keine Spiele mehr – jetzt wollte sie nur ihn. Ryan.

Frustriert, dass sie ihm das nicht sagen konnte, wand sie sich unter ihm.

»Schon wieder so ungeduldig?«, fragte er sie neckend.

Mia sah so flehend zu ihm auf, wie es ihr möglich war. Er küsste ihre Stirn und rutschte tiefer an ihrem Körper herab. »Du hast Glück«, wisperte er. »Heute kann ich auch nicht mehr warten.«

Gänsehaut überzog Mias Körper. Sie biss fester in den Knebel und spreizte ihre Beine, so weit sie nur konnte. Ihre Finger umschlangen die Fesseln, klammerten sich daran fest und suchten Halt, als Ryan ihren Slip beiseiteschob und mit einem einfachen, festen Stoß in sie eindrang. Sie schrie gegen den Knebel an, aber er ließ kaum etwas von ihrem Schrei nach außen dringen. Mia wand sich unter Ryan, glaubte, allein durch das Gefühl seines harten, festen Schwanzes in sich kommen zu können. Sie hob die Beine an, überkreuzte die Schenkel auf seinem Hintern und schob ihm ihren Schoß so begierig entgegen, dass sie sich selbst einige Zentimeter vom Bett hochstemmte.

Ryan packte ihre rechte Brust und zog harsch an dem Nippel. Mia wimmerte.

»Still!«, befahl er. »Du wirst dich nicht bewegen, bis ich es sage, verstanden?«

Sie sah zu ihm auf, aber er meinte es ernst. Mia nickte ergeben, auch wenn es sie jedes Quäntchen Selbstbeherrschung kostete, sich seinem Befehl nicht zu widersetzen. Ryan steckte bis zum Anschlag in ihr und auf seinem Gesicht lag ein Ausdruck reinen Friedens. Seine Hände glitten über ihren nackten Oberkörper, fuhren seine Konturen, seine Formen nach, jedes Tal und jeden Gipfel, bis sie schließlich in der Grube ihres Schoßes zusammenfanden. Mia atmete fester, ihr Blick flog zwischen Ryan und dem, was seine Finger taten, hin und her.

Quälend langsam packte er ihren Slip mit der linken Hand und zog ihn straff. Der Stoff grub sich tief zwischen Mias

Schamlippen und rieb auch über Ryans Schwanz. Sie ächzte, mehr noch, als die Fingerspitzen seiner rechten Hand ihre Klit fanden. Sie japste, keuchte und hörte selbst, das nichts davon klar zu erkennen war. »Naah!«

Ryan sah auf sie herab, er musste spüren, wie sie sich immer wieder um seinen Schwanz verengte, wenn er sie so verwöhnte. Auf seiner Stirn glänzte feiner Schweiß und er keuchte. »Jetzt«, sagte er mit heiserer Stimme und ließ den Slip los, nicht aber die empfindliche Perle zwischen ihren Schenkeln. »Beweg dich. Jetzt.«

All ihre Lust, all ihre Sehnsucht nach ihm brach sich Bahn. Wie besessen bewegte Mia ihren Schoß, tanzte regelrecht auf seinem Schwanz. Sie bewegte sich wie in Trance, gesteuert nur noch von einem einzigen Trieb: der Gier nach einem Orgasmus. Sie biss auf den Knebel, als schon nach wenigen Stößen ihr Höhepunkt nahte. Sie war hilflos, flog geradewegs darauf zu, aber es zählte nicht mehr, nichts zählte mehr als dieser Augenblick. Mit einem letzten tiefen Stoß, in dem sie sich selbst auf ihn sinken ließ, kam sie, und diesmal konnte nicht einmal der Knebel die Intensität ihres Schreis ersticken.

21

Der nächste Morgen war kalt und unwirtlich. Mia schlug den Kragen ihres Trenchcoats hoch, um sich vor dem beißenden Wind zu schützen. Ryan ging neben ihr, den Arm um ihre Schultern gelegt, den Blick fest nach vorn gerichtet. Hinter sich hörte Mia Matt, der sich leise mit einem weiteren Agenten unterhielt. Die Eskorte zum Flughafen Tegel war bewusst so klein wie möglich gehalten, um keine Aufmerksamkeit zu erregen. Die private Maschine befand sich auf dem abgelegenen Militärteil des Flughafens.

Der Agent war mit der Limousine direkt bis auf das Rollfeld gefahren – der schwarze Wagen stand etwas abseits und schien nur darauf zu warten, dass sie zurückkehren und wieder zurückfahren konnten. Mia erinnerte sich nur zu gut an den Moment, als sie aufgewacht war: Sie hatte in Ryans Armen gelegen, aber mit einem Schlag war alles über sie hereingebrochen. Sie hatte sich zwar zu ihren Gefühlen für ihn bekannt, aber es gab keine Zukunft für sie. Sie standen auf verfeindeten Seiten, und sobald sie Ryan bis nach Edinburgh begleitet und der dortigen Dienststelle übergeben hatte, wäre es vorbei. Sie würde ihn nie wiedersehen, schon zu seinem eigenen Schutz.

Jeder Schritt auf das Flugzeug zu erschien ihr wie durch eiskaltes Wasser. Auch Ryan bewegte sich langsam, als wollte er den Abflug verzögern und ihnen beiden damit noch einige letzte kostbare Augenblicke zu zweit ermöglichen. Am liebsten hätte sie geweint oder geschrien, irgendetwas, um ihn bei sich zu behalten. Sie war kein Kind mehr, sondern ein vollwertiges Mitglied der ICD. Es gehörte zu ihren Pflichten, einen Kronzeugen zu beschützen, auch wenn das bedeutete, ihn gehen zu lassen.

Kurz vor dem Flugzeug legte Matt seine Hand auf Mias Rücken. »Wir gehen vor. Wartet noch kurz hier draußen«, sagte er, aber Mia wusste genau, was er ihr eigentlich damit sagen wollte: Er schenkte ihr die letzten Augenblicke zu zweit, ohne dass sie sich von ihm oder einem anderen Agenten beobachtet fühlen mussten. Dankbar nickte sie, und Matt verschwand mit einem letzten Blick auf sie und Ryan im Flugzeug. Ryan nickte ihm ebenfalls zu, bis er nicht mehr zu sehen war, und zog Mia dann in seine Arme. Sie konnte nicht mehr verhindern, dass Tränen ihre Augen füllten, und senkte hastig den Blick, damit er es nicht sah.

»Sieh mich an.« Es war kein Befehl, es war eine heiser ausgesprochene Bitte. Mia hob den Kopf und begegnete seinem Blick. »Das, genau das, werde ich wohl vermissen«, sagte sie und fürchtete schon, dass ihr die Stimme versagen würde.

»Was, das Herumstehen auf zugigen Flughäfen?«

Sie lachte und schüttelte den Kopf. »Vielleicht ... nein. Nein, das. Wie du mich immer ansiehst.« Sie sah auf und ertrank in dem Blau seiner Augen. Ryan fuhr mit den Lippen zärtlich über ihre Wange, ehe er ihren Mund fand. Sie nahm seinen Kuss auf, eine Frau, die sich an sonst nichts klammern konnte als an das. Er hielt sie, gab ihr, was sie brauchte, und sie nahm es entgegen.

»Es ist so weit!«, rief die Stimme des Agenten aus dem Flugzeug. Er stand auf der hohen Zugangstreppe und winkte sie herauf, erstarrte aber mitten in der Bewegung. Sein Blick ging in die Ferne, wurde glasig und brach. Im ersten Moment verstand Mia nicht, was genau passiert war, aber dann breitete sich ein großer Fleck auf der Brust des Mannes aus und färbte sein weißes Hemd blutrot.

Mia riss sich von Ryan los und tastete unter ihrem Trenchcoat nach dem Holster ihrer Waffe. Hastig zog sie ihre Glock heraus und drehte sich mit dem Gesicht in die Richtung, aus der der Schuss gekommen sein musste. Sie konnte niemanden erkennen, aber es gab mehrere hohe Gebäude, auf denen sich ein Scharfschütze problemlos verstecken konnte.

Ein weiterer Schuss zerriss die Luft. Die Kugel raste durch die Luft und schlug pfeifend in die Verkleidung der Zugangstreppe ein, nur wenige Zentimeter neben Mias Kopf. Instinktiv warf sie sich zur Seite. »Ryan, lauf zum Auto, ich muss Matt holen!«, keuchte sie.

»Vergiss es, ich lasse dich nicht als Zielscheibe hier herumlaufen.« Er sah sich hastig um. »Sie wollen mich. Ich bleibe hier und biete ihnen ein Ziel, du holst das Auto und kommst her.«

»Aber Matt ...«

»Ich kümmere mich um ihn. Los.«

Mia sah zu dem Mann, der auf der Treppe zusammengebrochen war. Der Blutfleck lag genau über dem Herzen und sie ahnte, dass für ihn jede Hilfe zu spät kam. Aber Matt konnte sie retten.

Mia dachte nicht lange nach, sondern rannte los. Zwischen dem Flugzeug und dem Wagen lagen gut fünfhundert Meter. Fünfhundert Meter, auf denen sie ein frei bewegliches Ziel abgab, Freiwild für jeden Scharfschützen. Aber Ryan hatte recht – höchstwahrscheinlich war er das Ziel des Schützen und es war besser, wenn er beim Flugzeug und in Deckung blieb.

Mia sicherte ihre Waffe, steckte sie fahrig ins Holster und begann zu rennen. Sie lief im Zickzack über den Asphalt, den

Kopf tief zwischen die Schultern gezogen, und kämpfte gegen den Drang an, sich umzudrehen und zu Ryan und dem Flugzeug zurückzuschauen.

Noch nie war ihr ein kurzer Weg so lang vorgekommen. Immer wieder hallten imaginäre Schüsse durch ihren Kopf und sie rechnete jede Sekunde damit, ein auf mehrere hundert Stundenkilometer beschleunigtes Geschoss ins Herz gejagt zu bekommen. Ihr eigenes Blut dröhnte in ihren Ohren, aber dann endlich erreichte sie den Mercedes. Er war noch auf ihren Daumenabdruck eingestellt und sie schickte ein Stoßgebet an jeden einzelnen Heiligen, der ihr einfiel. Aber gerade, als sie die Tür aufgerissen hatte, packte sie jemand am Arm und riss sie so heftig von dem Wagen weg, dass sie schon fürchtete, ihr Arm wäre ausgekugelt. Hinter ihr stand ein Mann, groß, dünn und offensichtlich asiatisch: Er trug einen Anzug in einem schrillen, schimmernden Rot. Er sagte etwas und ein weiterer Mann kam hinter dem Auto hervor. Er war ähnlich gekleidet, aber breitschultriger.

Yakuza.

Mia wand sich und versuchte ihren Arm weit genug zu befreien, um ihre Glock hervorziehen zu können, aber der dünne Mann hatte erstaunlich viel Kraft.

Er lachte hämisch, und sein Kollege sagte etwas zu ihm. Diese Ablenkung reichte ihr. Mia ballte die linke Hand zur Faust, holte aus und schlug ihrem Angreifer mit aller Macht auf den Solarplexus. Er hatte nicht mit einem weiteren Angriff von ihr gerechnet. Zischend atmete er aus und klappte vornüber zusammen. Sein Griff lockerte sich weit genug, um Mia freizugeben, und sie drehte sich aus seinem Griff heraus und ließ ihr Bein hochschnellen. Es traf ihn in der Leiste und das reichte, um ihn aus dem Gleichgewicht zu bringen. Keuchend fiel er zu Boden.

Mia riss die Glock unter ihrem Trenchcoat hervor und zielte damit auf den Mann auf der anderen Seite des Wagens. Er hob die Hände, zum Zeichen, dass er nicht bewaffnet war, aber seine gesamte Haltung zeigte, dass er sie überwältigen würde, wenn sie auch nur eine Sekunde unachtsam war. Dann ertönte wieder ein Schuss. Diesmal war es kein Querschläger, diesmal hatte er etwas getroffen und Mia machte den Fehler zurückzusehen. Sie sah Ryan, der vor Matt stand. Etwas an Ryans Haltung stimmte nicht, er war vornübergebeugt und hielt die Hand auf seine Schulter gepresst. Die Farbe ... er war getroffen worden!

Sie wandte sich um und sah, wie weitere Yakuza aus einem der nahegelegenen Hangars traten und auf die beiden Männer zuliefen.

Ein harter Schlag ließ Mias Kopf zur Seite fliegen und die Glock glitt ihr aus der Hand. Sie taumelte und schmeckte Blut. Ein weiter Schlag, aber diesmal konnte sie darunter hinwegtauchen. Mit dem Schwung ihrer Bewegung warf sie sich blind nach vorn und hatte Glück. Sie riss ihren Angreifer zu Boden und fiel mit ihm auf den harten Asphalt. Es war der Muskulösere der beiden Yakuza. Er kämpfte, versuchte sich von Mia zu befreien, aber die hielt ihn so gut sie konnte auf dem Boden fest. Leider hatte sie die Rechnung ohne den anderen Japaner gemacht. Der hatte sich mittlerweile wieder erholt und richtete sich gerade auf. Er sagte etwas, spuckte aus und streckte die Hand nach Mias Glock aus. Er packte sie und wollte sie gerade anheben, als ihn ein Fuß am Kopf traf. Mit einem erstickten Gurgeln ging er wieder zu Boden und blieb diesmal liegen.

»Bleib ruhig liegen, Kodo«, hörte sie Ryans Stimme. Der Mann unter ihr hörte sofort auf, sich zu wehren, und als Mia einen Blick nach oben riskierte, wusste sie auch, wieso – der

Lauf einer weiteren Glock zielte direkt auf seine Stirn. Mia rappelte sich auf und kam auf die Füße. Sie sah hinüber zum Flugzeug. Matt verschwand in diesem Moment im Inneren des Fliegers, aber die Yakuza hatten ohnehin kein Interesse mehr an ihm. Sie hatten sich in Richtung Ryan und Mia gewandt und brachten die wenigen hundert Meter in schnellem Dauerlauf hinter sich.

»Ins Auto, schnell!«, rief Ryan.

Das musste er ihr nicht zweimal sagen. Mia riss die Tür des Mercedes auf und fiel halb auf den Beifahrersitz. Ryan schob sie weiter, quetschte sich selbst auf den Fahrersitz und schlug die Tür hinter sich zu. Gerade rechtzeitig, denn einer der Yakuza hatte eine Waffe gezogen und eine Kugel prallte kreischend an der Flanke des Wagens ab. »Fahr!«, schrie Mia.

Ryan rammte den Schlüssel des Autos ins Zündschloss und drehte ihn. Der Wagen röhrte auf, machte einen Satz nach vorn und raste über den Flugplatz. »Verdammt.«

»Das kannst du laut sagen«, erwiderte er und gab Gas, als das Tor zum Rollfeld in Sicht kam. Es war noch geöffnet – Matt hatte wohl damit gerechnet, bald wieder den Flughafen verlassen zu können, nachdem er Mia und Ryan mitsamt dem Agenten in den Flieger gesetzt hatte. Der Agent, dessen einzige Aufgabe an diesem Tag gewesen war, sie sicher nach Edinburgh zu bringen, und der jetzt tot auf dem Asphalt lag.

»Wo fährst du hin?«

»Vertrau mir, ich kenne einen Unterschlupf, an dem sind wir fürs Erste sicher. Dann können wir uns überlegen, wie wir weiter vorgehen.«

Mia keuchte und gestattete es sich, für zwei Sekunden durchzuatmen und den Kopf an der Lehne abzustützen. Aus den Augenwinkeln sah sie Ryans Schulter und seine Schusswunde. »Geht es?«

Er sah kurz auf die Stelle, die sie meinte, und nickte. »Wahrscheinlich ein Streifschuss.« Er lächelte sie schief an. »Brennt zwar, lässt sich aber überleben.«

Mia musterte die Menge an ausgetretenem Blut, aber er hatte wahrscheinlich recht. Dennoch mussten sie die Wunde verbinden und wahrscheinlich nähen lassen, um eine Entzündung zu vermeiden.

»Was ist mit Matt?«, fragte sie. »Geht es ihm gut?«.

»Als ich losgerannt bin, ja. Wie es jetzt ist, weiß ich nicht.«

Mia biss sich auf die Unterlippe, aber sie hatte gesehen, auf wen es die Yakuza abgesehen hatten. Wahrscheinlich nahmen sie gerade die Verfolgung auf. Aber sie war sich sicher, dass Matt mittlerweile Verstärkung gerufen hatte. Mia hätte sich selbst dafür ohrfeigen können, dass das gesamte Gepäck bereits im Flugzeug war – ohne ihr Handy konnte sie nicht einmal Kontakt zu Matt aufnehmen oder ihm über Hera übermitteln, wo sie sich befanden.

Ryan kannte den Weg offensichtlich gut – er lenkte den schwarzen Mercedes sicher durch Tegel auf die Stadtautobahn, und als er sie verließ, führte ihr Weg an einigen größeren Verkehrsknotenpunkten vorbei.

Immer wieder blickte Mia in den Rückspiegel. Noch schien ihnen niemand zu folgen, was ihr seltsam erschien. Die Yakuza mussten doch sicherlich mit einem Auto zum Flughafen gefahren sein? Warum waren sie ihnen dann nicht gefolgt?

Ryan sprach kaum noch, er schien sich auf den Weg zu konzentrieren. Mittlerweile befanden sie sich in einer Gegend, die nicht einmal Mia mehr kannte, irgendwo in einem Zipfel von Weißensee. In dieser Ecke der Stadt wurde es immer einsamer. Die Straßen waren kaum breit genug für zwei Wagen und es kam immer seltener vor, dass ihnen hier ein Spaziergänger oder gar ein anderes Auto entgegenkam. Die Familienhäuser verschwanden und machten alten, verfallenen Jugendstilgebäuden Platz, die völlig überwuchert waren. Um die meisten standen Zäune mit den üblichen Verbotsschildern, aber diverse Graffiti und zerbrochene Fenster deuteten darauf hin, dass sie von der hiesigen Jugend einfach ignoriert wurden.

Ryan fuhr langsamer und sah sich immer wieder um, bis er schließlich gefunden hatte, wonach er gesucht hatte. Er stellte den Mercedes hinter einem großen Rhododendron ab und stieg aus. Mia folgte ihm, nicht sicher, was sie von seiner Einsilbigkeit halten sollte.

Sie folgte Ryan hinter einen Bauzaun, der aussah, als stünde er schon seit Jahrzehnten hier. Die Füße aus Beton waren rissig und spröde und auf dem Metall hatte sich bereits Rost gebildet. Der Spalt zwischen dem Tor und dem eigentlichen Zaun war groß genug, dass sowohl Mia als auch Ryan bequem hindurchschlüpfen konnten.

Das Gebäude war von einem zugewucherten Garten umgeben und früher bestimmt einmal beeindruckend und prächtig gewesen, aber nun zeigte es sich im Licht der Morgensonne als verfallene Ruine. Es handelte sich um die Überreste einer Stadtvilla mit auffälliger lindgrüner Farbe, die mittlerweile in großen Fladen von der Außenwand blätterte. Mehrere Erker und Giebel schmückten das Haus, aber viele von ihnen hatten dem Lauf der Zeit nicht standhalten können und waren eingestürzt. Durch die klaffenden Löcher im Gemäuer konnte man in das Innere des Hauses sehen – nackte Wände, beschmiert mit Graffiti, und ein Treppenhaus, aus dem schon vor langer Zeit das hölzerne Geländer gestohlen worden oder einfach weggefault war.

Ein Steinweg führte vom Tor zum Hauseingang, aber die

Platten waren geborsten oder durch Baumwurzeln und allerlei Unkraut verschoben. Es war einfacher, durch das verwilderte Gras neben dem Weg zu laufen.

Ryan ging voran und Mia folgte ihm. Sie war sich nicht sicher, aber etwas an dem Haus, nein, an Ryan, wirkte fremd, nahezu gespenstisch. Sie hatte mehrmals versucht, ihn anzusprechen, aber auch wenn er anfangs noch einsilbig geantwortet hatte, war er mittlerweile vollkommen verstummt und bedeutete ihr nur, ihm zu folgen, wann immer sie zu weit zurückfiel.

Im Innern des Hauses roch es modrig, vermischt mit dem Geruch nach altem Urin und abgestandenem Alkohol. Die hohen Decken und glaslosen Fensterhöhlen ließen viel Licht durch, aber die Büsche und Bäume rings herum schluckten das meiste davon. Viele der Pflanzen hatten die verlassenen Räume bereits für sich beansprucht, ein Kastanienbaum wuchs sogar direkt durch den Kamin im Salon. Ryan ging direkt dorthin und ließ sich auf den staubigen Boden sinken. Er hielt sich die Schulter und verzog das Gesicht. Das war also der Grund für seine Schweigsamkeit. Mia hockte sich neben ihn und beugte sich vor. »Zieh deine Jacke aus, ich will mir das mal ansehen.«

»Schon gut, ich sagte doch …«, setzte er an, aber diesmal ließ Mia sich nicht so einfach abspeisen. »Zieh die Jacke aus, sonst mache ich es.«

Er sah alles andere als begeistert aus, streifte sich aber vorsichtig die Lederjacke ab, die Matt ihm geliehen hatte. Der Ärmel des T-Shirts darunter war ebenso zerfetzt wie die Jacke selbst, und der schwarze Stoff glänzte nass. Das war mehr Blut, als Mia befürchtet hatte – unter der Jacke hatte sie nicht alles sehen können. »Ryan, wir können nicht hierbleiben. Du musst in ein Krankenhaus. Das muss sich ein Arzt ansehen.«

»Machen Sie sich keine Sorgen, Mia, um Ryan werden wir uns hervorragend kümmern.«

Ryan erstarrte und Mia wirbelte herum. Sie hatte die Männer nicht hereinkommen hören, war zu sehr in ihrer Sorge um Ryan gefangen gewesen. Das hatte sie nun davon. Vor ihnen standen drei Männer – zwei davon kannte sie bereits. Es waren die Männer, die am Flughafen versucht hatten, sie außer Gefecht zu setzen. Den Mann in der Mitte mit dem untersetzten Körper und dem Gesicht einer Kröte hatte sie bisher nur auf Fotos gesehen, aber das genügte ihr. »Fushida«, entfuhr es Mia.

Er deutete eine Verbeugung an. »Ich bin geschmeichelt, dass Sie meinen Namen kennen. Ich hoffe, Sie haben nichts dagegen, dass ich Sie beim Vornamen nenne? Mia ist ein ganz bezaubernder Name.«

»Sie bekommen ihn auf keinen Fall.« Mia ignorierte seine Schmeicheleien und stand auf. Am Boden kam sie sich ungeschützt vor, und auf diese Weise bildete ihr Körper einen natürlichen Schutzschild zwischen den Yakuza und Ryan.

Fushida nickte, als würde er ihren Worten zustimmen. »Das ist auch gar nicht nötig – aber ich befürchte, wir haben auf dem falschen Fuß miteinander begonnen. Sie müssen mir gegenüber nicht feindselig sein.«

»Sie wollen Ryan töten und Sie haben bereits einen ICD-Agenten auf dem Gewissen. Es fällt mir schwer zu glauben, dass Sie mir besonders wohlgesonnen sind«, gab sie scharf zurück. Fushida begann, auf und ab zu gehen, wie ein Raubtier im Käfig, das versuchte, eine Schwachstelle zu finden. Seine Männer hielten sich im Hintergrund, aber die Wölbung unter ihren Jacketts bewies, dass sie ihren Fauxpas mit den fehlenden Waffen wieder ausgeglichen hatten. Mia wünschte sich, sie hätte daran gedacht, die Glock einzustecken, aber bei ihrer überhasteten Flucht war dafür keine Zeit geblieben. Außerdem – was hätte es schon gebracht? Sie waren zu zweit und sie hätte wetten können, dass Fushida irgendwo unter seinem stahlgrauen Anzug ebenfalls eine Waffe verbarg. Sie wäre tot, ehe sie auch nur den Sicherheitsbügel ihrer Pistole umgelegt hätte.

»Tatsächlich bin ich aus einem ganz anderen Grund hier, als Sie denken, Mia.«

Sie runzelte die Stirn. »Was für ein Grund soll das sein?«

Fushidas Lächeln wurde breiter. »Hast du ihr wirklich gar nichts erzählt, Ryan?«

Langsam, ganz langsam dämmerte es Mia, aber noch wollte sie es nicht wahrhaben. Sie machte einen Schritt zur Seite und sah auf Ryan herab. »Wovon spricht er?«, fragte sie scharf.

Der Mann, der ihr in den letzten Tagen eine ganz neue Welt gezeigt hatte, der Mann, dem sie ihr ganzes Vertrauen geschenkt hatte – dieser Mann konnte ihr jetzt nicht einmal mehr in die Augen sehen. Sie spürte das Verlangen zu schreien, übermächtig und kaum zu bezähmen, aber die Wut über seinen Verrat kroch wie Eis durch ihre Adern und ließ sie auf einen Schlag ganz ruhig werden. Sie sah hinüber zu Fushida, der eine einladende Geste zu Ryan machte. »Jetzt kannst du es ihr doch ruhig erklären. Versuch es, vielleicht glaubt sie dir sogar.«

Ryan saß noch immer auf dem Boden. Sein blondes Haar hing ihm ins Gesicht und er reagierte weder auf Fushida noch auf Mia.

»Dann erklären Sie mir doch, was genau hier vor sich geht«, sagte sie erstickt und ignorierte den Mann zu ihren Füßen. »Ich dachte, Sie wollten Ryan? Was wollen Sie also mit mir?«

»Liegt das nicht auf der Hand?« Fushida trat näher. »Sie haben eine außerordentliches Talent, wenn es um Hera geht. ›Eine natürliche Verbindung‹ nannte Ihr Ausbilder in Edinburgh es sogar. Ich bin sehr an diesem Talent und an den Zugangsdaten und Kombinationen interessiert, die Sie in ihrem hübschen Köpfchen haben.«

Mias Augen wurden groß, als sie endlich verstand, worum es wirklich ging. »Sie wollen das Hirn der ICD?!«

Fushida zuckte mit den Schultern. »Die International Crime Defence rühmt sich damit, Informationen zu jedem Verbrecher zu haben, der es wagt, seine Arbeit in größerem Stil und global aufzuziehen. Sie wissen genauso gut wie ich, dass das eine beeindruckende Menge an Wissen ist. Und die Informationen, die dort gesammelt werden, müssen keinerlei ethischer Kontrolle unterzogen werden. Die ICD sammelt fleißig wie die Bienen alles an Wissen, was sie über die jeweilige Zielperson finden kann. Ihre Vorlieben, ihre Abgründe, selbst die dunkelsten Geheimnisse.« Fushida streckte die Hand aus. Die nach oben gedrehte Handfläche war unnatürlich weiß, als hätte sie nie zuvor die Sonne gesehen. »Können Sie sich vorstellen, was ich mit meinen Konkurrenten und Feinden machen könnte, wenn ich diese Informationen in die Hände bekäme? Ich würde sie zerquetschen, jeden Einzelnen von ihnen.« Er ballte die Hand zur Faust, als würde er wirklich etwas zwischen seinen Fingern zermalmen. »Und als Bonus«, fuhr er fort, »hätte ich auch Zugang zur ICD. Nicht, dass Sie mich falsch verstehen, ich möchte die ICD als Institution behalten. Immerhin muss es ja jemanden geben, der meine Konkurrenten aus dem Verkehr zieht. Ich kann sie ja nicht alle erpressen oder töten lassen. Aber ich möchte die ICD gerne unter neuer Leitung sehen. Meiner Leitung, wenn auch nur im Hintergrund. Hier kommen Sie ins Spiel.«

Mia schüttelte ungläubig den Kopf. Der Plan war so perfide wie simpel, und sie konnte einfach nicht glauben, dass Ryan da mit drinsteckte. »Was macht Sie glauben, dass ich da freiwillig mitmache?«, fragte sie und spürte ihre Hände zittern, angesichts des Verrats, den Ryan an ihr begangen hatte.

»Anfangs dachte ich noch, dass Ryan es wirklich hinbekommen könnte und Sie so gefügig macht, dass Sie ohne weiteren Widerstand mit uns zusammenarbeiten. Aber er ließ sich Zeit. Tagelang bekamen wir keine Rückmeldung. Ich befürchtete schon, dass der Plan gescheitert sei, als ich erfuhr, dass Sie beide nach Schottland fliegen sollten, aber zum Glück bewies Ryan Köpfchen. Nachdem ich ihm ein wenig Druck gemacht habe, nahm er Kontakt zu mir auf.«

»Wann?«

»Gestern Nacht.«

Nachdem sie zusammen gewesen waren. Die Erkenntnis traf sie wie ein Faustschlag in die Magengrube. Nachdem sie sich geliebt hatten und sie eingeschlafen war. Da hatte er bereits geplant, sie dieser Kröte auszuliefern. Sie musste sich wirklich davon abhalten, auf Ryan einzuschlagen.

»Er bot mir an, Sie zu mir zu bringen, und wie Sie sehen, hat es wunderbar funktioniert.«

»Das heißt noch lange nicht, dass ich mit Ihnen zusammenarbeiten werde.«

Ryans Verrat brannte tief, aber noch tiefer brannte ihre eigene Dummheit. Sie hätte auf Matt hören und schon früher um Hilfe bitten sollen. Sie hätte auf ihr Bauchgefühl hören sollen. Sie hätte Ryan nicht vertrauen dürfen. Eine ewig lange Liste, die sich noch weiterschreiben ließ. Mia hatte genug davon. Wenn es nach ihr ginge, würde sie jetzt die Konsequenzen ihrer Entscheidungen tragen, aber sie würde niemals wieder einen solch dummen Fehler machen.

»Ich kann Ihnen mehr bieten, als die ICD es jemals könnte. Fragen Sie Ryan. Die Söhne des Tigers nehmen sich derer an, die nirgendwo so recht hineinpassen wollen. Wir sind selbst Ausgestoßene, wir sind Außenseiter. Ich weiß, dass Sie niemals so wirklich Fuß in der ICD gefasst haben, dass man dort Ihre einzigartigen Talente nicht recht zu schätzen weiß. Bis auf Ihren Ausbilder war niemand wirklich überzeugt davon, dass Sie die richtige Wahl für diesen Job sind, und er ist nicht mehr im Dienst. An meiner Seite, das kann ich Ihnen versprechen, wird es anders sein. Sie können tun und lassen, was immer Sie wollen. Sie können die ICD führen, wenn Sie wollen. Sehen Sie es als Bonus an. Die deutsche ICD, Großbritannien, Amerika, Asien – egal wo, Sie können sich aussuchen, wo Ihr Hauptsitz sein soll. Niemand wird es wagen, Sie schief anzusehen, niemand wird Sie wegen Ihrer Vorlieben schief ansehen. Sie wären frei, Mia. Können Sie das auch von Ihrem Job bei der ICD sagen? Sind Sie wirklich frei?«

Sie hatte nicht zuhören wollen, aber etwas an Fushidas Worten war verlockend. Sie wollte es sich nicht eingestehen, aber die ICD nach ihren eigenen Vorstellungen zu führen … kein Küken mehr zu sein, kein Anfänger, den man beaufsichtigen musste, weil er ständig Fehler machte. Aber genau das war das Problem, nicht wahr? Sie war genau deshalb in dieser Situation, weil sie ein verdammter Anfänger war, ein Küken, das Fehler machte und daher Leute brauchte, die ihm den Rücken stärkten. Menschen wie Matt. Wie Emilia.

Mias Blick glitt zur Seite, und auch wenn sie geschworen hatte, ihn niemals wieder anzusehen, konnte sie doch nicht anders. Sie sah Ryan an, der mit geballten Fäusten auf dem Boden hockte. Seine Arme zitterten vor Anspannung. Er hatte sie betrogen und hintergangen, aber was sie nicht leugnen konnte, war, dass er ihr Freiheit geschenkt hatte. Eine Freiheit, ganz anders als die, die Fushida ihr anbot, aber das machte keinen Unterschied. Mia wusste, wer sie war und was sie wollte. Und das war mit Sicherheit kein Verrat an sich oder den Menschen, die sie liebte.

Fushida schien ihren Stimmungsumschwung bemerkt zu haben, denn sein Gesicht, das bis eben noch ein schmeichelndes siegessicheres Lächeln geziert hatte, wurde düster und glich mehr denn je einer Kröte.

»Ich muss das Angebot leider ablehnen«, sagte Mia.

Der Anführer der Söhne des Tigers senkte bedauernd den Blick. »Ich hatte auf eine andere Antwort gehofft, wirklich. Aber ich werde diese Informationen bekommen, Mia, ob mit Ihrem Einverständnis oder ohne.« Er zog einen schmalen Dolch aus seinem Jackett. Wie auf ein geheimes Zeichen hin sprangen die beiden Yakuza vor und packten Mias Arme. Sie drehten sie ihr schmerzhaft auf den Rücken, und sie gab einen gequälten Schrei von sich. Fushida kam auf sie zu und zog den Dolch aus seiner Scheide. Er war kurz, besaß eine absurd spitze Klinge und die Art, wie er das Messer hielt, zeigte, dass er wusste, wie er damit umzugehen hatte. »Wie ich hörte, lieben Sie Schmerz, Mia. Ich bin gespannt darauf zu sehen, wie viel davon Sie wirklich vertragen.«

Mia wappnete sich auf das, was da kommen mochte, als Ryan plötzlich mit einem heiseren Schrei aufsprang: Er stürzte sich auf Fushida, der noch während des Angriffs versuchte, sich wegzudrehen, aber es half nichts. Ryan warf sich mit seinem ganzen Gewicht auf den Yakuza, ohne auf sich selbst zu achten. Er schlug auf Fushida ein, versuchte, ihm die Hände um die Kehle zu legen, aber er vergaß dabei den Dolch. Fushida holte mit der Hand aus und rammte Ryan das

Messer in die Seite. Der gab einen gurgelnden Schrei von sich, ließ aber nicht los.

Mia schrie erstickt und wand sich, versuchte aus dem Griff der beiden anderen Männer freizukommen, aber offensichtlich hatte Fushida befohlen, sie unter keinen Umständen loszulassen, denn die beiden machten keine Anstalten, ihrem Boss zu helfen. Stattdessen hielten sie Mia fest, die dem Kampf nur ohnmächtig zusehen konnte.

Plötzlich stürmte Matt mit mehreren ICD-Beamten in die Ruine. Er trug seine kugelsichere Weste, die Glock direkt im Anschlag, und zielte auf den Mann zu Mias Linken. »Waffen runter! Im Namen der ICD sind Sie alle festgenommen!«, brüllte er, und auch die anderen Beamten nahmen die Männer ins Visier. Selbst Fushida und Ryan hielten in ihrem Kampf inne und der Griff der beiden Yakuza um Mias Arme lockerte sich. Sie riss sich los.

»Oh nein, so nicht!«, knurrte Fushida. Seine Händen waren rot von Blut, Ryans Blut, und Mia sah jetzt erst, dass der Dolch noch in Ryans Seite steckte. Dafür hatte der Yakuza eine Pistole aus seinem Jackett gezogen und hielt sie Ryan an die Stirn. »Ich blase ihm den verdammten Schädel weg, wenn ich hier nicht rauskomme. Lasst die Waffen fallen und mich hier raus, dann könnt ihr euren Kronzeugen wieder einsammeln.«

Für einen Moment schien es, als würden sämtliche ICD-Agenten den Atem anhalten. Es mussten sich knapp sechs von ihnen in dem Raum aufhalten, inklusive Mia und Matt, und alle wussten, dass Ryans Leben nicht gefährdet werden durfte. Er war immer noch Kronzeuge im Fall gegen die Söhne des Tigers. Nur Mia wusste von seinem Verrat. Aber das änderte nichts daran, dass sie nicht dabei zusehen würde, wie Fushida Ryan in den Kopf schoss. Was auch immer sie jetzt für ihn empfinden mochte – für eine kurze Zeit war es

Liebe gewesen. Allein schon deshalb schuldete sie es ihm, das Risiko einzugehen.

Fushida war mittlerweile aufgestanden und hielt den blutenden Ryan als menschlichen Schutzschild vor sich gepresst. Beide Männer standen mit dem Rücken zu ihr und sie war diejenige, die am nächsten dran war. Alle Blicke waren auf die beiden gerichtet, während Fushida sich an den ICD-Agenten vorbeischlich. Keiner sagte ein Wort, aber die Agenten senkten die Waffen.

Mia handelte. Sie stürzte sich auf Fushida, packte sein Handgelenk mit der Waffe und riss es in die Höhe. Sie hörte Ryan laut aufbrüllen, als Fushida ihn zur Seite schleuderte und sich halb zu Mia umwandte, um ihr die Waffe aus der Hand zu reißen. »Du verdammtes ...«, setzte er an, aber da traf ihn bereits eine Kugel direkt zwischen die Augen. Mia hörte einen weiteren Knall, sah etwas in Fushidas Hand aufblitzen, achtete aber nicht darauf. Sie sah Fushida in die Augen, als er langsam vor ihr auf die Knie sackte, sein Gesicht eine einzige Maske der Fassungslosigkeit. Schließlich kippte er zur Seite und sein Blick brach.

»Mia!« Matt kam auf sie zugerannt. »Mia, du bist verletzt.«

Ein wenig benommen sah sie Matt an, lächelte, froh, ihn zu sehen, aber da war noch etwas ... sie fühlte sich mit einem Mal zu müde, um klar zu denken. Aber etwas war noch nicht erledigt, etwas war noch wichtig: »Was ist mit Ryan? Lebt er? Geht es ihm gut?«

Matt sah sie irritiert an. »Mia, dir geht es ...«

»Was ist mit Ryan, Matt?« Ihr fielen fast die Augen zu, aber erst musste sie noch wissen, wie es ihm ging. Sie konnte nicht einmal sagen, wieso, aber sie musste es wissen. »Ryan ... sag mir ...«

»Es geht ihm gut, Mia. Alles in Ordnung.«

Das waren die Worte, die sie hatte hören müssen. Mia lächelte, und endlich konnte sie der Müdigkeit nachgeben. Sie schloss die Augen, und dann wurde alles um sie herum schwarz.

22

Hätte Mia gewusst, was sie erwartete, sie wäre gar nicht erst aufgewacht. Aber das ist das Problem damit, ohnmächtig zu sein – man weiß nie, was einen erwartet, wenn man wieder aufwacht.

Sie schlug die Augen auf und in ihrem Kopf explodierte ein rotes Licht. Hastig schloss sie die Augen wieder und wollte zurück in die angenehm warme Dunkelheit hinter ihren Lidern sinken, aber etwas tippte gegen ihre Wange und ließ sie nicht. »Hey, nicht wieder einschlafen: Es wird Zeit, dass du wach wirst.«

»Will nicht«, knurrte sie.

»Du musst aber.«

Mia seufzte leise und versuchte es noch einmal – wieder explodierte das rote Licht, diesmal aber weniger schmerzhaft als noch beim ersten Versuch. Sie stöhnte dennoch leise, um Matt ein richtig schlechtes Gewissen zu machen. »Lass die Kindereien, der Arzt hat gesagt, du bist auf so gut wie jedem Schmerzmittel, das er gerade zur Verfügung hatte.«

Mia blinzelte und langsam gewöhnten sich ihre Augen an das helle Licht. Sie lag in einem Krankenzimmer und Matt saß an ihrem Bett. »Das halte ich für ein Gerücht«, krächzte sie und räusperte sich. Ihr Hals tat weh, ganz zu schweigen von dem dumpfen Ziehen in ihrer Leiste.

»Versuch, nicht so viel zu sprechen. Sie haben dir den Beatmungsschlauch erst gestern entfernt und die Schwester meinte, dass dein Hals deswegen brennen würde ›wie der Arsch nach einer doppelten Portion Chili‹.« Den letzten Teil sprach Matt mit einer nasal-hohen Quäkstimme aus, und trotz ihrer Halsschmerzen musste Mia lachen. Auch er grinste. »Glaub mir, die Frau ist ein echtes Unikat.«

»Vielleicht ... was für dich?«, krächzte Mia und wurde von einem Hustenfall geschüttelt. Matt wartete geduldig ab, bis er vorbei war, und reichte ihr dann von irgendwoher ein Glas Wasser. Mia trank es dankbar, auch wenn es brannte wie Säure.

»Ich habe meinen Fetisch für Frauen über sechzig noch nicht entdeckt«, sagte er, als Mia ausgetrunken hatte. »Aber wenn es so weit ist, dann ist diese Schwester aber so was von fällig, das sage ich dir!«

Mia lächelte nur, um nicht wieder husten zu müssen. Es tat gut, mit Matt Witze zu reißen. Für einen winzigen Augenblick konnte Mia sich einreden, dass alles so war wie früher, als ihre Welt noch in Ordnung war und ihr Herz noch nicht gebrochen. Aber die Wirklichkeit holte sie viel zu schnell wieder ein. »Was ist passiert? Warum liege ich hier?«, fragte sie Matt.

Er rieb sich über den Nacken. »Du wurdest angeschossen«, sagte er. »Im Kampf mit Fushida. Kurz bevor er selbst erschossen wurde. Es war wohl ein Unfall, aber er hat dich ungünstig im Unterleib erwischt. Sie mussten dich notoperieren, mehrere Stunden lang. Du lagst vier Tage im künstlichen Koma. Es ging dir erst gestern wieder gut genug, dass sie dich zurückgeholt haben.« Er lächelte, aber diesmal lag kein Funken Humor darin. Jetzt erst bemerkte Mia, wie müde er aussah – seine Wangen waren eingefallen, und unter den Augen lagen tiefe Schatten. »Warst du etwa die ganze Zeit hier?«

Matt zuckte mit den Schultern. Er nahm ihre Hand. »Du bist meine beste Freundin, Mia. Ich wäre auch noch länger geblieben.«

Seine Worte schnürten ihr die Kehle zu, und sie blinzelte hastig die Tränen weg. »Nicht sentimental werden«, sagte sie heiser.

»Okay. Du bist der Boss.«

Sie grinste schief, aber dann prasselten die Erinnerungen auf sie ein. Die Entführung, Fushida, Ryan ... Ryan!

»Matt, was war da los? Wie habt ihr uns so schnell gefunden? Ein Peilsender im Mercedes?«

»Nicht ganz. Es war eher ein Peilsender in deinem Freund.«

»Was?«

Matt fuhr sich wieder über den Nacken, eine Geste, die oft auftauchte, wenn er unsicher oder nervös war. »Ich weiß nicht, was er dir erzählt hat, aber erinnerst du dich an den Moment, ab dem alles den Bach runterging? Am Flughafen? Mitten in dem ganzen Chaos kam er auf mich zugerannt und drückte mir ein Empfangsgerät in die Hand. Er sagte, dass wir dem Sender folgen sollten, wenn wir eindeutige Beweise gegen Fushida in die Hände bekommen wollten. Dann ist er mit dir verschwunden. Aber er hat nicht gelogen – anhand des Peilsenders konnten wir euch beide finden.«

»Und die Beweise?«, fragte Mia fassungslos.

»Eine winzige Audiokassette, ganz nach der alten Schule. Ryan muss irgendwie ein Aufnahmegerät reingeschmuggelt haben. Auf der Aufnahme hört man Fushida klar und deutlich sagen, was er mit der ICD und dir vorhatte.« Er sah sie mit einem schiefen Grinsen an. »Übrigens danke für deine Loyalität.«

Mia schüttelte den Kopf, das alles war nicht wichtig, nicht so wichtig wie: »Ryan hat das alles so geplant?«

»Wie es aussieht, ja. Die Kassette haben wir vor ein paar Tagen im Briefkasten gefunden. Es stand nichts dabei, kein Zettel, kein Brief, keine Adresse oder Telefonnummer. Nur Fushidas Geständnis. Auch wenn er tot ist, können wir zumindest die übrigen Söhne des Tigers drankriegen.«

Matt sah sie eindringlich an. »Sicher ist, dass wir euch ohne Ryans Hilfe nicht gefunden hätten.«

Mia vergrub die Hand in ihrem Gesicht. »Das heißt also ... er ...« Ihre Stimme brach, nicht nur wegen der Schmerzen. Sie musste an Ryan denken, wie er vor ihr gekniet hatte, ganz so, als hätte er sie wirklich betrogen, als wäre sie nicht mehr als ein Mittel zum Zweck für ihn gewesen. Sie musste sich entschuldigen. Unbedingt.

»Liegt Ryan auch hier im Krankenhaus? Auf welchem Zimmer ist er?«

Matt wich ihrem Blick aus. Mia schüttelte den Kopf. »Nein«, hauchte sie tonlos. »Nein, sag, dass das nicht wahr ist.«

»Es war auf dem Weg zum Krankenhaus«, sagte er leise. »Sie haben noch versucht, ihn wieder zurückzuholen, aber es war zu spät.«

»Nein!« Mia schrie mittlerweile, und die Tränen ließen sich nicht mehr aufhalten. »Nein, das ist nicht wahr, das kann nicht wahr sein, nein!«

Wieder und wieder schrie sie dieses Nein, als könnte sie damit ihre Gedanken, den Hass, den sie Ryan gegenüber empfunden hatte, wiedergutmachen, als würde er durch dieses eine Wort wieder lebendig, als könnte sie damit das Spiel beenden, wie mit einem Safeword.

Aber nichts davon geschah. Ryan war fort und sie hatte ihre einzige Chance verpasst, ihm zu sagen, was er ihr bedeutete. Mia schien es, als öffnete sich der Boden unter ihren Füßen.

Sie verlor jeden Halt. Selbst als Matt sie stützte, beruhigte sie sich nicht. Sie hatte alles verloren. Mit dieser Schuld würde sie für immer leben müssen.

23

Das *Chains* hatte für Mia seinen Zauber verloren. Früher war sie gerne hingegangen, aber seit sie angeschossen worden war, hatte sie keinen Fuß mehr in den Klub gesetzt.

Anfangs war es noch die Genesungsphase, die sie davon abhielt, in den Klub zu gehen. Es dauerte Wochen, bis sie wieder auf den Beinen war, und es fiel ihr schwer genug, zu ihrem Job bei der ICD zurückzukehren. Nachdem sie sich langsam wieder eingelebt hatte, war ihr manchmal der Gedanke gekommen, es vielleicht doch noch einmal zu probieren und ins *Chains* zu gehen, aber wann immer sie daran dachte, sah sie Ryan vor sich. Ryan, wie er vor ihr kniete. Ein gebrochener Mann, der für sie ein Messer abgefangen hatte. Der Mann, den sie geliebt hatte.

Die meiste Zeit konnte sie es gut unterdrücken. Sie lernte, Fehler zu vermeiden, und fand sich mehr und mehr im Team der ICD zurecht. Sie ging mit Emilia aus, trank Martini und Wein. Sie verbrachte viel Zeit mit Matt, stritt sich mit ihm und lachte mit ihm. Ihr Leben nahm seinen gewohnten Gang wieder auf, wurde sogar noch einen Hauch besser, weil sie, wann immer sie die große Narbe auf ihrem Unterleib streifte, daran erinnert wurde, dass sie weiterleben durfte, jeden Tag, immer wieder aufs Neue.

Aber dann kamen die Nächte, in denen sie allein in ihrem Bett lag und die Erinnerungen nicht mehr im Zaum halten konnte. Die Nächte, in denen sie seine Nähe so sehr vermisste, dass es sie förmlich zerriss, und sie nur noch daran denken konnte, wie sehr sie ihm unrecht getan hatte. Die Platinkette mit dem Ring daran hing an ihrem Spiegel. Sie sah jeden Tag darauf. Es schmerzte, aber gleichzeitig tröstete es sie, dass sie wenigstens kurz Erfüllung in den Armen eines Mannes gefunden hatte, den sie eigentlich kaum gekannt, aber dem sie doch ihr ganzes Herz geschenkt hatte.

Mittlerweile war es Sommer geworden. Die Nächte in Berlin waren nicht mehr zum Schlafen da. Sobald die Sonne unterging, hüllte sich die Stadt in ein Kleid aus bunten Lichtern und Farben. Menschen feierten in den Straßen oder in den unzähligen Bars und Kneipen, die über die ganze Stadt verteilt waren.

Im Winter war die Stadt an Hässlichkeit kaum zu überbieten, aber das machte sie im Sommer doppelt wett.

Vielleicht lag es an der warmen Luft, vielleicht an ihrer Unruhe, aber Mia verspürte zum ersten Mal seit Monaten das Bedürfnis, wieder ins *Chains* zu gehen. Nicht, um Sex zu haben. Sie wollte einfach ein wenig von damals einfangen, von der Zeit, als sie ein aufgeregtes Kribbeln auf ihrer Haut gespürt hatte, wann immer sie ihren Trenchcoat überstreifte und sich auf den Weg machte.

Diesmal verzichtete sie auf den Trenchcoat und streifte sich ein einfaches burgunderfarbenes Kleid im Neckholderstil über. Für einen Fetisch-Klub war es vielleicht zu brav, aber züchtig hatte sie auch in ihrem Trenchcoat ausgesehen, als sie damals in den Klub ging, damals, als sie zum ersten Mal Ryan ... ein schmerzhafter Stich traf sie mitten in die Magengrube. Dass sie seine Kette dazu angelegt hatte, machte es nicht besser. Alles erinnerte sie an den einen Abend, mit dem alles begonnen hatte. An den Abend, an dem sie Ryan zum ersten Mal begegnet war. Mia schluckte hart, zwang sich aber zur Ruhe. Es war langsam an der Zeit weiterzumachen. Sie konnte diese letzte Nacht im *Chains* ja als Abschied von ihm sehen. So oder so, es würde keinen weiteren Besuch im *Chains* geben. Das war das letzte Mal.

Der Klub schien an Popularität zugelegt zu haben, seit Mia zuletzt da gewesen war. Obwohl Donnerstag war, drängten sich im Inneren hunderte von Leibern aneinander. Die Belüftungsanlage konnte gegen so viel Hitze nichts ausrichten und Mia war schweißgebadet, kaum dass sie sich zwischen den Körpern hindurchgeschoben hatte. Ansonsten hatte sich nichts verändert. Jeder Fetisch war vertreten, von Latex über Leder bis hin zu Petplay. Die Menschen gingen noch immer ins *Chains*, um sich hier so zu geben, wie sie wirklich waren. Selbst Leyla stand noch hinter dem Tresen und gab Getränke aus. Als wäre Mia niemals fort gewesen.

Aber dennoch war alles anders. Sie –

»Komm mit.«

Mia fuhr herum und sah auf. Vor ihr stand ein Mann mit einem schwarzen T-Shirt und einer einfachen Jeans bekleidet. Ein Exot unter den Fetischisten. Sein blondes Haar fiel ihm frech in die Stirn und seine Augen waren so blau wie das Meer. Er sah auf sie herab und wartete auf ihre Reaktion.

Mia hatte gedacht, sie würde ihn niemals wiedersehen. Sie hatte geglaubt, dass er für immer aus ihrem Leben verschwunden war. Sie hatte gehofft, heute Abend endlich mit allem abschließen zu können, sich endlich von seinem Geist befreien zu können, und da tauchte er plötzlich vor ihr auf, unversehrt, als wäre er niemals weg gewesen.

Sie schlug zu.

Ihre flache Hand landete schallend in seinem Gesicht. Ein paar Umstehende kommentierten ihren Ausbruch mit einem bewundernden »Holla« oder »Wenn du ihn nicht willst, nehme ich ihn«, aber sie hörte es kaum. Der Aufruhr in ihrem Kopf war viel zu laut. »Ich … wenn du denkst, dass du …, dass ich … wie kannst du es wagen?!«

Ryan hob die Hände. »Genau das will ich dir erklären. Bitte, komm mit mir.«

Sie rang mit sich, wusste selbst nicht, ob sie ihn anschreien oder einfach gehen sollte. In ihr tobten alle möglichen Gefühle durcheinander und jedes von ihnen versuchte die Oberhand zu gewinnen. Sie knirschte mit den Zähnen. »Na gut. Geh vor.«

Er wirkte erleichtert und wandte sich ab. Sie folgte ihm über die Tanzfläche zum Gang, der zu den Separees führte. Das alles fühlte sich unwirklich an, wie eine Wiederholung der Nacht vor wenigen Monaten. Damals war er ein Fremder gewesen, mit dem sie die kommenden Stunden hatte verbringen wollen. Jetzt war er der Mann, von dem sie einmal gedacht hatte, dass sie ihr Leben mit ihm verbringen wollte.

Diesmal gingen sie nicht so weit. Vor einem Zimmer nahe der Tanzfläche blieb Ryan stehen. »Keine Spiele, ich schwöre es. Ich will nur in Ruhe mit dir reden.«

Er hatte ihren Blick wohl als Misstrauen gedeutet, aber damit konnte sie leben. Mia zuckte nur mit den Schultern und trat durch die Tür in das Separee. Ryan folgte ihr.

Das Zimmer war erstaunlich schlicht. Es war nicht einmal ein richtiger Raum, mehr eine Kammer, gerade groß genug für das große Bett, das ihn fast vollständig ausfüllte. Es war mit orientalisch anmutenden Stoffen ausgelegt, und auf dem Bett lagen mehrere Kissen, sodass man es sowohl als Sitzwiese wie auch als Bett nutzen konnte.

Mia hatte keinen Sinn für die Ausstattung. Mit verschränkten Armen blieb sie vor der Bettkante stehen und wandte sich Ryan zu. »Was willst du von mir?«

»Das habe ich wohl verdient«, sagte er und atmete tief durch. »Aber genau deswegen habe ich gewartet, bis du wieder ins *Chains* kommst. Ich wollte mit dir reden, es dir erklären.« Er sah zu Boden. »Das bin ich dir schuldig, denke ich.«

Mia starrte ihn an. Sie konnte noch immer kaum klar denken, geschweige denn antworten, aber schließlich fand sie ihre Stimme wieder. »Du denkst, du schuldest mir etwas? Du denkst? Und wie willst du das alles erklären? Wie willst du mir erklären, dass ich die letzten Monate jede Nacht wach lag, weil mein schlechtes Gewissen mich fast umgebracht hat? Wie willst du mir erklären, dass ich dachte, du bist tot, weil mein bester Freund angeblich die Nachricht von den Sanitätern bekommen hat? Wie willst du mir erklären, dass du mich als Köder für Fushida benutzt hast, ohne mich auch nur einmal zu fragen, ob ich einverstanden bin, und das, obwohl du genau wusstest, dass ich mich dir vollkommen geöffnet, dir all mein Vertrauen geschenkt hab?! Wie willst du mir erklären, dass ich kaum noch atmen konnte ohne dich?« Ihre Stimme hallte überlaut in dem Zimmer wider, aber das war ihr egal. Alles war egal. Mia hatte es aufgegeben, all die angestauten Emotionen aus den letzten Monaten zu kontrollieren. »Wie?«, schrie sie und ihr Körper zitterte. »Wie willst du mir erklären, dass ich dachte, ich habe den Mann, den ich liebe, verloren? Sag es mir, Ryan!«

Sie hatte begonnen zu weinen, bemerkte es aber kaum. Mia verlor jegliche Beherrschung, ihre Stimme überschlug sich und ihr ganzer Körper zitterte. Es war, als würde mit jedem Wort ein wenig mehr ihrer Kraft entweichen, und schließlich konnte sie sich kaum noch auf den Beinen halten.

Ryan fing sie auf, bevor sie zusammenbrechen und auf dem Boden aufschlagen konnte. Sein Duft war überall, und es schien, als würde sich die Welt rückwärts drehen, zurück an den richtigen Platz, aus dem die Nachricht von Ryans Tod sie damals gerissen hatte. Er hielt sie fest an sich gedrückt, während Schluchzer sie schüttelten und sie kraftlos Halt bei ihm suchte. »Es tut mir leid, Mia«, sagte er und strich über ihr Haar. »Es tut mir so leid.«

Sie schluchzte und die Tränen schwemmten jede Sekunde, in der sie an ihn gedacht und sich selbst gequält hatte, aus ihr fort. Langsam hob sie den Kopf und es brauchte nur eine kurze Bewegung zur Seite, bis ihre Lippen seine fanden. Es war wie ein neuer erster Kuss, ein Wiederfinden von etwas, was Mia verloren geglaubt hatte.

Ryan hielt sie noch immer fest an sich gedrückt, aber sein Mund strich zärtlich über ihren, erkundete und erforschte, nicht wie ein Liebhaber, der sich nach einer langen Trennung wieder auf vertrautem Terrain befand, sondern wie ein Suchender bei einem ersten Kuss.

Mias Beherrschung brach. Sie krallte ihre Finger in seine Schultern und fuhr mit der Zunge zwischen seine Lippen. Diesmal war es an Ryan, überrascht zu keuchen, aber der Schreck währte nur kurz. Er hielt ihrem Tempo stand, fachte es selbst weiter an. Sie spürte, wie er sie hochhob, und schlang die Beine um seine Hüften. Jede Faser ihres Körpers schrie nur noch seinen Namen und sie wollte, nein, sie brauchte ihn.

Ryan trug sie zum Bett. Fahrig legte er sie rücklings darauf ab und versuchte gleichzeitig sich sein T-Shirt über den Kopf zu ziehen. Mia half ihm dabei, zerrte an dem Stoff und riss es halb von seinem Körper, aber das war egal. Als das Shirt endlich auf dem Boden lag, konnte sie sich nicht sattsehen an ihm. Sein Körper, so vertraut und doch anders. Ihre Finger glitten darüber, blieben aber an der Narbe an seiner Hüfte hängen.

Sie tauschten einen Blick, aber ihnen beiden war klar, dass jetzt nicht der richtige Zeitpunkt war. Mia schob ihr Kleid bis zur Taille hoch und Ryan riss ihr ungeduldig den Slip herunter. Ohne noch eine weitere Sekunde zu verschwenden, drang er in sie ein und sie hieß ihn mit ihrem ganzen Körper willkommen. Ihre Arme umschlangen ihn, ebenso wie ihre Schenkel, und sie schrie. Der Schrei wurde zu einem Schluchzen, als ihr klar wurde, was ihr gerade geschenkt wurde. Sie hatte ihn verloren und jetzt war er wieder hier, hier bei ihr. Mia schmiegte sich an ihn, als er begann, sich zu bewegen. Es war ein leidenschaftlicher Rhythmus, tief und schnell, aber sie wollte es nicht anders. Sie wollte einfach nur spüren, dass sie wieder zusammen waren, dass er wieder in ihr war. Ihre Fingernägel kratzten über seinen Rücken und sie keuchte, als seine Stöße heftiger wurden.

»Ryan«, stöhnte sie an seinem Ohr. »Oh Gott, Ryan.«

»Ich habe dich so sehr vermisst«, murmelte er atemlos an ihrem Ohr. »Es tut mir leid, ich werde dir nie wieder so wehtun, ich verspreche es.«

Mia biss sich auf die Lippen, sie hörte ihn kaum noch, denn die Lust tauchte alles in einen dichten Nebel, der sie kaum noch klar denken ließ. Mia sah auf, sah ihm direkt in die Augen, und dann überwältigte sie ihr Höhepunkt mit einer Macht, die sie kraftlos und erschlagen zurückließ, kurz bevor auch Ryan kam.

Mia lag auf Ryans Brust. Sie sahen erschöpft an die Decke, und seine Finger strichen träge über ihren nackten Rücken. »Glaubst du, du kannst mir irgendwann vergeben?«

Sie schwieg eine Weile. Dann: »Ich denke schon. Aber warum hast du mich nicht eingeweiht. Es hätte ...«

»Ich konnte Fushida nicht genau einschätzen. Außerdem wäre es so noch riskanter für dich gewesen. Es war der größte Fehler, den ich jemals gemacht habe. Genau aus dem Grund bin ich auch nach dem Desaster untergetaucht. Die ›Söhne‹ sind noch immer hinter mir her. Einige von ihnen glauben nicht, dass ich mit Fushida gestorben bin. Ich muss vorsichtig sein. Aber ich konnte einfach nicht mehr ohne dich sein.«

»Du könntest doch zur ICD zurückkehren, wir gewähren dir Zeugenschutz ...«

Ryan schüttelte den Kopf. »Sie werden mich finden. Irgendwann kann ich nicht mehr weglaufen, und dann werden wieder Menschen sterben. Es reicht. Lass mich das auf meine Weise regeln.«

Er drehte den Kopf zur Seite, um ihr ins Gesicht zu sehen. »Du bist das Kostbarste in meinem ganzen Leben, Mia. Ich werde das nie mehr aufs Spiel setzen. Das heißt, wenn du mich noch willst.«

Sie schwieg wieder und küsste ihn auf den Mund. »Es wird dauern«, sagte sie leise. »Aber im Moment weiß ich nur, dass ich dich liebe. Und dass ich dich nicht noch einmal verlieren kann.«

Er zog sie auf sich und erwiderte ihren Kuss.

»Allerdings weiß ich noch nicht, wie genau das vonstattengehen soll. Immerhin wirst du von den Yakuza gesucht und ich bin immer noch bei der ICD. Eine normale Beziehung wird so nie möglich sein.«

Ryan lachte leise und berührte zärtlich den Anhänger um

ihren Hals. »Vielleicht. Aber du bist schon immer außergewöhnlich gewesen. Wir finden auch dafür eine Lösung. Wenn du mich lässt.«

Mia sah auf ihn herab und ließ sich in diesem Moment einfach nur von dem Glücksgefühl leiten, das sie vollkommen ausfüllte. »Gut. So lange, wie du mich haben willst«, sagte sie.

Ryan lächelte. »Dann also für immer.«

Mia lachte. »Meinetwegen«, erwiderte sie. »Dann für immer.«